영업혁신
MBA

SALES INNOVATION 영업혁신

글로벌 Top Class 영업관리자들이 말하는 실전 영업관리 노하우

MASTER OF BUSINESS ADMINISTRATION MBA

| 김상범 · 조윤호 글

푸른영토

프롤로그

어떻게 성과를 끌어낼 것인가?

최고의 영업력을 가진 기업은 어떻게 만들어질까? 최고의 역량을 가진 영업사원들이 많기 때문에? 영업 관리자들의 실적에 대한 압박 때문에? 엄청난 인센티브 때문에?

그렇지 않다. 영업력이 강한 기업에는 명확한 영업 전략이 존재하고, 전략을 현장에서 실현시킬 수 있는 명확한 관리 시스템이 있으며, 팀과 개인 차원의 과학적인 목표관리가 튼튼히 뿌리내리고 있다. 반면에, 그렇지 않은 기업들은 영업 전략이 아니라 전년 대비 영업계획만 있으며, 명확한 관리시스템이 아니라 실적에 대한 영업 관리자의 압박과 의욕을 떨어뜨리는 황당한 목표가 있을 뿐이다.

그렇다면 강한 영업력을 가진 영업조직을 어떻게 효과적으로 만들어 갈 수 있을까? 회사의 영업 전략을 어떻게 일선 영업사원들까지 연결할 수 있을까?

해답은 바로 영업 관리자의 역할이다.

최고 경영진이 조직의 최상위 영업 전략을 결정하지만, 이러한 전략의 구체적인 실행을 담당하는 사람은 영업 관리자이다. 뛰어난 영업 관리자는 평범한 영업사원을 우수한 영업사원으로 바꾸어 놓을 수도 있고, 평균적인 영업 전략으로도 좋은 결과를 성취해 낼 수도 있다. 반면에 평범한 영업 관리자는 평범한 영업사원을 그저 평범하게 유지하고, 좋은 영업 전략으로도 평균적인 성과밖에 올리지 못한다. 평균 이하의 영업 관리자는 우수한 영업사원을 성과가 좋지 않은 영업사원으로 전락시키고, 좋은 영업 전략을 가지고도 좋지 못한 성과를 낸다. 따라서 영업 관리자의 역할은 영업조직의 운영에 대단히 중요한 의미를 지닌다.

어떤 영업 혁신이든 영업 관리자들이 적극적으로 참여하지 않으면 실패하고 만다. 회사전략의 실행, 영업 프로세스 구축, 영업사원 교육 훈련, 코칭, 동기부여 등 기본적인 사항에서부터 행동 변화에 이르는 어떤 시도와 노력도 영업 관리자를 통하지 않고서는 성공적으로 수행하기 어렵다. 영업 전략과 실행의 가장 중요한 연결 고리는 바로 영업 관리자이기 때문이다. 지속적인 성과 창출을 위해서는 영업사원도 중요하지만, 영업 관리자의 역할에 대한 새로운 인식을 바탕으로 관리 역량을 갖추는 일이 절실하다.

당신의 조직에서 영업 관리자들을 평가한다면 몇 점을 줄 수 있을까?

영업 관리자로 적합한 사람과 그렇지 않은 사람은 누구인가? 그들을 어떻게 육성할 것인가? 모든 조직에서 장기적인 안목을 가지고 풀어야 할 가장 중요한 이슈다.

이 책은 성과를 내고 지속적으로 성장하는 영업 조직을 만들기 위해, 경력이 있는 영업 관리자들뿐만 아니라 신임 영업 관리자들을 위한 가이드북이자 참고서다. 성공적인 영업조직을 만들기 위해 꼭 필요한 다양한 이슈들이 존재하지만, 가장 시급한 것이 이 모든 것의 중심에 있는 '영업 관리자의 역할'을 이해하고 실천하는 것이다. 따라서 이 책에서는 영업 관리자들이 반드시 알아야 할 7가지 요소에 초점을 맞추고 있다. 이 7가지 요소는 반드시 정해진 순서에 따라 단계별로 실행해야 성공할 수 있는 연속선상에 있다. 따라서 이것을 "목표달성 100%, 영업 관리 7단계"라 이름 지었다.

지속적으로 성과가 탁월한 영업 조직을 만들어 낼 수 있게 해 주는 7단계는 다음과 같다.

1단계 : 영업 관리자의 역할을 재정리하라.

2단계 : 적합한 재능의 인재를 채용하라.

3단계 : 명확하게 정의하고 커뮤니케이션하라.

4단계 : 영업 과정을 지속적으로 관찰하라.

5단계 : 영업 평가를 정확하게 활용하라.

6단계 : 성과를 낼 수 있도록 코칭하라.

7단계 : 회의를 통해 끝까지 책임지게 하라.

이 영업 관리 7단계는 성과가 좋지 않은 영업사원들뿐만 아니라 성과가 좋은 영업사원들의 생산성에 즉각적인 영향을 주게 될 것이다. 따라서 이 책에서 제시하는 "영업 관리 7단계"를 지속적으로 그리고 체계적으로 적용하다 보면, 장기간 높은 영업 실적을 유지할 수 있는 영업 관리 프로세스가 구축될 것이다.

영업 관리자인 당신은, 자신만의 체계적인 영업 관리 프로세스를 가지고 있는가? 그리고 따르고 있는가? 조직에 최적인 프로세스를 알고 있는가? 그리고 구성원들과 공유하고 있는가? 혹시 개인의 직관과 상황, 임기응변에 의존해 모험을 하고 있지는 않은가?

목표를 달성하고 최고를 지향하는가? 그렇다면 이 책에서 제시하는 영업 관리 7단계를 철저히 실천해 보라! 반드시 탁월한 성과로 나타날 것이다.

2021년 3월

김상범

CONTENTS

프롤로그…4

PART 1 | 영업 관리자의 역할을 재정리하라

영업 관리자의 태도가 영업성과를 결정한다 14
영업 관리자의 4가지 유형 17
유능한 영업 관리자의 5가지 태도 25
유능한 영업 관리자는 강점에 집중한다 29
강장(强將) 밑에 약졸(弱卒) 없다 35
조직의 구멍, 이직을 관리하라 40
동기부여 원리를 이해하라 46

PART 2 | 적합한 재능의 인재를 채용하라

교육훈련의 한계와 채용의 중요성 52

왜! 강한 영업팀을 만들지 못하나? 55

채용 시 반드시 고려해야 할 사항 62

영업사원의 행동 유형 71

인지 구조를 파악하라 76

개인의 가치를 파악하라 86

영업 스킬은 마지막에 파악하라 96

마틴 셀리그만의 연구와 빙산모델 99

지원자로부터 한 발 물러서라 109

PART 3 | 명확하게 정의하고 커뮤니케이션하라

기대를 명확하게 제시하는 방법 122

직무 기술서를 활용하라 129

기대를 커뮤니케이션 할 준비를 하라 133

영업 관리자의 기대를 커뮤니케이션 하는 방법 136

함께 꿈꿀 수 있는 기대와 비전을 공유하라 139

커뮤니케이션 능력을 지속적으로 훈련하라 144

합리적인 목표를 설정하고 동기부여 시켜라 152

성과 관련 요소를 구체적으로 커뮤니케이션하라 165

PART 4 | 영업 과정을 지속적으로 관찰하라

현장관리의 중요성 180
스포츠·연예계의 전문코치들을 모방하라 183
관찰 결과를 피드백하라 188
관찰할 수 있는 기회들 191

PART 5 | 영업 평가를 정확하게 활용하라

강점을 평가하고 개발하라 194
평가 기준을 명확히 정의하라 198
목표에 대한 진척상황을 평가하라 203
평가를 동기부여 기회로 활용하라 205

PART 6 | 성과를 낼 수 있도록 코칭하라

코칭의 가치와 핵심을 정확히 이해하라 210
효과적으로 피드백하라 222
효과적으로 코칭하는 방법 230
코칭 대상과 우선순위를 정하라 235
단계별 코칭 가이드 242
장애요소 제거하는 코칭 스킬 263

PART 7 회의를 통해 끝까지 책임지게 하라

'책임'은 '영업 관리 7단계'의 중요한 연결고리이다 282

영업회의 1-주간회의 하기 285

영업회의 2-월간회의 하기 290

영업회의 3-참여도 높이기 295

영업회의 4-파이프라인 회의 300

Sales Innovation MBA

PART 1

영업 관리자의 역할을 재정리하라

Sales Innovation MBA

영업 관리자의 태도가 영업성과를 결정한다

미국의 생명보험 회사인 메트라이프는 1983년 실시한 연구에서 영업 관리자들을 탁월한 그룹과 보통의 그룹, 2개의 그룹으로 나누었다. 또한 신입사원들을 대상으로 잠재적 영업적성을 테스트하였고, 인사담당 부서에서 그들의 결과를 보관하였다. 이 신입사원들은 나중에 탁월한 영업 관리자의 지점이나 보통의 영업 관리자의 지점 중 하나로 보내졌다. 가장 높은 영업적성 점수를 받고 탁월한 영업 관리자와 함께 일한 신입 직원들의 48%가 유능해진 반면, 동일하게 높은 영업적성 점수를 받고 보통의 영업 관리자와 함께 근무한 신입 직원들은 27%만이 유능해졌다. 또 한 가지, 영업적성에서 낮은 점수를 받은 신입사원들 중에서 27%가 탁월한 영업 관리자 밑에서 성공적으로 성장하였으며 보통의 영업 관리자 밑에서는 단 6%만 성공적으로 성장하였다. 이 연구의 결론은 영업 관리자의 관리가 영업사원의 성공

영업 관리자의 태도에 따른 성과차이

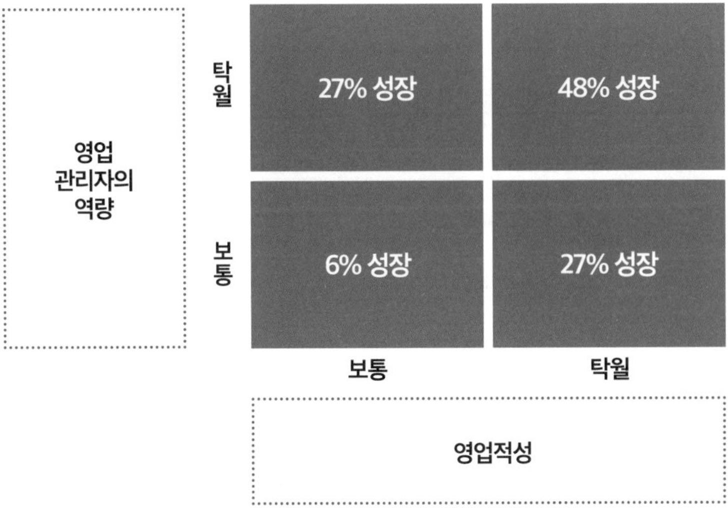

과 밀접한 인과관계가 있다는 것을 입증해 준다.

또 다른 연구에서는 영업 관리자들을 가장 우수한 영업 관리자, 평균인 영업 관리자 그리고 무능한 영업 관리자 3그룹으로 재구성하였다. 가장 우수한 영업사원들을 그의 가장 유능한 영업 관리자에게 배치하고 그다음으로 우수한 영업사원들을 평균적인 영업 관리자에게 그리고 성과가 낮은 사원들을 무능한 영업 관리자에게 배치하였다. 가장 우수한 영업사원들은 자신들의 판매실적을 증가시켰다. 성과가 낮은 영업사원들은 무능한 영업 관리자들 밑에서 그전보다 성과가 더 떨어졌다. 그리고 성과가 낮은 많은 영업사원들이 직장을 그만두었다.

이 연구에서 흥미로운 측면은 중간 그룹이었다. 기대한 것은 이 그룹이 평균적인 결과를 만들어 내리라는 것이었다. 그러나 평균적인 영업 관리자는 자신과 자신의 팀이 가장 우수한 영업 관리자의 팀보다 능력 면에서는 결코 떨어지지 않는다고 생각했고 팀원들에게 그러한 확신을 심어 주었다. 그 영업 관리자는 '오히려 우리들이 저 최고라고 자부하는 사람들보다 더 큰 잠재력을 지니고 있으며, 그들보다 더 높은 실적을 낼 수 있다'는 확신을 심어 주려고 했으며, 그러한 신념에 걸맞은 태도로 팀원들을 대해주었다. 결국 한 해가 지났을 때 이 중간 그룹의 실적은 최고의 팀에 비해 다소 떨어지기는 했지만 실적 개선율은 최고의 팀보다 훨씬 높게 나타났다. 이 영업 관리자는 자신의 팀원들에 대한 높은 기대를 보여줌으로써 팀원들의 잠재력을 크게 이끌어낼 수 있었다. 결국 코치의 태도가 이 같은 결과를 만들어낸 것이다.

Sales Innovation MBA

영업 관리자의 4가지 유형

영업 관리자의 태도는 영업사원의 조직몰입과 동기, 이직의도, 성과 등에 다양하게 영향을 미친다는 사실은 영업을 연구하는 학자들에 의해 이미 밝혀진 이론이다. 영업 관리자로서 당신은 어떤 태도의 소유자인가?

대개 어떤 사람이 누군가의 '태도'에 대해 말할 때, 그 의미는 다소 부정적인 경우가 많다. 그러나 사람의 태도에 관한 이야기가 항상 부정적인 것만은 아니다. 태도는 우리가 우리 자신을 표현하는 방식과 우리 자신을 나타내는 방식을 지배하는 정신적 성향이다. 즉, 우리의 태도나 행동은 우리 생각의 산물이라고 할 수 있다. 우리가 어떤 생각이나 가치관을 따르고 있느냐에 따라 우리의 태도와 행동이 결정되기 때문이다.

영업 관리자의 유형에 따라 명확한 의견을 가지고 신속하게 표현하는 사람이 있는가 하면, 말수가 적고 상황을 받아들이는 데에 느리며 조심성이 많은 사람이 있다. 또, 타인에게 낯설지 않고 모든 사람을 사랑하며 모두가 자신을 사랑해 주기를 원하는 사람도 있다. 그리고 결단성이 있고 도전적이며 자기주장이 강하지만 공격적이지 않고 실리적이며 원칙주의적인 사람이 있다. 주위에서 볼 수 있는 다양한 유형의 사람들이다. 이러한 영업 관리자의 태도는 영업사원들에게 크고 작은 영향을 준다. 하지만 어떤 태도가 영업 관리자가 원하는 방향으로 영업사원들을 지도하고 개발해 가는데 가장 긍정적인 영향을 주는가를 아는 것은 영업 관리자들에게 매우 중요한 문제이다.

다음 사례를 통해 영업 관리자의 태도가 영업사원에게 어떤 영향을 미치는지 자세히 살펴보도록 하자.

1 비평가형 영업 관리자(A)

첫 번째 영업 관리자는 A라는 여성이다. A는 영업사원 시절 실적이 탁월해 단기간에 영업 관리자로 승진했다. A의 하부에는 많은 영업사원이 소속되어 있다. A의 커뮤니케이션 스타일은 주로 자기 혼자 말하는 스타일이다. 또한 사람들 앞에서 말하는 것을 좋아하고 마음에 들지 않는 것을 직설적으로 내뱉는 성격이다. 따라서 영업사원들의 잘못을 지적하거나 불만을 말하는 경우가 많다. 스스로를 긍정적이라고 소개하지만 영업사원들은 A가 긍정적인 영업 관리자가 아니라는 걸 잘 알고 있다. A는 영업사원들이 자신의 방식대로 하지 않을 경우 못마땅하게 여기며, 쉽게 흥분한다. A의 이런 모습으로 인하여 상처받는 영업사원들도 많았다. 철저히 실적을 중심으로 영업사원들을 관리하며 현장에서 영업사원들에게 무슨 일이 일어나고 있었는지에 관해서는 전혀 이야기하지 않는다.

A와 함께하는 동안 몇몇 영업사원들은 일시적으로 성과가 나기는 하였으나 지속적으로 성장하지는 못했다. 오히려 A가 영업 관리자로 근무하는 동안 이직률이 타 지점에 비해 높았으며, 유능한 영업사원들은 계속 이탈했다. 따라서 A는 대체하는 인원을 선발하는 일에 많은 시간을 허비했다.

결국 사기는 낮아졌고 영업사원들이 하는 불평과 핑계는 지점 내에서 흔히 볼 수 있는 일이 되었다. 일부 영업사원들은 A의 지시대로 현장에서 실천해 보았으나 예외적인 상황이 발생했을 때, 스스로 대처하거나 적용할 수 있는 방법들이 없었기 때문에 좋은 결과로 이어지지는 않았다. 그러나 A는 그것이 자신의 탓이라고 생각하지 않았다. A는 전형적인 비평가의 태도를 지닌 영업 관리자다.

2 운명론자형 영업 관리자(B)

B는 회사가 지향하는 목표나 목적들을 영업사원들에게 전달하는 일에 충실한 사람이다. 다시 말해 회사 경영진의 영업사원들에 대한 요구사항이나 회사의 비전과 회사가 무엇을 중요시하고 우선시하는지에 대해서 늘 강조하고 설명하려 애쓴다. 그런데 B는 영업사원들

이 성과를 내고 회사의 정책들을 준수하는 이상, 그들이 무엇을 하는지 또는 그것을 어떻게 하는지에 관해서는 관심이 없는 것처럼 보인다. B의 태도는 대부분 경력 있는 영업사원을 채용하였기 때문에 어떠한 영업 관리도 필요하지 않다고 생각하는 사람 같다. 또한 그는 적절한 사람을 발견하여 채용하기만 하면 역량개발이나 영업력 향상을 위해 고민할 필요가 없다고 생각하는 것 같다.

B는 영업사원들과 함께 현장에 나가거나 하는 경우는 거의 없으며 영업사원이 고객을 응대하거나 관리하는 것을 관찰하거나 지도해주지 않는다. 그는 지점 할당량에 대한 영업사원들의 진척상황에 대해 매월 마감 직후 알려주지만 그것에 관하여 영업사원들과 구체적으로 이야기하지는 않는다.

영업 회의에서도 B는 제품에 관한 지식, 회사 정책들과 절차 그리고 경영진들이 원하는 것을 강조한다. 비록 영업에 있어서 제품에 관한 지식은 아주 중요하지만, 그것은 영업활동의 하나의 요소일 뿐이다. 실제로는 고객과 신뢰를 발전시키고 그들이 가치를 느끼게 하는 것이 영업에 있어서 제품에 관한 지식보다 훨씬 중요하다. 그러나 많은 영업사원들이 자신의 제품에 관해서는 잘 이해하고 있지만 고객과 신뢰를 구축하고 니즈와 가치에 부응하는 것의 중요성을 잘 이해하지 못하는 경우가 많다.

만일 유능한 영업사원이 되는 데 필요한 것이 제품에 관한 지식뿐이라면, 컴퓨터 프로그래머는 분명히 컴퓨터 시스템에 있어서 유능한 영업사원일 것이고 자동차 정비사들은 차에 대해서 유능한 영업사원이 될 것이다. 그러나 대부분 컴퓨터 프로그래머와 자동차 정비사들은 유능한 영업사원이 되지 않는다. 이처럼 고객과의 관계에서 신뢰를 구축할 수 있는 것, 어떤 문제에 대한 해결책이나 대안을 분석할 수 있는 것, 그리고 그 제품이나 서비스가 어떻게 가치를 제공할 수 있는가를 보여 주는 것이 탁월한 영업사원들이 하는 일이다. 제품에 관한 지식은 이 과정에서 단지 일부분일 뿐이다. B는 영업 회의에서 단순히 제품에 관한 지식, 회사 정책들과 업무절차, 그리고 실적집계 수치 외에 어떤 정보도 제공하지 않는다. 영업사원들이 성장하고 성과를 내기에는 충분치 않다.

B와 함께 근무하는 영업사원들 사이에는 무관심, 일종의 "아무려면 어때"라는 태도가 팽배하다. 영업팀들 간에도 서로 흥미를 일으킬 만한 열정도 거의 없다. 이직이 많지는 않았지만 성과나 활동에 따른 처벌이나 보상도 거의 없다. 영업사원들의 생산성은 평범하고 단지 그뿐이다. 성과가 더 좋아질 수도 있는데 하는 아쉬움이 있다.

결과적으로 구성원들의 대부분이 그다지 영업활동이나 성과에 도움이 되지 않는 중요하지 않은 일들에 소비하는 시간이 많다. 하지만 B는 관여하지 않는다. 그는 새로운 어떤 시도가 영업사원 개인이나 팀들에 별 도움이 안 될 거라 생각하고 있으며, 조직원들을 귀찮게 하거나 하기 싫어하는 것을 하게 하면 뭘 하나 하는 태도를 가진 사람 같다. B는 마치 운명론자 같은 태도를 가지고 있다.

3 치어리더형 영업 관리자(C)

세 번째 사례는 C라는 영업 관리자다. 모든 영업사원들이 C를 좋아하고 C 또한 모든 사람들을 좋아한다. 많은 영업사원들이 영업 관리자로 인해 즐거워하고 A나 B와는 차이가 있다. C는 영업사원들과 함께 다니는 것을 무척 좋아한다. 그리고 항상 긍정적이다. 가끔은 사안의 성격상 영업사원과 일대일 대응이 필요하다고 느낄 때가 있지만 C는 어떠한 경우도 영업사원들과 대립하지 않는다. 영업사원들이 무엇을 하든 간에 그것에 관하여 못 본 체하거나 격려하든지 둘 중의 하나다. 그는 매월 마감 결과를 가지고 잘한 영역에 대해서 칭찬을 해 주었고 잘못한 부분에서는 묵인하거나 잘할 수 있을 거라 격려해 주는 편이다. 영업 회의는 두서없이 말하는 것으로 긴 회의였지만 영업 경험의 공유라든가 사례 등 영업활동에 도움이 되는 것은 전혀 없다.

C와 함께 일하는 것을 모두가 즐거워하지만 지점은 목표를 달성하지는 못한다. 영업사원들이 판매에 대한 조언을 구하기 위해 C에게 간다 하더라도 그들은 자신이 원하는 것들을 얻어내지는 못한다.

C는 영업사원들에게 자신이 부정적인 것처럼 보이거나 갈등을 일으키는 것을 두려워하는 사람 같다. 마치 치어리더 같은 사람이다. 그것은 영업사원들에게 가끔은 필요한 것이지만 항상 필요한 것은 아니다. 영업사원들은 다른 사람들처럼 C를 많이 좋아하지만 개인도 조직도 성장하지 않는다는 것을 알게 되었다. 그 후 영업사원들의 이직률은 크게 증가하기 시작했다.

4 코치형 영업 관리자(S)

S는 매우 활동적이며 결단력이 있다. S는 따뜻하지만 도전적인 태도를 가지고 있다. 영업사원들의 성장에 관심이 있고 사원 개개인이 유능하고 탁월해지기를 원하는 사람이다. 비록 가끔 거칠어 보이기도 했지만 항상 공정하려고 노력하는 사람이다. 처음에 영업사원들은 그와 함께 일하는 것을 꺼렸다. 왜냐하면 S는 영업사원들이 어떻게 일하는지 명확하게 파악하고 있었기 때문이다.

또한 영업 관리자로서 기대하는 바를 영업사원들과 수시로 커뮤니케이션했다. 영업사원들과 현장에서 함께 시간을 보내고, 그들의 행동을 관찰하고 지켜본다. 그는 시간이 지남에 따라 영업사원들을 비판하는 것이 아니라 무엇을 잘하고 있는지 그리고 무엇을 다르게 할 필요가 있는지를 판단하고 알려 준다. S는 영업사원들의 잠재력을 개발하고 성과를 최적화하는 데에 도움을 준다. 영업사원들과 매주 만나서 지난주에 한 일과 자신들이 달성한 결과들에 대해 이야기한다. 그리고 다음 주의 계획과 자신들이 스스로 세운 목표에 관하여 이야기한다. 그들은 항상 목표가 있으며, 매주 성과를 검토한다. 매월, S는 영업 회의를 통해 영업사원들이 현장에서 꼭 필요한 영업 전략과 기술에 집중하고 공유할 수 있는 기회를 만든다.

S가 중요시하는 것은 영업사원들의 성장과 실적으로 나타났다. 비록 영업 관리자의 스타일을 모든 영업사원들이 항상 좋아하는 것은 아니었지만 S는 영업사원들이 최고가 되게끔 노력하는 사람이다. 이

점은 경험이 풍부하고 실적이 우수한 영업사원들에게도 마찬가지였다. 실적이 우수하다 하더라도 S와 함께 일하는 동안에 그들 스스로도 가능할 것이라고 상상하지도 못했던 최고의 기록에 도달했다.

S의 사례를 통해 당신은 무엇을 배웠는가? S는 다른 사람들을 개발하는 데에 관심이 있는 사람이다. 그는 결과 지향주의자지만, 개선이 필요한 영업사원들을 도와주고, 더 잘할 수 있도록 동기를 부여한다. 영업사원들이 성장할 기회를 제공하고, 탁월해질 수 있도록 도와준다. 물론 일부 직원은 탁월해지기를 원하지 않았고 자발적으로 그 팀을 떠나기도 한다. 일부는 S의 요구로 조직을 떠난다. S는 비록 이러한 문제들을 처리하는 것이 불편했을지라도 그것을 회피하지 않고 해결해 나간다. 문제를 처리하는 과정에서 항상 상대를 배려한다. S의 영업사원들은 성장했고, 성과를 내었으며, 일에 전념할 수 있었다. S는 코치의 태도를 가지고 있다.

Sales Innovation MBA

유능한 영업 관리자의 5가지 태도

유능한 영업 관리자에게 필요한 태도란 무엇인가? 그것은 영업사원들이 자신의 기술과 재능을 개발할 수 있도록 도와주고 권한을 부여해 주는 태도이며, 이것이 바로 코치의 태도이다. 앞서 살펴보았던 영업 관리자들을 통해 코치의 태도를 가진 영업 관리자의 다음과 같은 다섯 가지 특징을 알 수 있다.

1 영업사원들의 행동에 초점을 맞춘 피드백을 준다

코치의 태도를 가진 영업 관리자는 성과에 영향을 주는 행동들 그리고 성과를 달성하기 위해서 개선이 필요한 행동들에 관하여 피드백을 준다.

A비평가형 영업 관리자는 영업사원들에게 개선이 필요한 행동에 관해서가 아니라 사람에게 초점을 맞춘 부정적인 피드백을 많이 주었다. 따

라서 영업사원들은 능력을 향상시키기 위하여 자신들의 행동을 수정할 방법에 관하여 어떠한 조언도 들을 수 없었다.

B운명론자형 영업 관리자는 개별적인 피드백을 제대로 주지 않으면서 경영진이 중요하게 여기고 있던 행동들에 집중하였다.

C치어리더형 영업 관리자는 영업사원들의 행동 개선에 관해서는 거의 이야기하지 않았다. 단지 "좋습니다" 또는 "잘하셨습니다"라는 듣기 좋은 말로 격려함으로써 사람에게 항상 초점을 맞추었다.

S코치형 영업 관리자는 영업사원들의 행동에 초점을 맞추었다. 영업사원들이 잘하고 있을 때를 알려 주었고 변화가 필요할 때 알려 주었다. 영업사원들의 행동에 관해서 솔직하게 피드백을 했다.

2 영업사원들이 성장하고 커갈 수 있도록 동기부여한다

영업사원들이 최고가 되고 자신들의 능력을 최대한 발휘할 수 있도록 격려한다. A는 성장과 발전을 기대했지만 리더인 그가 영업사원들을 격려했다고는 할 수 없다.

그것은 오히려 잠재적인 위협이었다. B는 더욱 그런 일이 없었으며 C의 경우는 영업사원들을 고무했지만 성장과 발전에 도움이 되는 것은 아니었다. S는 영업사원들의 성장과 발전을 기대했고 그렇게 될 수 있도록 함께 일했다.

3 한 직원으로서가 아닌 한 사람으로서 영업사원의 말을 경청한다

경청하는 것은 듣는 것 이상이다. 즉, 감정에 귀를 기울이는 것이다. A의 경우는 자신이 주로 말하는 편이었으며 영업사원들에 대한 배려가 없었다. 영업사원들은 그가 원하는 숫자를 만들기 위해 그가 이용하는 하나의 도구처럼 여겨졌다. B는 너무 바빠서 경영진의 영업지점에 대한 요구사항과 강조사항에 주로 관심을 가졌지 영업사원들이 무엇을 원하는지에 대해서는 귀를 기울이지 않았다. C는 영업사원들의 말을 경청하였지만, 감정에 너무 사로잡혀 오히려 장애가 되었다. 그는 진정으로 동료로서 공감했지만 그것이 영업사원들로 하여금 어려움을 극복하는 데 큰 도움이 되지는 못했다. S는 단순한 영업 관리자 이상으로 영업사원들의 말을 경청하고 들어주었다. 그는 영업사원들이 어려움에 처해 있을 때, 그것을 헤쳐나갈 수 있도록 도와주기 위해 그들과 함께 일했다.

4 영업사원들에게 지속적으로 정보를 제공한다

영업사원들은 단순한 숫자가 아닌 정보를 필요로 한다. 영업 관리자들은 고객과 통화하는 것뿐만 아니라 상위 경영진과의 회의에도 자주 참석해야한다. 물론 그런 회의에서 논의된 것들 중에는 사원들과 공유할 수 없는 것들도 있을 수 있지만, 공유할 수 있는 정보가 많이 있다. 영업사원들에게 지속적으로 정보를 제공하는 것은 단순히 그들에게 문자, 음성 메일, 메모를 보내는 것 이상이다. 영업 관리자는 영업 사원에게 무슨 일이 일어나고 있는지 알려 주어야 한다.

5 솔선수범한다

많은 영업 관리자들이 영업사원들이 무엇을 해야 하는가를 말해주는 것은 잘하지만 영업 관리자인 자신의 행동에 관해서는 서로 다른 가치와 기준들을 가지고 있다. 그러나 어떤 영업 관리자에게던 가장 중요한 태도는 솔선수범이다. 솔선수범은 통합과 신뢰의 근본이 된다. 영업 관리자들은 통합과 신뢰 이 두 가지 특징이 영업 조직에서 얼마나 중요한지를 알아야 한다. 또한 영업 관리자들에게도 매우 중요한 요소다. 분명한 것은 영업사원들은 영업 관리자가 말하는 것을 듣지만, 그들이 하는 것을 보고 따른다. 영업 관리자가 솔선수범할 때 영업사원들이 따른다.

Sales Innovation MBA

유능한 영업 관리자는 강점에 집중한다

사람들은 자신의 강점보다 약점에 눈을 돌리는 경향이 있다. 영업 관리자들도 같은 우를 범하곤 한다. 모두가 약점을 보완하고 잘못을 바로잡으면 더 크게 성장할 수 있다는 논리에 따른 것이다. 기업들도 이 논리를 최선으로 받아들여 무엇을 강화하기보다는 무엇을 개선할 것인가에 집중한다. 실적 평가 미팅 시 개선계획 리스트만 잔뜩 들고 나오는 영업사원이 얼마나 많은가. 물론 약점에 집중해도 어느 정도는 실적을 개선할 수도 있을 것이다. 그러나 최고의 실적은 강점에서 나온다!

당신이 타고 있는 돛단배에 구멍이 났다고 가정하자. 제일 먼저 할 일은 구멍을 메우는 것이다. 그렇게 하지 않으면 가라앉아버리고 말 테니까. 배의 구멍은 현실에서는 약점이다. 약점을 무시해서는 안 된다. 바로 고쳐야 한다. 구멍을 메워야 살 수 있다. 그런데 구멍을 메우고 나면 더 중요한 일이 놓여 있다. 배를 움직여야 한다. 이때 배를 움직이게 하는 것이 돛강점이다. 개인이나 조직도 다르지 않다. 배가 가라앉지 않게 하려면 구멍약점에 집중해야 하지만, 배가 순풍을 받아 전진하게 하려면 돛강점을 높이 올려야 한다.

전통적인 영업교육 방식은 저성과자들의 약점을 고치는 데 주력했다. 고성과자의 행동 패턴을 기준으로 한 이러한 접근 방식은 오랜 기간 교육의 중심이었다. 하지만 그것은 결과적으로 평범한 영업사원을 만들었을 뿐이다.

IT 분야에서 B2B영업을 주로 해오던 D사의 이야기다. 이 회사는 상장 후 투자를 확대하고 영업력을 강화하기 위해 임원 대상 교육컨설팅을 제공하는 A사와 프로젝트를 진행했다. 영업 분야 컨설팅 경험이 많지 않았던 A사는 D사의 고성과자들과 저성과자들의 차이점을 분석한 후 영업사원 매뉴얼을 새로 제작하고, 역량 표준화를 목표로 저성과자들에게 부족한 역량을 중심으로 교육을 시행했다. 그러나 6개월이 지나도 영업사원들의 역량은 좀처럼 개선되지 않았고 실적 또한 변함이 없었다. 영업사원들은 교육 내용이 현장과 다르고 자신들이 해오던 영업 스타일과도 잘 맞지 않는다고 했다.

고성과자들의 특성을 저성과자들에게 이식하려는 것은 문제가 있다. 우선 접근 방법 자체의 문제다. 고성과자들과 저성과자들의 차이점 비교는 흔히 고성과자들의 우수한 행동보다 저성과자들의 잘못된 행동에 초점을 맞추게 되는 결과를 낳는다. 결국 저성과자들은 영업

성과를 올릴 수 있는 구체적 행동이 아니라 하지 말아야 할 행동을 기억하게 된다. 잘못된 행동만 하지 않으면 나아질 것이라고 믿고 활동한다. 당연히 영업 성과로 연결되지 않는다.

D사의 경우 고성과자들은 상담이 끝난 후 고객에게 전화를 하거나 문자를 보내 감사를 표했다. 그런데 그들만 그렇게 하는 것은 아니었다. 중간 정도의 성과자들도 대부분 그렇게 했다. 다른 점은 영업 프로세스를 진전시키는 후속 작업이었다. 보통의 영업사원들이 고객에게 전화를 걸어 감사를 표하거나 상담 내용을 확인하는 정도였다면, 고성과 영업사원들은 다음 약속을 잡는 등 프로세스를 진전시키는 작업을 했다. 만약 A사가 고성과자의 강점으로 작용하는 이와 같은 행동에 초점을 맞추어 교육했다면 저성과자의 행동 개선에 그치지 않고 더욱 효과적인 실적 개선을 이루었을 것이다.

그런데 여기서 짚고 넘어가야 할 중요한 사실이 하나 더 있다. '고성과자들의 영업 방식은 한 가지일까?' 하는 것이다.

같은 업계, 아니 같은 회사에서 뛰어난 성과를 올리는 영업사원들을 떠올려보라. 그들은 모두 같은 영업 방식을 사용하고 있는가? 아닐 것이다. 그들은 제각기 다른 자기만의 영업 방식으로 뛰어난 성과를 올리고 있다! 성과로 직결되는 최고의 영업 방식은 하나가 아니다. 그런데도 많은 회사들이 최고라고 일컬어지는 '한 가지' 방식을 추종한다. 어떤 회사는 영업사원들 모두가 컨설턴트가 되어야 한다고 강조하고, 어떤 회사는 새로운 영업 방법을 단련시키느라 여념이

상사의 접근 방식에 따른 몰입도

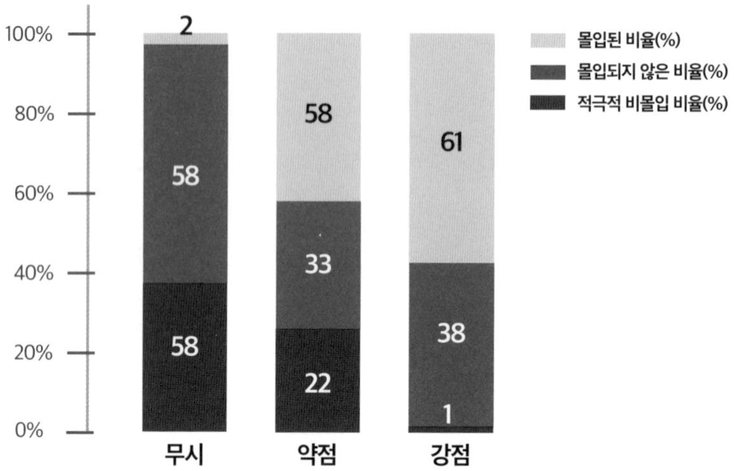

출처: 갤럽(Gallup), 2004 갤럽 직장설문조사(Gallup Workplace Poll)

없다. 그런데, 생각해 보라. 그동안 회사에서 영업교육 때마다 전문가들을 초청해서 교육하고 실행했던 방법들이 실제 성과 향상에 얼마나 효과적이었는가. 영업의 정석이나 고성과자들의 강점에 집중하는 교육은 매우 중요하다. 그러나 보다 중요한 것은 영업사원 각자의 재능과 강점을 살려 자신만의 영업 스타일을 갖도록 하는 것이다.

강점과 관련하여 주목할 만한 조사 결과가 있다. 2004년 갤럽이 '직장설문조사Gallup Workplace Poll'를 통해 1,003명의 미국 직장인들에게 다음의 보기 중 하나를 선택하도록 했다.

• 상사가 나의 약점 또는 부정적인 특성에 집중한다.

• 상사가 나의 강점 또는 긍정적인 특성에 집중한다.

• 상사가 나에게 전혀 관심이 없다.

그런 다음 상사의 행동이 직장에서의 업무 몰입도에 미치는 영향을 3가지 범주몰입된Engaged, 몰입되지 않은Not Engaged, 적극적 비몰입Actively Disengaged로 나누어 살펴보았다. 그 결과, 상사가 직원들에게 전혀 관심을 보이지 않고 무시하면 적극적 비몰입 인력을 양산한다는 사실이 드러났다. 직원들의 약점이나 부정적 특징에 집중하는 경우가 무관심한 태도를 보이는 경우보다 더 낫다는 결과도 나왔다. 즉, 무관심한 태도에서 부정적인 태도로 전환할 경우 몰입도가 증가하고 적극적 비몰입도는 감소하는 것으로 나타났다. 몰입도를 높이는 가장 효과적인 접근 방식은 직원들의 강점이나 긍정적인 특성에 집중하는 것이었다. 상사가 직원들의 강점에 집중할 경우 몰입도는 61%였으며, 약점에 집중할 경우에는 45% 수준이었다. 또 직원들의 약점에 집중할 때는 적극적 비몰입 비율이 22%였는데, 강점에 집중할 때는 그 비율이 놀라울 정도로 감소했다.

경영의 요체는 강점 관리라고 할 수 있다. '적재적소 배치'라는 말도 직원의 재능과 강점에 따라 적합한 자리에서 역량을 발휘하도록 한다는 의미다. 경영자로서, 영업 관리자로서 당신이 알고 있는 직원들의 강점은 무엇인가? 당신의 조직에는 어떤 약점과 강점이 어떻게 분포되어 있는가? 당신은 그것을 어떻게 활용하고 있는가? 약점을 보완하느라 강점 관리에 소홀해지고 있지는 않은가?

Sales Innovation MBA

강장(强將) 밑에 약졸(弱卒) 없다

필자는 수십 년간 영업 현장에서 영업 관리자들을 양성하는 일을 해왔다. 오랜 경험과 연구를 통해 얻은 결론은 '영업 관리자가 영업사원을 만든다'는 것이다. 유능한 영업 관리자와 함께 일하게 된 영업사원은 전보다 실적이 많이 향상된다. 그러나 그저 그런 영업 관리자와 일하게 되면 오히려 실적이 떨어진다.

전설적인 영화감독이 배우들에게서 뛰어난 연기를 이끌어내듯 유능한 영업 관리자는 영업사원들의 재능을 발현시켜 생산성 높고 책임감 있는 인재로 변모시킨다. 더 중요한 것은 영업사원들에게 직업적 자부심과 만족감을 고양시킨다는 사실이다. 그래서 어떤 위기도 능히 극복할 수 있는 회복탄력성을 갖게 만들며, 회사의 목적과 자신의 목적을 일치시켜 동반 성장해나갈 수 있게 한다.

갤럽의 영업 전문 컨설턴트인 벤슨 스미스Benson Smith와 토니 루티글리아노Tony Rutigliano는 2003년 자신들의 저서인 "최고 판매를 달성하는 강점 혁명Discover Your Sales Strengths"을 통해 뛰어난 실적을 기록하는 영업사원과 그들의 영업 관리자 사이에 아주 긴밀한 상관관계가 있음을 밝혀냈다. 즉, 뛰어난 영업사원들에게는 언제나 그들 가까이에서 격려하고 동기부여를 해주는 훌륭한 영업 관리자가 있었다는 것이다. 또한 운 좋게 유능한 영업 관리자 밑에서 일하게 된 영업사원들조차 20% 가까이 실적이 올라간다는 사실을 확인했다.

CEB의 매튜 딕슨과 브렌트 애덤슨은 탁월한 영업 관리자들의 주요 특징을 밝히기 위해 '영업 리더십 진단'이라는 설문조사를 고안해냈다. 65개 이상의 기업 1만 2,000명의 영업사원을 대상으로 조사를 시행하여 2,500명 이상의 영업 관리자에 대한 자료를 수집했다. 그 결과, 영업 관리자의 우수성을 결정하는 특성들은 대부분 4개의 범주 중 하나에 속한다는 사실을 알아냈다. 주인의식, 영업 능력, 코칭, 기본 자질이 그것이다.

첫째, 주인의식은 경영진이 영업 관리자들에게 기대하는 사업적 애사심과 관련된다. 즉, 영업 관리자들이 담당하는 지역을 자신의 개인 사업처럼 열성을 다해 경영할 수 있는가를 통해 우수성 여부를 알 수 있다는 것이다.

둘째, 우수한 영업 관리자는 필요에 따라 언제든 영업 능력을 발휘한다. 어쩌다 공백이 생긴 지역을 담당하기도 하고, 대형 거래를 성사시키는 데 조력자 역할을 하거나, 고객사의 요청에 따라 실무 협상에 임하기도 한다. 가장 중요한 점은 각종 영업 활동에 대해 영업사원들의 역할모델이 되어준다는 것이다.

셋째, 코칭은 영업 관리자가 지녀야 할 능력을 결정짓는 중요한 요소이자 영업사원들의 성과를 끌어올리는 지렛대라고 할 수 있다. 매튜 딕슨 등에 따르면, 효과적인 코칭은 '영업사원이 효과적으로 제안하도록 가이드 역할 하기', '영업사원에게 언제 어떻게 주도권을 확보해야 하는지 보여주기', '복잡한 협상 과정에서 영업사원 조력하기' 등의 요소들로 구성된다. 모두가 영업 전략의 실행과 스킬 향상에 관련된 것들이다.

넷째, 영업 관리자의 기본 자질은 신뢰감, 정직, 경청 능력 등이다. 모든 영역에서 영업 관리자의 역할을 수행하는 데 필요한 것으로, 영업 관리자의 성공에 약 4분의 1 정도의 영향을 미치는 것으로 드러났다. 흥미로운 사실은 영업 관리자의 자질에 대한 평가가 양 극단으로 갈린다는 것이다. 중간이 거의 없고 긍정 아니면 부정이라는 형태로 나타난다. '신뢰할 수 있다와 없다', '정직하다와 그렇지 않다'는 식으로 평가된다. 이와 같은 현상은 기본 자질이 후천적으로 개발되기보다 선천적으로 타고난다는 점을 시사한다. 우수한 영업사원이 우수한 영업 관리자가 되는 것은 아니라는 점만 봐도 그렇다. 뛰어난 실적이 미래 영업 관리자로서의 역량을 보장하지 않는다. 물론 현실적으로 실적을 무시할 수 없지만 그것만으로는 충분치 않다. 그런데도 많은 기업들이 영업 실적을 기준으로 영업 관리자를 선임하고 있으며, 이것이 관리 실패의 주요 원인으로 작용한다. 매튜 딕슨 등은 영업 관리자들에 대한 분석 결과를 토대로 기본 자질 가운데 한 가지 이상에서 실망스러운 결과를 보이면 해당 영업 관리자에게 새로운 자리를 찾아주라고 제안한다. 왜냐하면 유능한 영업 관리자로서 갖추어야 할 특성들을 논하기 전에 영업 관리자로서 기본적으로 갖추어야 할 자질조차 충족시키지 못했기 때문이다.

2013년 교육과 컨설팅으로 유명한 미국 기업 포럼The Forum Coporation이 주요 기업의 CEO들을 대상으로 자사의 영업 관리자들에 대해 점수를 얼마나 주고 있는지 설문조사를 실시했다. 결과는 평균 6.8점10점 만점이었다. 더 놀라운 사실은 영업사원들이 영업 관리자에게 준 점수가 평균 6.3점이었다는 것이다. 매일같이 얼굴을 맞대는 영업 관리자에 대해 CEO보다 더 낮은 평가를 내린 것은 그만큼 영업 관리자의 역량을 믿지 않는다는 뜻이다. 교육도 많이 하고 관리체계도 비교적 잘 잡혀 있는 미국에서 6.8점이 나왔다면 우리나라는 과연 어떨까? 하는 의문을 갖게 된다. 많은 영업조직들이 영업 관리자의 역량을 향상시키기 위해 고민하고 있지만, 어떻게 해야 하는지에 대한 명확한 답을 가지고 있지 않은 듯하다. 영업 관리자의 수준이 영업사원들의 수준을 높이는 데 가장 중요한 요소임은 알고 있지만, 그것을 높이기 위해 무엇을 해야 하는지는 잘 모른다는 것이 문제다. 게다가 이러한 현실 속에서 미래지향적 마인드를 가진 영업 관리자들의 실망은 클 수밖에 없다.

성과에 대한 보상, 영업 프로세스 구축, 영업스킬 훈련, 코칭 등 기본적인 사항에서부터 행동 변화에 이르는 어떤 시도와 노력도 영업 관리자를 통하지 않고서는 성공적으로 수행하기 어렵다. 영업 전략과 실행의 가장 중요한 연결 고리는 바로 영업 관리자이기 때문이다. 지속적인 성과 창출을 위해서는 영업사원도 중요하지만, 영업 관리자의 역할에 대한 새로운 인식을 바탕으로 관리 역량을 육성하는 일이 절실하다.

우리 조직에서 영업 관리자들을 평가한다면 몇 점을 줄 수 있을까? 영업 관리자로 적합한 사람과 그렇지 않은 사람은 누구인가? 그들을 어떻게 육성할 것인가? 모든 조직에서 장기적인 안목을 가지고 풀어야 할 가장 중요한 이슈다.

Sales Innovation MBA

조직의 구멍, 이직을 관리하라

유능한 영업사원을 채용하는 것도 중요하고 영업사원들이 각자의 재능을 개발하여 성과를 내게 하는 것도 중요하지만, 영업사원의 수를 적정하게 유지하는 것도 그에 못지않게 중요하다. 물론 일정 정도의 이직은 정상적일 뿐 아니라 영업조직을 위해서도 바람직할 수 있다. 예를 들어 성과가 부진한 영업사원이 이직을 하고 그 자리를 새로운 아이디어와 역량을 가진 영업사원이 채워준다면 조직에 활기를 불어넣을 수 있다. 그러나 이직률이 필요 이상으로 높아지면 영업적 손실이 커지므로 이를 방지하기 위한 조치를 취해야 한다. 특히 실적이 우수한 영업사원이 이직하게 되면 다시 원래 상태로 회복하는 데 오랜 시간이 걸리기 때문에 이직하지 않도록 특별히 더 많은 노력을 기울일 필요가 있다.

L사는 평소 영업사원의 적정 인원을 40명으로 보고 이를 유지하고

있었다. 필자가 알아본 바로는 40명의 영업사원 중 실적을 올리는 경우는 13명 정도였다. 3분의 1은 이직후퇴 기간을 고려하고 있었으며, 나머지 3분의 1은 신입사원들로 현장 적응 중이었다. 그러다 보니 전체적인 영업력이 좀처럼 올라가지 않았다. 유능한 영업사원들은 경쟁사의 스카우트 제의를 받아 퇴사하고, 신입사원들도 적응하는 과정에서 영업 관리자의 보호와 지원을 받지 못하고 도중에 하차하는 경우가 빈번했다. 한마디로 영업 관리자의 역할 부재로 발생한 일이었다.

이렇게 된 원인은 영업 관리자들이 자신의 할당량을 채워야 했기 때문이었다. 영업사원이 이직하면 매출이 감소할 뿐 아니라 대체 인력 투입에 따른 비용이 증가하여 수익성이 악화된다. 따라서 영업 관리자는 평소에 이직과 관련한 업무를 우선적으로 수행하여야 한다. 어떻게 해야 할까? 이직과 관련한 영업 관리자의 역할은 후퇴 기간, 공백 기간, 적응 기간 등으로 나누어 살펴볼 수 있다.

후퇴 기간

영업 관리자는 평상시에 여러 정보원을 통해 이직 가능성이 높은 영업사원을 파악하려는 노력을 계속해야 한다. 정보원은 같은 회사의 영업사원일 수도 있고, 다른 회사의 사원일 수도 있다. 경우에 따라서는 경쟁사의 영업 관리자나 고객이 될 수도 있다. 또한 영업 실적의 추이를 통해 이상 징후를 감지한 후 영업사원 본인이나 주변인들을 통해 확인해볼 수도 있다.

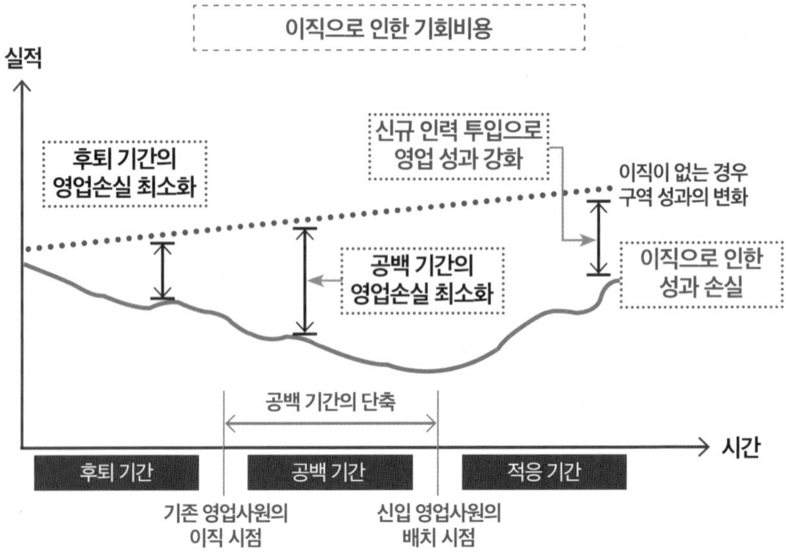

출처 : 앤드리스 졸트너스(Andris Zoltners) • 프라바칸트 신하(Prabhakant Sinha) • 셀리 로리모어(Sally E. Lorimer), 《성공을 위한 영업력 구축(Building a Winning Sales Force)》

이직을 고려하고 있는 영업사원이 실적이 좋지도 않고 발전 가능성도 희박한 경우라면 아무런 조치를 취하지 않을 수 있다. 하지만 실적이 우수하거나 지금은 평범하지만 발전 가능성이 큰 영업사원이라면 신속한 조치를 취해야 한다. 그가 최종 결정을 하기 전에 불만 요인을 찾아 해결해줌으로써 이직하지 않도록 해야 한다.

공백 기간

이직으로 인한 매출 감소와 기회비용을 생각할 때 공백 기간은 최

대한 단축해야 한다. 이직이 발생하고 나서 채용 절차를 시작하면 신입사원을 교육시켜 배치하기까지 시간이 많이 소요될 수밖에 없다.

영업 관리자는 과거의 이직 관련 통계자료를 분석하여 일정 기간에 발생하는 이직 규모를 예측하고 이를 바탕으로 평소에 일정 규모의 신입사원을 채용하여 교육훈련을 시키고 이직이 발생하면 바로 배치할 수 있도록 만들어야 한다. 프로야구 구단에서 운영하는 2군에 비유할 수 있다. 1군 선수의 부상, 성적 부진, 갑작스러운 은퇴 등에 대비하여 2군을 적절히 활용하는 것이다.

B2B영업을 하는 M사는 대형 빌딩의 자동제어시스템 설계부터 시공까지 맡아 하는 기술영업 중심의 회사다. 전국에 영업 담당자를 두고 있는데, 어떤 구역도 혼자서 담당하는 일이 없도록 인원을 배치한다. 영업사원의 이탈로 인한 공백이 발생하지 않도록 해야 한다는 오너의 강력한 의지가 반영되었기 때문이다. 이 회사는 수년 전 영업사원들의 이탈 때문에 고객정보 유출은 물론 서비스 공백으로 어려움을 겪은 다음부터 재발 방지 차원에서 이와 같은 방침을 시행하게 되었다.

공백 기간에 특히 유의할 부분은 주요 고객에 대한 관리다. 고객들은 영업사원의 부재로 인해 소홀히 대우받고 있다고 생각되면 이 기회에 더 좋은 거래 조건을 제시하는 업체로 옮기는 것이 좋겠다고 판단할 수 있다. 특히 우수 고객의 경우에는 경쟁사가 공백 기간을 틈타 유치에 심혈을 기울일 가능성이 높으므로, 해당 구역을 담당하는 영업사원이 없어도 주요 고객에 대한 관리가 소홀해지지 않도록 해야 한다. M사에서처럼 완충작용을 할 수 있도록 인원을 배치하는 것도 좋은 방법이다. 아무튼 영업 관리자는 고객과 관련된 정보들을 항상 파악하고 공유해야 한다.

적응 기간

영업 관리자는 새로 배치된 영업사원이 잘 적응할 수 있도록 적절한 도움을 주어야 한다. 잘 설계된 교육훈련 프로그램을 통해 신입사원이 조직문화에 적응하도록 돕는 한편, 영업에 필요한 지식이나 기술 등을 습득할 수 있게 관심을 기울여야 한다. 또한 영업 현장에서의 세심한 코칭으로 현장 감각을 끌어올려 해당 구역에서의 매출이 최대한 빨리 회복될 수 있도록 노력해야 한다. 국내 기업들의 영업조직을 진단해 보면 재능 있는 신입사원들이 6개월도 채 지나지 않아 회사를 떠나는 것을 알 수 있다. 또한 이직하는 영업사원들과의 인터뷰를 통해 교육훈련 부족과 영업 관리자들의 관심 미흡이 이직의 주된 사유임을 알 수 있다.

물론 영업 관리자들도 영업사원에 대한 교육훈련과 코칭이 자신의 주된 임무라는 것을 알고 있다. 하지만 회사로부터 영업사원들보다도 높은 실적을 할당받고 있어 관리 업무에 소홀할 수밖에 없는 경우가 대부분이다. 이러한 상황을 개선하기 위해서는 영업 관리자의 개인 실적에 대한 부담을 없애고 관리자 본연의 임무와 관련된 부분의 보상체계를 대폭 강화해야 한다. 일례로 신입사원의 목표 달성 수준이나 담당 지역 매출 성장액 등을 영업 관리자의 보상 프로그램에 포함시켜야 한다. 그러야 영업사원의 이직률을 줄이는 동시에 실적을 올리는 성과를 거둘 수 있다.

국내 방문판매 시장이나 보험업계를 보면 영업사원들의 정착률이 매우 낮은 실정이다. 쉽게 들어오고 쉽게 나가기 때문이다. 이러한 회사들에서 영업 관리자의 주된 업무는 채용이다. 영업사원 확보 능력에 따라 평가와 보상을 받는다. 그런데 영업사원의 유지나 육성에는 소홀하다. 회사의 관심 부분이 아니기 때문이다. 그러니 사원들이 들어와서는 마음을 붙이지 못하고 쉽게 나갈 수밖에 없다. 관리자가 채용에만 정신이 팔려 있는 판에 누가 사원들을 이끌어준단 말인가. 그러다 보니 악순환이 멈출 줄을 모른다. 해법은 의외로 간단하다. 영업 관리자의 역할을 재정비하고 그에 대한 보상 제도를 개선하면 된다.

동기부여 원리를 이해하라

인센티브 과연 효과가 있을까? 필자가 CEO들에게 가장 많이 받는 질문 중 하나가 인센티브의 효과에 관한 것이다. CEO들은 영업성과에 대해 인센티브를 지급하는 것이 좋은가 그렇지 않은가, 어떤 방법이 더 효과적인가를 놓고 늘 고심한다.

결론부터 말하면, 인센티브는 더 '열심히 일하게working hard' 하는 데는 효과가 있지만, 더 '전략적으로 일하게working smart' 하는 데는 효과적이지 않다. 급여를 2배로 올려주거나 인센티브를 지급하면 영업사원들의 의욕이 상승하여 더 열심히 일하게 된다. 상담 건수를 하나라도 더 늘리려 하고, 늦은 시간까지 업무에 열중하려 든다. 그러나 이것이 전략적으로 일한다는 의미는 아니다. 영업사원이 '열심히'의 차원을 넘어 '전략적으로' 일하게 하려면 다른 동기부여 방식으로 접근해야 한다.

연말이 되면 회사마다 한 해 동안의 영업 실적에 대한 포상을 실시한다. 종류도 다양하다. 금일봉, 승용차, 해외여행, 승진 등이 대표적이다. 문제는 이와 같은 포상이 그들만의 잔치로 끝나는 경우가 많다는 것이다. 최고의 실적을 기록한 사람에게는 기쁨과 영광의 자리이지만, 나머지 사람들에게는 그림의 떡이나 다름없다. 포상의 무용론을 말하려는 것이 아니다. 동기부여 차원에서 포상의 효과를 생각해보자는 말이다.

포상을 비롯한 각종 인센티브 제도는 동기부여의 수단으로 오랫동안 활용되어왔다. 인센티브를 통해 잘한 사람은 더 잘할 수 있게 하고, 그렇지 못한 사람은 더 분발할 수 있게 하려는 것이다. 효과에 대해서는 전문가들 사이에서도 의견이 분분하다. 모두가 공감할 수 있는 결론은 아직도 나오지 않은 상태다. 기업 경영의 현장에서는 CEO들과 관리자들을 중심으로 의문을 제기하는 경우가 많다. 투자 대비 효과가 미미하다는 것이다. 필자가 보기에는 상황에 따라 다른 것 같다. 더 열심히 해서 효율성을 높이면 실적이 상승하는 보험, 화장품, 자동차와 같은 업종의 소형영업에서는 인센티브가 효과적인 편이라고 할 수 있다. 영업사원들에게 자극을 주고 의욕을 불러일으켜 더 많이 움직이게 하기 때문이다. 하지만 생산재 중심의 기술영업이나 제안 영업 등 B2B 기반의 영업에서는 그와 같은 효과를 보기 어렵다.

프랜차이즈 영업을 하는 L사에서는 가맹점 계약 성사 시 상당 금액의 인센티브를 지급하는 제도를 시행했다. 대기업 수준의 월급에다

월 2건을 초과하는 계약에 대해서는 건당 인센티브를 별도로 지급하기로 했다. 영업사원의 동기를 유발하여 가맹점 개설을 활성화하려는 취지였다. 그런데 그로부터 6개월간 인센티브 수혜자는 단 한 명밖에 나오지 않았다. 경영진은 이해할 수 없었다. 열심히만 하면 얼마든지 인센티브를 받아갈 수 있는 좋은 제도가 있는데, 왜 그렇게밖에 못하는지 알 수 없다고 했다. 이후에 L사는 수차례 인센티브 제도를 수정하고 보완했으나 수혜자도 없었고 매출도 오르지 않았다. 도대체 이유가 뭘까? 앞에서 이야기한 것처럼 인센티브는 영업사원을 부지런하게 할 수는 있지만 전략적이게 할 수는 없다. 그런데 L사의 영업은 전략적인 활동이 중요했다. 거래 규모가 큰 대형영업으로, 활동 건수를 늘린다고 해서 실적을 올릴 수 있는 성격이 아니었다. 실적을 올리려면 전략적이고 기술적인 접근이 필요했다. 그런데 L사는 인센티브 방식으로 접근했다. 인센티브가 영업사원들을 전략적으로 만들지는 못한다는 사실을 몰랐던 것이다.

그렇다면 어떻게 해야 할까? 소형영업은 인센티브를 지급하고, 대형영업은 고정급을 유지하는 것이 좋을까? 문제는 그렇게 간단하지 않다.

대형영업에서는 계약 체결이 간헐적으로 이루어지기 때문에 일반적인 인센티브 수단으로는 효과를 보기가 쉽지 않다. 그렇다면 인센티브 효과를 극대화하려면 어떤 방법이 있을까?

대형영업은 거래 규모가 크고 계약을 체결하는 절차도 복잡하며 시간도 오래 걸려서 여러모로 어려운 점이 많다. 계약을 체결하기까지 몇 년이 걸리는 경우도 있다. 주문 실적을 예상하기도 어렵다. 목표 설정부터 주문 관리까지 쉬운 게 하나도 없다.

이런 상황에서는 일시적인 인센티브보다 근본적이고도 장기적인 동기부여 노력이 필요하다. 대형영업에서 가장 효과적이고 확실한 동기부여 방법은 영업 관리자의 역할이다. 영업 관리자가 지원자로 나서야 한다. 우선, 영업사원들이 현실적인 목표를 설정할 수 있도록 도와주어야 한다. 그리고 한 단계 한 단계 목표를 성취하는 방향으로 영업을 진전시켜나가도록 이끌어 주어야 한다.

또한 계약 체결을 위한 상담을 포함한 영업 활동의 성공적 수행에 필요한 전략과 스킬에 대해 그때그때 코칭해주어야 한다. 장기 레이스를 펼쳐야 하는 대형영업에서 영업사원들은 자신의 활동과 실적 사이에 어떤 상관관계가 있는지 알지 못할 경우 혼란스러워하거나 의욕을 잃게 된다. 영업 관리자가 영업사원이 현재 어느 지점에 와 있는지 알려주는 마일스톤milestone이 되어주고, 완급을 조절할 수 있게끔 페이스메이커pacemaker가 되어 목표를 달성할 수 있게 안내해야 한다. 한마디로 대형영업에서는 영업 관리자의 지원이 최고의 인센티브라고 할 수 있다.

미국의 심리학자 데이비드 맥클랜드David C. McClelland는 실험을 통해 성취 욕구가 많많은 영업사원일수록 현실적인 목표를 선호하며, 자신의 활동에 대한 피드백을 잘 활용한다는 사실을 밝혀냈다. 또한 매튜 딕슨과 브렌트 애덤슨은 앞에서 설명한 것처럼 영업 관리자들의 우수성을 결정하는 특성으로 영업 능력과 코칭 등을 꼽았다. 모두가 대형영업에서 영업 관리자의 역할이 영업사원의 동기부여에 얼마나 중요한지를 말해주고 있다.

인센티브는 어디까지나 동기부여의 수단으로서 의미가 있는 것이다. 동기부여에 도움이 되지 않는다면 어떤 형태의 인센티브도 의미를 가질 수 없다. 조직에 손실을 끼칠 뿐이다. 현재 상황이나 영업 형태를 고려하여 인센티브제도 전반을 다각도로 점검할 필요가 있다. 그에 따라 동기부여에 가장 효과적인 모델을 찾아서 재설계하거나 수정 또는 강화해야 할 것이다. 이때 필요한 질문들이 있다.

열심히 일하게 할 것인가? 전략적으로 일하게 할 것인가? 현재의 인센티브 제도는 실적 향상에 얼마나 기여하고 있는가? 영업사원들의 동기부여를 위해 더 효과적인 방법은 없는가?

Sales Innovation MBA

PART 2

적합한 재능의 인재를 채용하라

교육훈련의 한계와 채용의 중요성

"유능한 영업사원은 만들어지는 것인가, 혹은 태어나는 것인가"라는 주제는 영업 관리에 있어서 대단히 중요한 의미를 지닌다. 만들어지는 측면이 강하다면 교육훈련이 매우 중요한 의미를 지니게 되고, 반면에 타고나는 측면이 강하다면 교육훈련보다는 채용이 훨씬 중요한 의미를 지니게 된다.

유능한 영업사원의 특성에 대해 많은 연구가 이루어졌는데, 영업사원의 특성과 영업성과와의 관련성에 대한 기존의 연구들을 종합적으로 분석한 한 미국의 연구는 영업사원의 특성을 28가지로 구분하고, 이 변수들이 영업사원들 간의 성과 차이를 얼마나 잘 설명하는지를 보고하고 있다.

이 연구에 따르면 가장 많은 성과 차이를 설명하고 있는 영업사원의 특성으로 다음과 같은 7개의 변수를 제시하고 있다.

1. 개인의 이력 및 성장 배경
2. 결혼 여부와 자녀의 수 및 연령
3. 영업기술(소속된 산업 및 회사의 특성과 관련된 기술) 및 지식(제품지식, 회사지식 등)
4. 리더십
5. 인지적 능력
6. 경제적 능력
7. 고객 커뮤니케이션 관련 기술(니즈파악, 프레젠테이션, 반론극복, 클로징 등)

이 변수들 가운데 교육 훈련을 통해 강화할 수 있는 특성은 영업기술 및 지식과 고객 커뮤니케이션 관련 기술 정도이고, 나머지 변수들은 모두 교육 훈련과 전혀 관련이 없는 특성이거나개인의 이력 및 가족배경, 결혼 여부와 자녀의 수, 연령, 인지적 능력, 경제적 능력 혹은 관련이 적은 특성리더십이라 할 수 있다.

우리나라에서는 영업사원의 특성과 성과와의 관련성에 대해 보고하고 있는 연구가 그다지 활발하게 이루어지지 못하였지만 몇몇 연구들은 영업사원의 성과 지향성, 학습 지향성, 고객 지향성, 감정조절능력, 개념적 사고능력, 분석적 사고능력, 솔선성, 자신감, 타인을 이해하는 능력, 질서에 대한 관심 등의 다양한 특성들이 성과에 영향을 미치고 있음을 보고하고 있다. 이러한 영업사원의 특성들도 부분적으로는 교육훈련을 통해 양성할 수도 있지만 대부분은 영업사원이 되기 이전부터 가지고 있는 특성이라 할 수 있다.

결론적으로 성공적인 영업활동을 수행하기 위해서는 교육훈련을 통해 영업기술이나 지식을 배양하는 것도 중요하지만, 유능한 영업사원이 되기 위해 갖추어야 할 많은 특성은 타고나거나, 혹은 성장하는 과정에서 자연스럽게 길러지는 것이기 때문에 유능한 영업사원으로서의 자질을 갖춘 영업사원을 채용하는 것이 대단히 중요하다.

Sales Innovation MBA

왜!
강한 영업팀을
만들지 못하나?

영업 관리자라면 누구나 한 번쯤 "우리 팀에는 왜 탁월한 영업사원들이 없을까?"라는 생각을 해보았을 것이다. 지속적으로 최고의 성과를 낼 수 있는 영업사원을 채용하고 붙잡아 두기란 쉬운 일이 아니다. 그런데도 많은 영업 관리자들에게 탁월한 영업사원이 될 만한 재목을 선발하는 데 고려해야 할 사항들에 대한 지원과 교육이 제대로 이루어지지 않고 있다.

그 때문일까? 많은 영업 관리자들이 채용 문제는 운에 달렸다고 믿는 경향이 있다. 그러나 실제로는 전혀 그렇지 않다. 그렇다면 탁월한 영업사원이란 어떤 사람일까? 어떤 이들이 그 일에 적임자인지 본격적으로 알아보기 전에 영업 관리자들이 왜 탁월한 영업사원들로 구성된 영업팀을 구축하지 못하는지 먼저 알아보자.

1 어떤 사람들을 찾아야 하는지 모른다

많은 영업 관리자들이 자신의 이력과 경험 때문에 영업 조직을 이끄는 경우가 많다. 대부분의 영업 관리자들은 한때 아주 유능한 영업사원이었을 가능성이 높다. 과거에 유능한 영업사원이었을 그들에게 조직은 영업사원 관리라는 직책을 맡겼을 것이다.

그러나 조직 행동이나 성과, 리더십에 관한 전문 교육을 받아 본 경험이 없는 경우가 대부분이다. 단지 자신의 경력을 바탕으로 영업사원들을 채용해 보았을 뿐이다. 안타깝게도 그들이 채용한 사람들 중 많은 이들이 조직에서 원하는 결과를 보여 주지 못한다. 문제는 많은 영업 관리자들이 정작 영업사원에게 무엇을 기대하고 있는지조차 명확하게 인식하고 있지 못한다는 것이다.

같은 맥락에서 영업 관리자들은 어떤 영업사원이 왜 잘나가는지에 대해서도 정확히 모르는 경우도 많다. 그들이 어떻게 하면 유능한 영업사원을 육성할 수 있는지 잘 알고 있다면 이 문제를 고민할 필요가 없다. 즉, 어떤 영업사원들은 뛰어난 실적을 기록하는 반면, 어떤 영업사원들은 저조한 실적을 보이는 원인에 대해 많은 영업 관리자들이 명확하게 분석하지 못하는 게 바로 문제인 것이다. 그 이유 중 하나는 바로 많은 영업 관리자들이 영업사원의 역량에 대해 불완전한 그림을 보고 있기 때문이다.

영업 관리자들은 어떤 이들을 영업사원으로 발굴해야 하는지 잘 모른다. '인재 발굴'이라는 문제가 어떻게 그리고 실제로 얼마나 깊이 개인의 내면과 연관되어 있는지 모를 경우, 일반적으로 '감'에 의해서 결정을 하게 된다. 이럴 경우 보통은 이력서와 면담을 통해 주관적 느낌으로 결정한다. 때로는 성격 검사를 참조하여 채용이 진행되는 경우도 있다. 이는 단순히 영업 관리자의 '감'에 의해 결정하는 것보다 나을지는 몰라도 여전히 후보자의 잠재적 역량에 관해 전체적인 그림을 보기는 쉽지 않다.

실제로 인간은 무척 복잡하다. 이러한 채용 절차나 도구들이 때로는 도움이 될지 몰라도 항상 최고의 실적을 올리는 영업사원을 발굴해 주지는 못한다. 영업 관리자가 어떤 이들을 채용해야 할지를 모른다면 채용에 성공할 가능성은 항상 절반밖에 없다.

❷ 무엇을 평가하고 개발해야 하는지 모른다

영업 관리자가 무엇을 평가하고 교육해야 하는지 모른다면 영업사원들에 대한 제대로 된 평가나 훈련도 이루어질 수 없다. 영업사원들이 보유한 자산과 성과를 내는 데 필요한 자질이나 구성요소들 사이의 상관관계를 분석하고, 그 연관성을 찾아낸다면 영업사원들의 성장과 실적에 큰 영향을 미칠 것이다. 이런 평가 기준들이 마련되지 않아서 많은 영업사원들이 조직 내에서 성과를 내는 데 어려움을 겪는 경우가 많다. 따라서 영업 관리자들은 자신의 경험을 토대로 영업사원들에게 무엇을 교육하고 훈련하며 어떤 방법으로 그들의 역량을 평가하고 개발해서 성공에 다가갈 것인지에 대한 아이디어가 있어야 한다. 이것은 단순히 그 사실을 알고 있고, 영업사원들에게 전달할 수 있다고 해서 해결되는 것은 아니다. 조직의 명확한 평가 기준을 바탕으로 영업사원들을 관찰하고, 피드백을 통해 지속적으로 개발·개선할 때 좋은 결과로 이어질 수 있다.

결국 영업 관리자가 무엇을 평가하고 개발해야 할지 명확하게 알지 못한다면 실적 저조, 의욕부진, 높은 이직률과 같은 문제에 직면할 수밖에 없다. 대부분의 영업 관리자들은 실제 이러한 평가와 개발을 위한 기준이 있는지조차 모르고 있다.

3 조직이 가장 절박할 때 사람을 채용한다

조직은 사업을 확장하거나, 예측하지 못한 상황으로 인해 급히 영업사원을 필요로 하는 경우가 많다. 이러한 경우 빈자리를 채우기 위해 영업 관리자는 최대한 빠른 시일 내에 누군가를 고용해서 누수를 막으려 한다. 그러다 보니 절박한 심정으로 채용을 결정한다. 심지어 영업사원 모집에 큰 어려움을 겪는 신규 대리점의 경우, 자질이나 경험에 상관없이 무조건 출근부터 시키기도 한다. 이로 인해 차후 경제적 손실은 물론 여러 가지 문제를 수반하게 된다.

단순히 영업사원의 수가 많을수록 높은 실적을 창조할 것이라는 막연한 업계의 정서나 개인적인 믿음 때문에 채용을 결정하는 경우, 한정된 후보자들 가운데서 채용하거나 그들을 설득하는 경우까지 발생하기도 한다. 이런 경우, 구직이 절박한 사람들이나 영업에 대한 의지도 없으면서 막연히 뭔가를 해보려는 사람들을 채용할 가능성이 매우 높다.

이런 상황에서 최고의 성과를 낼 수 있는 자질을 가진 인재를 선발할 가능성은 매우 낮다.

성급한 채용은 좋지 않은 결과를 가져오게 마련이다. 단순히 영업 관리자의 기대에 부합할 것 같은 사람을 채용한다면 적임자를 채용했을 때보다 훨씬 더 많은 대가를 지급하게 될 것임은 불을 보듯 뻔하다.

4 개인적 취향이나 직감으로 채용한다

어떤 일에서건 한 면에 치우치지 않고 공정성을 유지한다는 것은 쉬운 일은 아니다. 객관적이어야 한다고 마음먹기는 쉽지만, 실제로 객관적이기는 참 어려운 일이다. 인간은 사람을 판단할 때 쉽게 환경의 영향을 받는다. 가령, 영업 관리자가 영업사원을 채용할 때 개인적인 취향에 기준을 둔다면 성공적인 채용이란 한 발 더 멀어질 수밖에 없다.

인터뷰에서 사람들은 가능한 한 자신을 포장해 영업 관리자에게 좋은 인상을 남기려고 한다. 때로는 자신이 회사가 찾고 있는 인재라며 설득하려고 들지도 모른다. 그 순간에 영업 관리자는 자신의 감정이나 직관에 의지해 진실이 무엇인지 상관없이 결정을 내릴 수도 있다. 그 결과, 영업 관리자는 3개월 후에 자신이 뽑은 영업사원을 내보내지 못해 고민에 빠질 수도 있다. 면접 당시 느꼈던 참신함은 온데

간데없어지고, 실망스러운 진짜 모습이 드러난 후에야 자신이 원하던 사람이 아니었음을 깨닫고 후회하겠지만 그때는 돌이킬 수가 없다. 개인적 취향이나 직감으로 영업사원을 채용한 영업 관리자는 혹독한 대가를 치르게 된다.

5 명확한 채용 절차가 없거나 기준이 모호하다

회사에서 인재를 선발할 때 명확한 채용 절차가 없거나 채용 기준이 모호하다면 사후에 문제가 발생할 수 있다. 대부분의 영업 관리자들은 정상적인 선발 절차를 거쳐 채용했다고 하지만, 실제로 그런 회사들은 많지 않다. 명확한 채용 절차나 기준을 갖추지 못했다는 것은 매번 새로운 영업사원을 고용할 때마다 허둥대야 한다는 것을 의미한다. 근본적으로 정의되지 않은 채용 절차는 만족스럽지 않은 결과를 초래하게 마련이다. 향후 어떤 성공적인 채용도 보장하지 못한다.

허술한 채용 절차는 쉽게 인식되지는 않지만 심각한 문제를 야기할 수 있다. 그런데도 많은 회사가 허술한 채용 절차를 통해 평범한 실적만 내는 영업사원들을 반복해서 채용하고 있다.

6 동기부여가 되지 않는 영업사원들이 존재한다

동기부여는 조직 내에서 흔히 쓰는 전문 용어다. 영업팀이 이전보다 더 크게 동기부여 될 수 있다면 더 좋은 결과를 기대할 수 있겠지만, 이는 쉬운 문제가 아니다. 영업사원들에게 동기를 부여하고 활력을 불어넣는다는 것은 단순히 그들을 위해 무엇을 해 준다는 것을 의미하는 것은 아니다. 동기부여가 잘된 사람들은 기본적으로 성취감으로 충만해 있기 때문에 열정적이다. 인센티브 등으로 단기간 열심히 일하게 할 수는 있을지 모르지만, 결국 동기부여는 개인의 자질이 결정한다.

그렇다면 사람에 따라 동기부여가 되지 않는 원인은 무엇일까? 어떤 사람은 충분한 에너지가 없어서 동기부여가 되지 않을 수 있고, 어떤 사람은 적은 보수 때문에 그럴 수 있으며, 어떤 사람은 영업 관리자가 자신에게 무엇인가를 알려 주기를 기다리고 있을 수도 있다. 심지어 어떤 사람은 영업 관리자가 자신이 성장하는 데 도움이 되지 않기 때문인 경우도 있다. 이러한 내적인 원동력과 관련된 부분은 인터뷰 과정에서는 쉽게 파악되지 않는다. 영업 관리자가 동기부여가 잘되어 있고 잠재적인 영업 능력을 갖춘 영업사원을 원하는 것은 당연하다. 무엇이 특정 개인에게 동기를 부여하는지 안다면 그들을 분발시켜 더 좋은 실적을 올리게 하는 데 아주 유용할 것이다.

이러한 이유들 중에서 한두 가지 혹은 몇 가지 이유는 당신에게도 익숙할지 모른다. 비록 명확히 인식하지는 못해도 자신들이 직면해 있는 문제들에 관해 어느 정도 감은 잡혔을 것이다. '우리 팀에는 왜 탁월한 영업사원이 없을까?'라는 질문을 다시 하지 않으려면 먼저 '탁월한 영업사원이란 어떤 사람인가?'를 명확히 인지해야 한다. 그리고 어떤 이들을 어떤 방식으로 선발할 것인지 점검해야 한다.

채용 시 반드시 고려해야 할 사항

성공 가능성이 높은 사람들을 얻는 것은 그 자체로도 어렵지만, 그 사람의 본성까지 파악해야 하기 때문에 더욱 어려운 것이다. 당신이 고용한 모든 영업사원들이 물론 높은 성과를 낼 수도 있다. 그러나 어떠한 상황에서든 높은 성과를 내는 사람들은 그리 많지 않다. 나머지는 그저 그런 성과를 낼 수밖에 없다. 그래도 단 한 명의, 또는 몇몇의 뛰어난 성과자들과 함께할 수 있다면 당신은 오랫동안 성공한 영업 관리자가 될 수 있다.

모든 지원자는 어떠한 종류든 간에 자신에 관한 기록을 가지고 올 것이다. 그렇지 않다면 가지고 오도록 해야 한다. 그것이 지원자에 대해 무언가를 말해 줄 것이며, 당신은 좀 더 쉽게 지원자에 대해 파악할 수 있을 것이다. 그다음은 영업 관리자로서의 느낌이다. 어떤 지원자가 당신의 마음에 들었다면, 고객도 마음에 들 가능성이 높다.

첫인상은 오랫동안 지속되기 때문이다. 분명한 것은 당신이 마음에 들어 하는 지원자에 대해 다른 사람의 의견도 귀를 기울여야 한다는 점이다.

사전 준비는 성공적인 인터뷰를 위해 반드시 필요하다. 인터뷰에 임하는 영업 관리자라면 적어도 인터뷰 한 시간 전에는 지원서를 꼼꼼히 읽어 보아야 한다. 그리고 지원서에 나열된 정보를 바탕으로 질문을 준비해야 한다. 준비되지 않은 인터뷰에서 얻을 수 있는 정보는 '감'뿐이다. 또한 가능한 많은 인터뷰를 해보는 것이 좋다. 이러한 경험들이 당신의 인터뷰 능력을 향상시키고, 지원자들을 좀 더 정확히 파악할 수 있도록 해 줄 것이다.

채용 과정은 시간과 비용이 드는 과정이다. 어렵사리 비용을 들여 지원자들을 확보해 놓고 채용에 급급한 나머지 결정을 서두르다가 나중에 낭패를 보는 경우가 허다하다. 제대로 준비되지 않은 채용과정은 장기적으로 봤을 때 시간과 비용 손실의 원인이 된다. 지원자를 인터뷰한 결과가 마음에 든다면 영업 관리자 혹은 베테랑 영업사원과 하루 정도 현장 체험을 해본 후에 최종 평가를 내리는 것도 한 가지 방법이 될 것이다.

다른 사람보다 뛰어나다는 것은 목표와 기대를 뛰어넘는 것이다. 그것은 혁신적이고 성실하며, 스마트하고, 섬세하며 추진력이 뛰어난 열정적인 사람이라야 가능하다. 영업에서 성공하는 것은 대단한 일이지만, 다른 사람들보다 뛰어나다는 것은 더 대단한 일이다.

남들보다 뛰어난 영업사원을 곁에 두기 위해서는 우선 뛰어난 인재를 선발해야만 한다. 성공한 영업 관리자들은 영업사원의 기본적인 자질을 중시한다. 첫 인터뷰 시 개개인의 성실성, 정직성, 열정, 평판, 가정환경 등을 포함한 배경 조사는 무척 중요한 정보가 된다.

뛰어난 영업사원을 채용하기 위해서는 끊임없는 탐색이 필요하다. 당신은 영업 분야 밖에서도 뛰어난 영업사원이 될 만한 자질을 갖춘 사람들을 만날 수 있다. 오늘 당장 그들을 만날 필요는 없을지 모르지만, 내일은 필요할지도 모른다. 그리고 불필요한 가지를 쳐 내는 일도 마다해서는 안 된다. 당신의 팀을 멋지게 만들고 싶다면 용납하기 힘든 행동과 성과를 결코 용인해서는 안 된다.

행동만으로는 충분하지 않다

시중에는 수많은 행동 유형 평가 방식과 도구가 존재한다. 행동 유형이 그만큼 중요하기 때문이다. 한 개인의 행동 방식은 인터뷰에서 어느 정도는 드러나게 마련이다. 그리고 이것은 채용을 결정하는 데 중요한 요인으로 작용하게 된다. 대부분의 영업 관리자들은 지원자와 한 시간 정도 대화를 해보면 그가 어떤 사람인지 어느 정도 짐작할 수 있다.

문제는 인터뷰를 끝내고 그 사람을 채용한 다음에 발생한다. 인터뷰란 인위적인 환경에서 이루어지는 것이므로 지원자의 행동 역시 꾸며진 것일 수도 있기 때문이다. 필자는 영업 관리자 시절에 영업사원들을 상대로 많은 인터뷰를 했다. 그중에서 기억에 남는 사례 하나를 소개하고자 한다.

몇 시간 동안 이력서들을 엄밀히 가려낸 후, 좀 더 깊이 있게 검토하고자 세 명의 지원자를 인터뷰했던 적이 있다. 세 명 모두 화려한 경력과 배경을 갖추고 있었다. 필자는 각 지원자를 개별적으로 인터뷰해 보기로 했다.

첫 번째 지원자인 A는 아주 훤칠한 외모에 깔끔한 차림을 하고 입가에 미소를 지으면서 들어왔다. 앉는 자세부터가 자신감과 여유가 있어 보였고, 눈 맞춤도 무척 자연스러웠다. A는 자기소개서에서 취미를 클래식 음악 감상이라고 밝혔다.

그래서 필자는 좋아하는 음악가에 대해 질문했고, A는 자신이 좋아하는 음악가와 최근에 다녀온 음악회가 얼마나 감동적이었는지에 대해 이야기했다. 그 순간 필자는 깜짝 놀랐다. 필자 또한 그 음악회에 다녀왔기 때문이다. 우리는 같은 시간에 같은 공간에서 감동적인 순간을 함께했던 것이다. 그래서인지 A에게 큰 호감을 느꼈다. 그렇게 한 시간 정도 A와 인터뷰했고, 여러 가지 질문에도 그는 막힘없이 대답했다. A는 점잖으면서도 사교적인 성격으로 보였고, 음악적 식견 또한 대단했다. 그의 모든 반응이 만족스러웠다.

A 정도라면 영업을 잘할 수 있을 것이라고 확신했다. 인터뷰를 마무리할 때 편안히 웃으며 악수를 청했다. A 정도라면 성격 검사 같은 것은 할 필요도 없다고 생각했다. 그가 이미 충분한 에너지를 갖고 있고, 업무에 임할 준비가 된 사람이라고 판단했기 때문이다. 심지어 나머지 두 지원자에 대한 인터뷰를 아

예 취소해 버릴까? 하는 생각까지 했었다. 그래도 혹시 모르니 다른 지원자들도 만나 보기로 했다.

두 번째 인터뷰도 거의 비슷하게 시작됐다. 부드러운 미소와 친절한 태도, 날이 선 양복까지 외관상으로는 별로 흠잡을 곳이 없었다. 다만 인터뷰는 필자는 질문하고, B는 대답하는 형식으로만 흘러갔다. B 역시 영업 경력이 있었으며, 회사에서 좋은 실적을 낼 수 있을 것이라는 자신감이 극도로 넘쳐 보였다. 그는 매우 적극적이었고 대답은 직설적이었지만, 핵심을 잘 정리해서 말했다. 필자는 B가 잠시도 사무실에 앉아 있을 사람이 아니라고 생각했다. 그의 이력서에는 화려한 수상 경력과 승진에 관한 이력이 많았기 때문에 자연스럽게 그가 좋은 실적을 낼 수 있으리라 여겼다.

세 번째 지원자는 면접 시간보다 25분 일찍 도착했다. C에게 간단한 자기소개를 요청했고, 그의 소개를 듣는 동안 C 역시 준비가 잘되어 있는 사람이라는 것을 쉽게 알 수 있었다. C 역시 어떤 질문에도 당황하지 않고 적극적으로 답했다. 그는 면접관이 듣고 싶어 하는 말들을 해주었다. 자신의 최근 성과와 영업 실적에 대해 이야기하며 앞으로 어떤 일을 어떻게 할 것인지도 상세하게 설명해 주었다. 그의 열정과 적극성은 기존의 영업팀까지도 화끈하게 자극시켜 줄 것 같았다.

세 명의 지원자는 각각 성격테스트를 받았다. 인터뷰 내용을 보면 세 명 모두 필자가 원하던 외향적이고, 에너지를 갖고 있으며, 완벽해 보였다.

세 지원자에 관한 자료를 최종 검토한 끝에 A를 채용하기로 했다. 개인적으로 좀 더 호감이 갔기 때문이다. 그러나 6개월이 지나자 큰 기대를 모았던

A는 별로 유쾌한 사람이 아님을 알게 됐다. 입사 후 A에게 회사의 표준과 제품에 관한 교육을 받게 했으며, 팀 내 최고 영업사원까지 붙여 주면서 업무에 익숙해지도록 도움을 주었다. 처음에 그는 유능한 영업사원들이 가지고 있는 특징을 다 보여줬다. 그가 제품들에 관해 교육을 받고 제출한 보고서는 무척 훌륭했다. 다른 팀원들도 그를 좋아했고, 편안하게 대화를 이끌어 가는 그의 능력을 인정했다.

문제는 모두가 그를 좋아했지만, 정작 실적을 별로 올리지 못했다는 것이다. 그는 대인관계가 좋고 많은 사람의 호감을 사는 사람이었지만 고객들을 잘 리드하지 못했다. 그는 최저 기본 할당량마저도 소화하지 못했다. 믿고 채용한 사람인데 결과는 완전히 딴판이었다.

익숙한 상황이지 않은가? 인터뷰는 매우 훌륭했다. 채용 절차에서 아무리 신중을 기했다고 해도 이처럼 '감'에 의존해 결정한 결과는 대부분 실망스러운 결과를 초래했다.

그렇다고 해서 너무 괴로워할 필요는 없다. 이런 시나리오는 우리 주위에서 항상 발생하고 있다. 이러한 문제가 발생하는 데는 두 가지 이유가 있다. 첫 번째는 대부분의 인터뷰 상황에서 지원자에게 현혹당하기 쉽기 때문이다. 지원자는 면접관의 질문에 가장 좋은 모습을 보이려고 애쓰면서 대답한다. 지원자는 자신의 성과를 강조하면서 좋은 인상을 남기려고 하고, 수단과 방법을 가리지 않고 비위를 맞추려고 한다. 무엇을 물어보든지 간에 대답은 이미 공식화되어 있고,

면접관을 설득하여 자기를 채용하라고 할 것이다.

그리고 많은 지원자들은 전 직장에서 좋은 실적을 올렸다고 말할 것이다. 누구도 조직이나 팀의 기대에 부응하지 못했던 경험을 말하지 않을 것이다. 지원자들은 까다로운 면접관의 눈을 피해 자신들을 포장하고, 절대 자신들의 부족함을 시인하지 않을 것이다. 그들은 할 수 있는 모든 것을 말하겠지만, 자신들이 스트레스에 얼마나 약한지와 같은 치명적일 수도 있는 약점에 대해서는 전혀 언급하지 않을 것이다.

이처럼 인터뷰는 평가에 있어서 단지 주관적인 방법일 뿐이다. 면접관은 채용 결정을 내릴 때 별다른 근거도 없이 오로지 지원자들에게서 받은 주관적인 인상으로 판단한다. 당신에게 사람을 잘 읽어 내는 타고난 재능이 있을지도 모르지만, 많은 경우에 이런 방법은 한 사람의 전반적인 능력을 평가하는 데 적합하지 않다. 어쩌면 유능한 영업사원을 채용할 수도 있지만, 이는 단지 운일 뿐이다.

사람을 잘못 알아보는 두 번째 이유는 성격 검사나 행동적인 측면을 전적으로 신뢰한 나머지 그것에 너무 큰 비중을 두고 결정을 내리기 때문이다. 수많은 사람들이 적극적이고 사람 지향적이며 목표 지향적이지만, 한계가 있는 영업사원으로밖에 성장하지 못한다. 친절하고 외향적이며 용모가 단정하고 추진력이 있어 보이는 등의 전형적인 영업사원은 행동적인 측면이나 성격 검사 등으로 쉽게 알아볼 수 있다. 이런 유형의 프로파일은 행동 평가를 통해 드러난다. 이러한 정보들은 인재채용 시에 참고하면 유용할 수는 있지만, 이 역시 사람을 평가하는 데 한 부분으로만 작용해야 한다.

지금까지 많은 채용 결정들이 어떤 인재를 발굴하고, 지원자의 어떤 측면을 어떻게 평가해야 하는지에 관한 제한된 지식을 기반으로 이루어졌다. 마찬가지로 행동 유형 검사와 인터뷰만을 통하여 지원자의 자질이나 영업사원으로서의 가능성 여부를 판단하는 것도 한계가 있다.

따라서 이 책에서는 탁월한 영업사원에 대한 청사진을 그리는 데 필요한 다른 평가 기준인 인지 구조, 가치 구조 및 영업 스킬 등에 대하여 다루고자 한다. 이런 평가 기준들의 조합은 향후 영업 관리자를 포함한 인사 담당자, 경영진들에게 영업사원의 자질에 대한 깊이 있는 통찰력을 제공해 줄 것이다. 행동 유형은 영업사원이 물건을 어떻게 파는가를 알려 준다.

인지 구조는 영업사원이 물건을 팔 수 있을지를 알려 준다. 그리고 가치 구조는 그가 유능한 영업사원이 될 수 있을지를 말해 주며, 영업 스킬은 컨설팅이나 코칭이 필요한 복잡한 영업 프로세스에 대한 이해가 가능할 것인지를 알려 준다.

이 네 가지 요소를 기준으로 영업 지원자를 선발한다면 성공적인 채용에 한 발짝 더 다가갈 수 있다. 시중에 다양한 평가도구들이 있지만, 영업사원 한 사람을 평가하면서 이 책에서 제시하는 것만큼 깊이 있게 파악 가능한 도구들은 없을 것 같다.

이 네 가지 평가 기준을 반드시 잘 이해하고, 나중에 어떤 지원자가 당신의 조직에서 탁월한 영업사원이 될 가능성이 높은 사람인지 판단해 보라. 이 책에서 소개하는 기준들은 필자가 고객사들을 도와 영업사원들을 채용하고 육성할 때 사용하는 평가 기준들이다. 그러나 이것 또한 절대적인 것은 아니며, 100%를 보장한다고 하기는 어렵다. 하지만 이직률의 감소, 영업 능력 향상 및 회사 전체의 영업력 향상 등에 효과가 있다는 것이 다양한 기업들의 사례를 통해 입증되었다. 그렇다면 이러한 노력은 충분히 가치가 있을 것이다. 유능한 영업사원의 채용은 영업 현장에서 수시로 필요한 일이다. 지금부터라도 적용해 보라.

다음 장에서 네 가지 평가 기준 중 행동 유형에 대해 알아보자.

Sales Innovation MBA

영업사원의 행동 유형

사람들의 행동 유형은 크게 네 가지로 나눌 수 있다. 여기서는 서로 다른 네 개의 행동 유형에 대해 설명하고, 탁월한 영업사원에게서 찾고 있는 모습이 무엇인지 생각해 볼 수 있는 기회가 될 것이다. 행동유형이란 집의 외관과 같은 것이다. 이것만 보고 지원자에 대해서 많은 것을 알았다고 생각할 수도 있지만, 집의 외관만 봐서는 그 집에 몇 개의 방이 있고 배관이 얼마나 튼튼하게 되어 있는지 모르는 것처럼 행동 유형이 그 사람의 모든 것을 말해 주지는 않는다. 다음에 소개될 네 가지 행동 유형은 각기 다르지만 나름의 장점이 있다.

1 주도형

주도형은 다른 사람들에게 지시하는 것을 좋아하며, 매사에 적극적이고 결과 지향적이다. 그들은 항상 눈에 보이는 결과를 원하고 도전을 좋아하기 때문에, 가만히 앉아서 다른 사람들이 무엇을 해야 하는지 알려 주기를 기다리지 않는다. 자신이 하는 모든 일에 절박감을 느끼는 편이므로 영업 방식 역시 직접적이다. 수완가 부류에 속하는 사람들이 많으며, 항상 적극성을 보이며 바쁘게 산다.

2 사교형

사교형은 항상 다른 사람들과 연관된다. 이 유형에 속하는 사람들은 매력적이고 인간 중심적이어서 거의 모든 사람들과 쉽게 대화를 이끌어 간다. 이들은 정열적이고 설득력이 강하며 다른 사람들을 편하게 해준다. 주위에 항상 사람들이 있고, 낯선 사람들을 만날 때도 별로 불편함을 느끼지 않는다.

이들은 영업 관리자들이 주위에 두고 싶어 하는 유형일 확률이 높으며, 다각적인 관계를 즐긴다. 신분과 지위를 추구하기를 좋아하며, 어느 정도 자신들의 위치를 평가해 보려는 경향이 있으며, 새로운 잠재 고객을 만나기 위한 아이디어들을 즐긴다.

3 안정형

안정형은 다른 사람들에게 편리를 도모해 주는 유형의 사람들이다. 이들은 인내심이 강하고, 태평스러운 성격으로 사적인 활동이나 전문적인 활동에 충성스러운 스타일이다. 안정형은 비록 한 번에 한 가지 일에만 집중하기를 원하지만, 주어진 목표를 완성하기 위한 기대도 가지고 있다. 자신들의 의무를 방법론적이고, 시스템적으로 이행하며, 정식으로 실행하기 전에 다른 사람들을 기다려 주는 것을 개의치 않는다. 그들은 일이 완성될 때까지 논리적인 절차를 따르면서 보완해 나가기도 한다. 그들은 배를 암초에 부딪치게 하는 일이 거의 없다. 이들 유형은 다른 사람들이 결정을 내리는 데 충분한 시간을 준다.

4 신중형

신중형은 다른 사람들을 곧잘 평가한다. 이 유형에 속하는 사람들은 사실에 입각해서 높은 정확성을 보여 준다. 그들은 어떤 결정을 내리기 전에 최대한 많은 정보를 알려고 한다. 다른 유형의 사람들에 비해 말수도 적고 다소 수줍음도 타는 편이며, 다른 이들에게 차갑고 거리감이 있다는 인상을 주기도 한다. 품질 의식이 투철하며, 모든 문제에 만반의 준비를 한 사람들로, 세부적인 것까지도 관심을 가진다.

그동안 인터뷰를 진행하면서 이 네 가지 유형 중에서 적어도 한 가지 유형의 지원자를 한 번쯤은 만나 봤을 것이다. 이 네 가지 유형 모두 영업사원으로 일할 수는 있으나, 모두가 유능한 영업사원이 될 수는 없다.

유능한 영업사원들의 행동 유형은 일반적으로 주도형과 사교형의 조합으로 이루어져 있다. 여기에는 그만한 이유가 있다. 영업 활동을 잘 수행하려면 무척 중요한 특징이 필요한데 바로 넘치는 에너지다. 이는 새로운 고객을 발견하는 데 매우 중요한 역할을 한다. 뻔한 이야기로 들릴지 모르지만, 많은 영업 조직에는 현장에 나가서 새로운 사람들과 관계를 맺고 새로운 사업을 성사시키기에는 에너지가 부족한 영업사원들이 너무나도 많다. 넘치는 에너지야말로 유능한 영업사원이 되기 위해 가장 필요한 자질 중 하나인데 말이다.

반면에 유능한 영업사원은 에너지에 대해 말할 필요가 없는 사람들이다. 그들은 워낙에 에너지가 넘치는 사람들이기 때문에, 리스크나 변화가 있는 환경에서 오히려 편안함을 느낀다. 그들은 계약이 성사됐을 때 큰 성취감을 느끼며, 영업이라는 일 자체를 도전으로 생각한다. 목표 달성을 즐기며, 목표에 도달하거나 심지어 자신의 한계를 뛰어넘을 때 쾌감을 느낀다. 이런 유형의 사람들이야말로 영업 관리자들이 찾는 사람이다. 그러나 대부분의 영업 관리자들이 훌륭한 에너지를 갖춘 지원자를 발견하는 것이 아니라, 단순한 행동 유형에 근거해 지원자의 영업 스타일에 대해서만 관심을 기울인다. 만약 영업사원 선발을 결정할 때 행동 유형만을 참고한다면, 영업사원의 미래에 대해 아주 불완전한 그림을 얻게 될 것이다. 행동 유형에 관한 정보는 그 사람을 동기부여 시키는 것이 무엇이며, 어떤 생각을 하고 있는지에 대해서는 알려 주지 못한다.

집에 대한 비유를 다시 생각해 보자. 채용 여부를 판단하기 위해 단순히 지원자의 행동 유형만 참조해서 결정한다는 것인터뷰 혹은 행동 평가만으로 선발하는 것은 마치 집의 외관만을 보고 집을 구매하는 것과 같다. 집의 외관도 물론 중요하지만, 어떤 기초 위에 어떤 재료로 지은 집인지를 아는 것이 근본적으로 훌륭한 집을 선택하는 데 중요한 전제가 되는 것처럼 말이다.

인지 구조를 파악하라

인터뷰에서 면접관으로부터 "자신의 인지 구조에 대해 말씀해 주세요"라는 질문을 받는다면 '대체 뭘 말하라는 거지?' 하며 당황할 것이다. '인지'라는 말 자체가 많은 사람들에게 명확하게 인식되는 단어는 아니기 때문이다.

그렇다면 인지구조'란 무엇일까? 인지 구조는 사람의 두뇌 속에 있는 필터와 같아서 사람이 사물을 얼마나 명확하게 볼 수 있는지, 정보를 얼마나 정확하게 처리할 수 있는지, 개념의 우선순위를 얼마나 지혜롭게 바로잡을 수 있는지와 관련된 '생각의 명확성'이라 할 수 있다. 따라서 인지구조는 영업사원의 명확한 역할 인식에 영향을 미치는 매우 중요한 요소이다.

좋은 기회를 매번 놓치고 성과로 연결시키지 못하는 영업사원과 일해 본 적이 있는가? 매번 다양한 아이디어를 장황하게 늘어놓지만,

별로 성사되는 경우는 없다. 또한 개인적인 문제를 회사에까지 끌고 온다. 바로 사물에 대해서 명확한 인식이 부족한 경우들이다. 의외로 사물에 대해 인식의 명료성이 떨어지는 영업사원들이 많다.

반면에 영업사원들 중 유독 인식이 명확한 사람들이 있다. 이들은 어떤 상황에 처했을 때, 무슨 일이 진행되고 있는지를 최대한 정확히 파악해서 결론을 내리곤 한다. 절대 안개 속에서 헤매지 않는다. 이들은 보통 사람들과는 완전히 다른 관점으로 사물을 관찰하는데, 이는 명확한 인지구조를 가지고 있기 때문이다. 이들은 특정한 목표나 사건과 연관성이 있는 일들에는 주의를 집중하고 연관성이 없는 것에 대해서는 아예 관심을 꺼 버린다.

이처럼 인지 구조는 유능한 영업사원으로 성장하는 데 매우 중요한 역할을 한다.

에어컨을 생각해 보자. 에어컨에는 필터가 있고, 공기는 필터를 통과한다. 필터가 깨끗할 때 시스템은 잘 가동된다. 인지 구조는 사람의 두뇌 속에 있는 필터와 같아서 사람이 사물을 얼마나 명석하게 볼 수 있는지, 정보를 얼마나 정확하게 처리할 수 있는지, 개념들의 우선순위를 얼마나 지혜롭게 정리할 수 있는지와 직결된다. 필터가 깨끗할수록 에어컨이 더 효과적으로 기능하는 것처럼 인지 구조가 잘 기능해야 더 큰 성공을 기대할 수 있다. 따라서 인지 구조가 제대로 기능하는 영업사원일수록 자신의 역할을 명확하게 인식하고 집중함으로써 좋은 성과를 거둘 가능성이 크다.

하지만 안타깝게도 개인의 인지 구조는 정신적인 형태로 존재하므로 인터뷰를 할 때는 거의 드러나지 않는다. 훌륭한 기질은 갖췄지만 인지 구조가 빈약한 대다수의 지원자들이, 인터뷰할 때는 유능한 영업사원이 될 것처럼 보이지만 채용 후에는 영업 관리자들의 기대를 충족시키지 못하는 이유가 바로 여기에 있다. 따라서 영업 관리자가 인지 구조에 대해 제대로 알고 있어야 이러한 상황을 피할 수 있다. 자신은 물론이고 주위의 환경과 다양한 상황들, 대인관계 등 세상 돌아가는 일에 대해 제대로 파악하는 능력은 업무 역량에도 큰 영향을 미칠 수 있기 때문이다.

예를 들어, 항상 약속된 시간보다 늦는 영업사원이 있다면, 그 사람은 자신의 게으른 습성이 고객의 신임을 잃는 결과로 이어지게 될 것이라는 데에 인식이 없는 것이다. 어떤 영업사원은 고객들을 상담할 때 초기에는 적극적으로 리드하지만, 상담을 마무리하는 시점에서 계약을 성사시키는 결정적인 클로징에 대해서는 자신감이 부족할 수 있다.

이처럼 개인의 인지 구조가 영업사원으로 적합하지 않을 경우에는 실적이 그저 그런 영업사원이 될 수밖에 없다. 당신이 아는 사람들 중에 에너지는 넘치지만 영업사원으로서 적합하지 않은 사람들이 얼마나 되는지를 생각해 보라. 당신의 영업팀에는 그런 사람들이 많지 않기를 바란다. 모든 사람들은 서로 다른 특성을 가지고 있지만, 그들 모두가 영업직에 적합한 것은 아니다. 지원자를 채용하기 전에 먼저 그 사람의 인지구조를 파악할 수 있다면 훨씬 나은 성과를 얻을 수 있다.

다음 두 사람 사이의 연관성을 찾아보자. K는 항상 이런저런 시행착오를 범한다. 어떤 날은 만족시키기 어려운 고객이 문제이고, 또 어떤 날은 업무에 사사로운 감정을 끌어들이기 일쑤다. 다른 날에는 또 다른 문제들이 발생하고, 항상 그런 식이다. 당신은 그에게서 항상 탄식을 들어야만 한다. 그는 자신이 직장과 가정에서 얼마나 스트레스를 받고 있는지 당신에게 털어놓는다. 영업이 잘 안 되는 원인을 스트레스 탓으로 돌린다. 그러면 당신은 끊임없이 그에게 긴장을 풀고 너무 신경 쓰지 말라고 충고해 준다. 그러나 다음 날 또는 다음 주에 또다시 다른 일이 발생한다. 이런 일들은 당신의 신경을 상당히 건드릴뿐더러 다른 직원들까지도 피곤을 느끼게 한다. K는 스트레스에 대한 아무런 대책이 없으며, 당신은 그를 어떻게 처리해야 할지 골머리를 앓고 있다.

K는 인지 구조상 스트레스 통제 불능의 문제를 갖고 있다. 그가 겪는 업무와 생활에서의 신경질과 걱정은 그가 영업에서 절대 성공할 수 없는 원인이 된다. K는 스트레스가 성과를 내는 데 있어서 걸림돌이라고 고집한다. 그는 자신의 스트레스 처리에 대한 무능력을 인식하지 못하고 있다. 어쨌든 중요한 것은 그대로 놔두면 영업팀에 무능한 영업사원이 그대로 존재하게 된다는 사실이다.

P에 대해 살펴보자. P는 보통 사람보다 두 배의 에너지를 갖고 있

다. 그는 항상 준비되어 있다. 전화 영업을 하거나 잠재 고객을 방문하여 그들에게 제품 정보를 제공한다. 영업 관리자는 그의 노력에 뭐라고 할 말이 없지만, 그의 월별 성과를 보면 노력의 흔적을 찾을 수가 없다. P는 하루 종일 열심히 뛰면서 최선을 다하지만 얻는 것은 별로 없다. 원인 분석을 하자면, 그는 항상 구매 의지가 없는 잠재 고객을 쫓아다니기 때문이다. 문제는 자신이 어디서 문제가 비롯되는지조차 인식하지 못한다는 점이다.

P는 아무리 끈기와 영업 스킬을 발휘해도 구매할 의향이 없는 잠재 고객들에게는 아무런 소용이 없다는 것을 인식하지 못한다. 그로 인해 그는 적절치 않은 목표를 향해 하루하루 시간을 낭비한다. 그는 잠재 고객들이 자신의 열정에 감동해 제품을 구매할 것이라고 믿고 있을 수도 있다. 그러나 불행히도 고객들은 그렇지 않을 것이며, 그는 영원히 도달할 수 없는 목표를 향해 계속해서 달려갈 것이다.

당신은 혹시 P와 같은 방식으로 도달할 수 없는 성과를 향해 잘못된 방식으로 일을 해 나가는 영업사원들과 함께하고 있지는 않은가? 무질서한 비즈니스는 당신을 무너뜨린다. 당신에게는 "이 고객은 아니군요"라고 말할 수 있는 프로 영업사원이 필요하다.

당신은 이와 유사한 부류의 영업사원들과 오랫동안 고생하고 있을지도 모른다. 인터뷰 당시에 당신이 했던 질문과 그들이 했던 대답만으로는 이후에 이들이 이런 식으로 나올 것이라는 사실을 전혀 예측할 수가 없다. 그리고 당신이 지원자에게 스트레스를 어떻게 관리하느냐고 물어본다 한들 정직한 대답을 듣기는 어렵다. 자신이 스트레스를 처리할 능력이 없다고 대답할 사람은 없을 것이기 때문이다.

지원자들은 응대하기 어려운 고객을 상대할 때조차 얼마나 지혜롭고 성실하게 대처할 것인지에 대해 성심껏 설명할 것이며, 당신은 감동받지 않을 수 없을 것이다. 그러나 필자가 앞에서도 언급했듯이, 인지 구조는 영업사원이 실무 능력을 발휘하는 데 실제로 중요한 역할을 하며, 영업사원의 채용과 개발에 있어서 필수적으로 고려해야 할 요소이다.

K나 P와 같은 영업사원들이 채용된 이유는 그들이 당신의 마음속에 있는 유능한 영업사원의 이미지와 일치했기 때문이다. 그들의 프로필은 완벽했을 것이다. 겉으로 보기에 그들은 적극성과 추진력 그리고 야망이 넘치는 듯 보였지만 그 내면을 들여다보았을 때는 완전히 다른 사람이었던 것이다. 마치 낡은 배관을 감추고 있는 새집과 같이 말이다.

당신은 새집처럼 보이는 그 집의 현관문을 열기 전까지, 집 안 구석구석을 꼼꼼히 살피기 전까지는 그 집이 바로 당신이 찾고 있던 집이라고 생각했을지도 모른다. 당신이 만약 집 안을 꼼꼼하게 살피지 않은 채로 덜컥 그 집을 계약한다면 나중에 난방시설이나 구조물이 부실하다고 땅을 치고 후회해 봤자 소용이 없을 것이다. 그렇다면 왜 영업 관리자들은 지원자의 인지 구조를 좀 더 세밀하게 파악해 보지도 않고 채용하는 것일까?

그가 일을 제대로 할 수 있을까? 이 문제는 영업 관리자들이 영업사원을 채용할 때 머릿속에서 맴도는 가장 큰 질문이다. 지원자들의 인지 구조를 파악하는 것은 당신이 좋은 인상을 받았던 지원자의 내면에 대해서 좀 더 정확하게 알게 됨을 뜻한다.

영업현장에서 오랜 시간 동안 수많은 영업사원들을 인터뷰하고 선발해 본 경험에 의하면 지원자들의 프로필에 담긴 많은 요소들이 장차 성공적인 영업사원이 되는 데 무척 중요한 지표 역할을 한다는 것을 발견했다. 그것은 바로 스스로 시작하는 능력, 목표 지향적, 결과 지향적, 개인적 책임감, 스트레스를 다루는 능력 및 거절을 다루는 능력 등이었다. 이 외에도 더 많은 것들이 있으나, 이 책의 목적에 비추어 여기서는 이 여섯 가지 요인만을 다룬다.

1 스스로 시작하는 능력

스스로 시작하는 능력은 외부의 어떤 자극이 없이도 자신의 목표를 달성하기 위하여 에너지를 쏟아 붓는 능력을 말한다. 당신은 매일 채찍을 들어야 움직이는 영업사원들과 일해 본 적이 있는가? 아이러니하게도 많은 영업 관리자들은 에너지가 넘쳐 보이는 지원자들을 채용하면서 그들이 스스로 시작하는 능력이 있다고 믿지만, 많은 이들이 그렇지 못하다. 에너지 수준과 스스로 시작하는 능력은 같은 것이 아니다. 전자는 행동 특성이고, 후자는 인지 능력이다. 두 가지 중 하나를 가지고 있는 영업사원을 채용할 수는 있다. 만일 영업사원들이 새로운 시장을 개척하고 고객을 확보해야 한다면 이 두 가지를 모두 갖춘 영업사원을 채용해야만 한다.

2 목표 지향성

탁월한 영업사원들은 그들이 어디로 가고 있는지 알고 있다. 그들은 목표를 달성하기 위해 전략적인 사고를 발휘하여 스스로 행동 계획을 세우고 그것을 실행으로 옮긴다. 목표 지향적인 사람은 목표를 향해 전진하는 도중에 어떤 장애가 나타나더라도 그것을 극복하고 목표에 집중한다. 목표에 집중하는 능력이 없다면 상황을 복잡하게 만들 뿐이다. 이러한 성향이 약한 사람들은 목표를 세워 줘야만 목표에 집중하고 나아가는 의존적인 영업사원밖에 되지 못한다. 이렇게 되면 영업 관리자는 엄청난 시간과 에너지를 소모해야 한다. 따라서 영업 관리자는 자신의 간섭 없이도 목표를 잘 이해하고 그것을 향해 추진력을 발휘할 수 있는 영업사원을 곁에 두어야 한다.

3 결과 지향성

탁월한 영업사원들은 마무리를 잘할 줄 아는 인지 능력을 갖추고 있다. 이들은 얻고자 하는 결과를 위해 필요한 행동들을 할 수 있는 사람들이다. 결과 지향성은 목표 지향성과 함께 발휘된다. 자신이 목표로 하는 것에 도달하거나 원하는 결과를 얻기 위해 어떻게 하는 것이 가장 효율적이고 적합한 방법인지를 알고 있어 경쟁자들보다 우위에 선다. 이러한 성향이 약한 영업사원들은 수많은 판매 기회를 잃게 된다. 왜냐하면 그들은 결과를 얻는 데 필요한 구성 요소들에 초점을 두지 않기 때문이다.

4 개인적 책임감

개인적 책임감은 자신의 결정과 행동에 책임지는 능력으로서, 영업사원의 경우에는 자신의 초라한 실적에 대한 책임을 다른 사람에게 전가하지 않는 것을 말한다. 많은 영업 관리자들이 이 문제로 괴로워한다. 탁월한 영업사원은 개인적 책임감을 느끼는 사람으로서, 실수했더라도 주도적으로 실수를 인정하고 다음에는 똑같은 실수를 절대 범하지 않는다.

5 스트레스 다루기

탁월한 영업사원들은 개인 생활이 자신의 직업에 방해되지 않도록 조절할 줄 안다. 적당히 내적인 긴장을 풀고 스트레스를 다룰 줄 아는 능력을 갖추는 것은 직업적인 성공은 물론, 인생에서도 매우 중요한 속성이다. 일상에서 무슨 일이 발생하든 그것을 이겨 내지 못하면 스트레스는 계속 쌓일 것이고 실적에 좋지 않은 영향을 주게 된다.

6 거절 다루기

탁월한 영업사원은 고객으로부터 거절을 당하더라도 아무렇지도 않은 듯 자연스럽게 전화기를 들고 다른 고객에게 전화한다. 그들은 거절을 개인적인 모욕이라고 생각하지 않고 마음속에 쌓아두지 않는다.

어떤 고객들은 무척 퉁명스럽고 무례하다. 물건을 아예 거들떠보지도 않기 때문에 기분이 나쁠 수도 있다. 탁월한 영업사원들은 거절을 잘 다룰 수 있기 때문에 계획된 프로세스대로 업무를 추진한다.

개인의 가치를 파악하라

앞에서 당신은 행동유형과 인지 구조가 어떻게 영업사원들이 업무를 수행할지를 판단하는 데 아주 중요한 역할을 한다는 것을 배웠다. 여기서는 개인의 가치가 업무 수행에 어떻게 영향을 미치는지 살펴볼 것이다.

사람들은 자신이 가치 있다고 여기는 것에 근거해서 행동한다. 어떤 일을 결정하거나 선택할 때 역시 가치를 기준 삼아 결정을 내린다. 만약 어떤 영업사원이 영업 활동에 적합한 가치를 갖고 있지 않다면 그를 바꾸기 위한 어떠한 조치도 취할 수 없다. 가치는 지원자가 직업 활동을 시작하기 전부터 형성되어 온 것으로, 인지 구조와 더불어 그 사람이 영업사원으로서 적임자인지 판단하는 데에 결정적인 단서가 된다.

여기서 다시 집의 사례로 돌아가 보자. 만약 행동 유형을 외벽과 지붕이라 하고, 인지 구조를 배관이라고 한다면, 가치 구조는 집의 기반이라고 할 수 있다. 튼튼한 기초 공사 없이 비바람을 견뎌 낼 집은 없다. 가치 구조는 집의 기반이며, 그 집이 정상적으로 기능하도록 해 준다. 따라서 탁월한 영업사원이 되기 위해서는 그에 적합한 가치 구조를 갖춰야 한다.

면접관의 입장에서 보면 한 지원자의 가치 구조를 파악하기란 사실 쉽지 않다. 비록 그렇더라도 분명한 것은 평범한 영업사원과 탁월한 영업사원의 가치 구조는 분명히 차이가 난다는 점이다. 무엇이 내적으로 이들을 움직이는지 알 수 있다면, 그들이 앞으로 어떤 유형의 영업사원이 될지도 알 수 있다.

인터뷰에서 지원자는 최선을 다하여 자기가 훌륭한 가치를 지닌 사람임을 강조할 것이다. 물론 그것이 솔직한 모습일 수도 있지만, 꾸며진 것일 수도 있음을 간과해서는 안 된다. 따라서 좀 더 정교하게 진정한 가치 구조를 파악하려는 노력이 필요하다. 지원자의 가치를 평가하는 목적은 그가 영업사원으로서 적임자인지 아닌지와 그를 육성해서 좋은 실적을 쌓게 하기 위한 것이다. 이를 위해 이 책에서는 이론적·경제적·사회적·정치적·규칙적·심미적 가치라는 여섯 개의 서로 다른 가치로 평가하라고 제안한다.

1 이론적 가치

이론적 가치란 지식에 대한 열정이나 욕망과 관련이 있다. 이 가치의 가장 주요한 목적은 편리를 위하여 지식을 시스템화하는 것이다. 강한 이론적 가치를 갖춘 영업사원은 고객에 대한 풍부한 정보를 수집하고 있을 때 자부심을 느낀다. 특히 대학교수들은 전형적으로 높은 이론적 가치를 갖고 있다. 그들은 학생들에게 새로운 지식을 제공하는 것에 대한 동기가 강하며, 학문적 활동을 통해 만족감을 느낀다.

2 경제적 가치

경제적 가치는 재무적인 수입 및 사고의 실용성을 중시하는 것을 말한다. 경제적 가치를 우선순위에 두는 사람들은 어떻게 돈을 벌고, 쓰며, 분배되는지에 대한 생각을 많이 한다. 경제적 가치를 우위에 두는 영업사원들은 재정적인 수입을 늘리기 위해 더욱 노력한다. 그리고 그들은 어떻게 하면 시간과 에너지 그리고 자원 등에 대한 투자 대비 이익을 극대화할 것인지를 항상 고려한다. 주식 브로커들은 전형적으로 높은 경제적 가치를 갖고 있다. 탁월한 영업사원들 역시 그렇다. 그들은 더 많은 부를 창조하기 위하여 지속적으로 방법을 찾고 집중한다.

3 사회적 가치

사회적 가치는 자신이 손해를 볼 것임을 뻔히 알면서도 다른 사람들에게 헌신하려는 욕망을 뜻한다. 사회적 가치가 강한 이들은 인간관계를 매우 소중히 여기며 '친절'과 '배려'를 항상 강조한다. 마하트

마 간디와 테레사 수녀 같은 분들이 높은 사회적 가치를 지닌 대표적인 인물이라고 할 수 있다. 이들은 자신의 일생을 다른 사람들을 위해 헌신함으로써 자신들의 존재를 더욱 빛나게 했다.

4 정치적 가치

정치적 가치는 권력에 대한 욕망을 뜻한다. 정치적 가치를 중요하게 생각하는 사람들은 경쟁과 리스크를 극복해야 할 도전으로 생각한다. 정치적 가치가 높은 영업사원들은 사람들을 통제하고, 영향력을 발휘하기를 좋아하며, 자신이 얼마나 성공적인 사람인지 다른 이들이 알아주기를 원한다. 정치가 혹은 CEO들은 일반적으로 높은 정치적 가치를 갖고 있다. 이런 유형은 회사의 경영진 위치까지 올라갈 확률이 높고, 권위가 수립되고 존경받는 환경에서 편안함을 느낀다.

5 규칙적 가치

규칙적 가치를 중요하게 생각하는 사람들은 질서와 전통을 중요시한다. 또한 일정한 패턴과 시스템을 추구한다. 이들에게는 규칙과 원칙이 매우 중요하다. 규칙적 가치가 강한 영업사원들은 예측이 가능하고 시스템이 갖춰진 상황에서 가장 큰 편안함을 느낀다.

6 심미적 가치

심미적 가치는 형식과 조화에 대한 욕망을 의미한다. 이것은 그 사

가치유형에 따른 동기부여 수준

출처 : Brrett Riddleberg(2004), BLUEPRINT of a SALES CHAMPION, Ratzelburg PUBLISHING.

람이 예술적이고 창의적이라는 말이 아니라, 삶 속에서 균형 잡힌 시각을 찾아내고 즐긴다는 의미다. 강한 심미적 가치를 갖고 있는 영업사원들은 아름다운 시각을 즐긴다. 대표적으로 건축가, 예술가 그리고 자연을 사랑하는 사람들이 높은 심미적 가치를 갖고 있다. 그들은 디자인과 구조물들을 찾아내고 완성시키기 좋아하며 경험하기도 좋아한다.

이처럼 사람마다 중요하게 여기는 가치는 다르다. 그리고 가치 구조는 한 개인이 직무 능력을 발휘하는 데 큰 영향을 미친다. 실적이 뛰어난 영업사원들 중 대부분은 경제적 가치와 정치적 가치를 무척 중요하게 생각한다. Brrett Riddleberg(2004)의 연구에 따르면, 최고 수준의 영업사원들 중 업무와 관련해 동기부여가 되는 가장 중요한 요인이 소득인 사람들이 72%나 되는 것으로 나타났다.

대부분의 영업사원들은 일정 급여와 실적에 따른 인센티브를 받기 때문에 돈에 의해 동기부여가 되는 것은 당연한 일이다. 그러나 돈에 의해서 동기부여가 되는 영업사원들만 있는 것은 아니다. 혹시 보너스나 월급인상까지 해가면서 자극해 봐도 별 효과가 없는 영업사원들과 일해 본 경험이 있는가? 돈에 의해서 동기부여가 되지 않은 사람들은 금전적 인센티브에 의해 동기부여 되지 않는다. 그렇다고 그들이 돈을 원하지 않는다는 말은 아니다. 이는 단지 그들이 돈보다 자신들의 생활 속에서 다른 어떤 것에 더 큰 가치를 부여하기 때문이다.

두 번째로 강하게 동기부여 되는 가치는 정치적 가치다. 탁월한 영업사원들은 자신들의 운명에 대하여 책임지고 결과를 예측하기를 원한다. 그들은 자신의 영향력과 중요성을 드러내고 싶은 욕구로 동기가 부여되는 사람들이다. 그들은 명예와 지위 그리고 권력을 얻기 위한 방법을 추구하는 사람들이다. 그들은 최선을 다하며, 통제받는 것을 싫어하고, 심지어 자유가 많은 환경에서 일을 잘해낸다. 영업 관리자들의 간섭은 이들이 조직을 떠나게 하는 원인이 된다.

이에 반해서 정치적 가치를 중요하게 생각하지 않는 영업사원들은 대체로 자기들이 해야 할 일들에 대해서 다른 사람들의 눈치를 본다. 스스로 해결방안을 탐색해 내는 것보다 다른 사람들의 지시를 받기를 원한다. 물론 그렇다고 해서 영업을 할 수 없다는 것은 아니다. 이들도 영업을 할 수는 있다. 하지만 잘할 수 있는 가능성은 매우 낮다. 실적이 탁월한 영업사원은 경제적인 가치와 정치적인 가치가 튼튼한 동기부여 기반이 되어 기록을 깨뜨리고 상을 받게 해 주는 것이다.

다음 사례를 통해 영업사원의 경제적 가치와 정치적 가치의 부재가 어떤 결과로 나타나는지 살펴보자.

지원자를 고용하기에 앞서 필자에게 자문을 구했던 한 CEO가 있었다. 그 CEO는 지원자가 영업에 완벽한 적임자라고 확신하고 있었지만, 최선의 선택인지를 한 번 더 확인하고 싶었던 것이다. 필자는 그 지원자의 가치를 평가하고 나서 그가 비록 높은 경제적 가치를 갖고 있지만, 정치적 가치는 거의 바닥이라는 것을 진단해 냈다. 그는 자신이 행할 일들이 어떤 결과를 가져올지 사전에 분석하고 주도적으로 행동하는 일 따위에는 관심이 없었다. 또한 뛰어난 직무 능력을 발휘하는 데 무척 중요한 독립성 역시 그에게는 중요한 가치가 아니었다.

결론적으로 그는 영업 활동을 하면서 가치 갈등을 겪게 될 가능성이 높은 사람이며, 영업사원으로서 성공 가능성이 높은 사람은 아닌 것 같다고 알려줬다. 그에게 맡기려던 자리는 매우 독립적이고 전적으로 커미션에 의지해야 하는 영업 포지션이었다. 그러나 그 CEO는 필자의 경고를 무시하고 그 사람을 고용했다. 그리고 정확히 석 달 후에 그 사람을 해고했다. 그 CEO의 첫 반응은 "제가 교수님의 말을 들었어야 했습니다"였다.

필자는 무슨 일이 있었느냐고 물었다. 그 CEO는 그 직원이 동기부여가 잘

되지 않았다고 말했다. 이런 말을 많은 영업 관리자들에게서 자주 들어 봤기에 좀 더 구체적으로 말해 달라고 하자, 그는 그 직원이 주도적으로 일하려는 적극적인 자세가 부족하더라고 말했다. 그는 신규 고객을 확보하는 일을 중요하게 생각하지 않았다고 한다. 반면에 마케팅 부서에서 내리는 지시를 기다리거나 기존의 고객들에게 전화만 줄곧 해댔다고 한다. 이처럼 당신은 지원자의 좋은 자질과 타협해서는 안 된다. 인내심 있게 최고가 될 만한 영업사원을 기다려라! 언젠가는 그들이 나타날 것이다.

이제 가치와 관련해 처음에 던졌던 질문으로 돌아가 보자. 그 질문은 '가치가 영업과 대체 무슨 관계가 있는가?'라는 것이었다. 간단히 말하면 가치는 영업에 있어서 모든 것이라고 할 수 있다. 왜냐하면 가치는 영업사원이나 영업 지원자들을 움직이게 하는 엔진이기 때문이다.

L은 최고의 서비스를 판매하는 전문가였다. 그는 전형적인 사교형이었으며, 성격이 무척 따뜻하고 친절하며, 다른 사람들의 말을 잘 들어 주는 인간 중심적, 관계 지향적인 사람이었다. 고객들은 그를 매우 좋아했다. 고객들이 그를 좋아하는 이유는 항상 최선을 다해 도와주기 때문이었다. 그는 또한 아주 높은 사회적 가치를 갖고 있었다. 이것은 그가 높은 수준의 배려심과 공감 능력을 지니고 있으며, 고객들에게 감정적으로 깊이 있게 다가간다는 것을 의미했다.

그런데 아이러니하게도 그는 강한 배려심 때문에 자신이 하는 모든 업무에서 제대로 된 대가를 받지 못하고 있었다. 그는 고객들에게 기본적인 서비스 패키지만 판매할 뿐 추가적인 서비스에 대해 대가를 받는다는 것에는 내적인 갈등을 느꼈다. 그는 회사의 수익을 두세 배로 올릴 수도 있었지만, 그럴 마음이 없었다. 안타깝게도 회사 마진은 그 때문에 큰 손해를 봤다.

얼마 후 불행인지 다행인지 몰라도 그는 영업 일을 아예 그만둬 버렸다. 그는 좀 더 개인 생활을 즐길 수 있는 월급이 낮은 직장을 찾아갔다. 그리고 새롭게 얻은 여유 시간을 봉사활동에 바쳤다. 물론 그렇게 하는 것이 잘못된 것은 아니지만 그가 영업에 적합한 사람이 아니었음은 분명했다. 서비스 직무에 심한 가치 갈등을 느꼈기 때문이다. 도움이 필요한 사람들을 도와주는 것은 그에게 있어서 당연하고 중요한 일이기 때문에 추가적인 서비스에 대한 대가를 고객에게 요구한다는 것이 쉽게 용납되지 않았다. 더불어 그에게서는 돈을 벌거나 권력을 행사하고자 하는 엔진 따위는 찾아볼 수 없었다. 추가적인 서비스를 제공하는 것은 매출을 더 올리기 위한 전술이었다. 그러나 다른 이들을 도와주려는 개인적인 욕구 때문에 더 많은 무상 서비스를 제공하기만 했다. 결국 실적을 내지는 못했다.

돌이켜보면 그는 인터뷰에서 면접관에게 무척 기억에 남는 인상을 줬다. 그는 인터뷰에서 면접관의 질문에 무척 훌륭하게 대답했고 재치도 있었다. 그는 자신의 성격적 장점과 이전의 판매 경험 때문에 회사에 채용될 수 있었지만, 결국 자신의 내적인 가치와 업무에서 필요한 가치 사이의 갈등으로 인해 좋은 실적을 올리지는 못했다. 혹시 당신의 팀에는 L과 같은 영업사원이 없는가?

아쉽게도 당신이 인터뷰에서 본 지원자의 모습이 실제와는 다른 것이기에 이런 일들이 자주 발생할 수밖에 없다. 어쨌든 결론을 말하자면, 지원자가 돈을 벌거나 영향력을 행사하려는 강한 욕망이 없다면 대부분의 경우 유능한 영업사원이 되기는 어렵다는 것이다. 영업사원 개인의 가치와 영업이라는 포지션이 필요로 하는 가치와 일치하지 않기 때문이다. 당신이 채용을 결정하기에 앞서 이 점을 고려한다면 앞으로 채용과 관련해 겪게 될 좌절을 어느 정도는 피할 수 있을 것이다.

자, 이제 이 복잡한 주제인 인지 구조와 가치 구조를 잠시 접어두고 우리에게 훨씬 더 익숙한 영업 스킬에 대해 살펴보자.

영업 스킬은 마지막에 파악하라

지금까지 당신은 행동 유형, 인지 구조 그리고 가치 구조에 대해 알아보았다. 그중에서 인지 구조와 가치 구조는 인터뷰를 진행하거나 이력서만 보고는 확인하기가 어려운 부분이다. 이번에는 좀 더 익숙한 영업 스킬에 대해 살펴보자.

많은 영업 관리자들이 영업 스킬을 아주 중요시하며 영업사원을 채용하는 데 있어서 무척 중요한 기준으로 삼는다. 이것은 '판매 방법을 제대로 모르는 사람을 왜 고용해야 하느냐?'는 말이다. 영업 스킬이 없으면 영업을 할 수 없다는 아주 간단한 논리다.

필자의 생각은 조금 다르다. 영업 스킬이 중요하다는 점에는 동의하지만 영업 스킬은 앞서 언급했던 자질들에 비해 후순위에 있다. 영업 스킬이 영업직에서 중요하다는 것은 의심할 여지가 없다. 판매 훈련이 잘되어 있다면 당신의 영업팀에 아주 큰 힘이 될 것이다.

그러나 최고 영업사원이 갖추어야 할 능력에는 영업 스킬보다 더 중요한 것이 있다. 성공이란 그가 어떤 사람이고 어떤 능력을 발휘할 수 있는 자질을 갖추었느냐에 따라 결정되는 것이지, 단순한 지식이나 기술에 의해 결정되는 것은 아니다.

앞서 언급한 세 가지 자질행동유형, 인지구조, 가치구조이 영업 스킬보다 훨씬 더 중요하다. 반면에 영업 스킬은 교육하기에 가장 쉽고, 동시에 일선에서 뛰는 영업사원이 스킬이 없을 경우 받게 되는 충격도 가장 적다. 다시 말하면, 훌륭한 영업 스킬을 갖추었지만 자신의 역할과 관련해 인지구조와 가치상의 충돌이 있는 업계의 경력자보다는 영업사원으로 적합한 자질을 가진 신입사원을 데려다 영업 스킬을 가르치는 것이 더 효과적이다.

영업사원에게 영업 스킬은 가르칠 수 있어도 그가 가진 원래 모습과 가치관이 달라지도록 교육하기는 어렵다. 그러나 대부분의 영업 관리자들은 행동 유형과 영업 스킬이라는 두 개의 세상 안에서 살고 있다. 이 두 가지는 많은 영업 관리자들이 신입 영업사원을 모집할 때의 평가 기준이다. 행동 유형은 앞에서 언급했던 바와 같이 당신이 직접 눈으로 확인할 수 있는 표면적인 것에 불과하다.

따라서 영업 관리자들은 영업직에 근무해 본 경험이 없던 사람이라고 해서 즉시 지원자 그룹에서 배제해서는 안 된다. 중요한 것은 그가 인간적으로 어떤 사람이고, 얼마만큼 노력하고 있으며, 그의 가치 및 인지구조, 행동 유형 등을 다각적으로 고려해서 결정해야 한다는 사실이다.

다음에 소개하는 마틴 셀리그만 교수진의 연구는 영업스킬보다 인지구조와 가치상의 충돌이 없는 영업사원을 선발하는 것이 성과에 얼마나 중대한 영향을 미치는지를 입증해 준다.

Sales Innovation MBA

마틴 셀리그만의 연구와 빙산모델

마틴 셀리그만 교수는 심리학이 질환에만 매달린다는 사실에 불만을 느꼈다. 심리학자들은 어려움을 겪는 사람들이 어려움을 덜 겪도록 하는 데 대부분의 시간과 비용을 투자한다. 물론 어려운 사람을 돕는 것은 가치 있는 일이다. 그러나 어떻게 된 일인지 건강한 사람들의 삶을 더 좋게 한다는 보완적인 목표에까지 심리학자들의 관심이 미치는 일은 거의 없었다.

그는 어떤 사람들이 우울해질지 알 수 있다면 어떤 사람들이 결코 우울해지지 않을 것인지도 알 수 있어야 한다고 생각했다. 그는 계속 거부당하고 실패하더라도 끈질기게 버텨야만 하는 직업이 무엇일까 생각했고 아마도 영업사원일 것이라는 결론에 도달했다.

셀리그먼 교수는 몇 달 전 보험회사 사장들을 모아 놓고 했던 강연을 머릿속에 떠올렸다. 사장들은 사람들이 생명보험에 들 듯하다가도 열 명 중 아홉 명은 딱지를 놓는다고 했다. 다시 말해, 열 번째 고객을 만날 때까지 실패를 무릅쓰면서 계속 버텨야 한다는 이야기였다. 이것은 마치 뛰어난 투수의 공을 치는 것과도 같았다. 대부분은 아웃이 되더라도 계속 방망이질을 해야만 출루할 기회가 생기는 것과 같았다.

강연을 들은 당시 메트라이프 생명보험의 CEO인 존 크리돈은 심리학자로서 경영자들에게 해 줄 말이 있느냐고 물었다. 예를 들어, 보험을 잘 팔 수 있는 사람들을 선발하는 데 심리학이 도움을 줄 수 있는지, 또 축 처진 비관적인 사람들을 "예, 할 수 있습니다!"라고 외치는 낙관적인 사람으로 바꾸는 방법을 심리학이 개발할 수 있는지 하는 것들이었다.

당시 메트라이프 생명보험은 매년 5천 명의 신입 영업사원을 채용했다. 6만 명쯤 되는 지원자 가운데 각종 검사와 면접을 실시해 매우 신중하게 선발한 집중 훈련을 실시했다. 그래도 채용한 인원의 절반이 일 년 안에 직장을 그만두고, 남아 있는 영업사원들의 성과도 점점 감소했다. 그러다가 입사한 지 4년이 지나면 80%가 직장을 떠났다. 당시 메트라이프 생명보험은 영업사원 한 사람을 채용하는 데 드는 비용이 무려 3만 달러가 넘었다. 매년 영업사원을 채용하는 비용으로 7천5백만 달러를 허비하는 셈이었다.

오래전부터 미국 보험업계에서는 영업사원으로 적합한 사람들을 선발하기 위한 검사법을 개발해 왔다. 그중 하나인 '경력분석표'는 생명보험경영연구협회에서 발간한 것이었다. 메트라이프 생명보험사에 지원하는 모든 사람들이 이 경력분석표를 작성해야 했으며, 12점 이상의 점수를 얻어야만 취직이 되었다. 이런 점수를 얻은 사람들은 30% 정도였는데 경영진이 이들을 면접하여 마음에 드는 사람들에게 일자리를 주었다.

첫 번째 연구에서 셀리그먼은 낙관성이 판매 성과와 관계가 있는지 그 상관관계를 연구해 보기로 했다. 우선 자신이 개발한 질문지를 200명의 경력 사원들에게 돌렸다. 그 가운데 절반은 실적이 형편없는 사람들이었다. 질문지 조사 결과 실적이 좋은 사람들이 실적이 나쁜 사람들보다 훨씬 더 낙관적인 것으로 나타났다. 질문지와 실제 판매 실적을 비교해 보았더니 낙관적인 사람들이 입사한 후로 2년 동안 평균 37% 더 많은 실적을 올렸음이 확인되었다. 질문지 점수가 상위 10% 안에 드는 영업사원들이 하위 10% 안에 드는 영업사원들보다 88%나 더 많은 실적을 올렸던 것이다.

이 연구를 통해 우리는 실적이 좋은 영업사원이 나쁜 영업사원들보다 더 낙관적인 쪽으로 점수가 나온 이유는 무엇인지 생각해 볼 필요가 있다. 이에 대한 설명으로는 두 가지 관점이 제안되었는데, 하나는 '낙관성이 성공을 낳는다'는 측면, 곧 낙관성 때문에 잘 팔게 되고 비관성 때문에 못 팔게 된다는 설명이다. 다른 하나는 '잘 팔기 때문에 낙관적으로 되고 못 팔기 때문에 비관적인 사람이 된다'는 설명이다.

두 번째 연구는 어떤 원인이 어떤 결과를 유발하는지를 밝혀내는 것이었다. 그러기 위해서 영업사원들의 낙관성을 고용 시점에서 측정한 뒤, 다음 해까지 누가 가장 좋은 실적을 올리는지 살펴보기로 했다. 이론을 검증하기 위하여 1983년 1월 펜실베이니아 서부 지역에 처음으로 고용된 104명의 영업사원들을 연구 대상으로 삼았다. 이미 경력분석표를 통과하여 발령 전 훈련까지 마친 이들에게 낙관성을 측정하는 질문지를 돌렸다.

그들의 판매 실적 자료가 쌓이기까지 일 년이 지났다. 그 결과는 무척 놀라웠다. 보험회사의 신입 영업사원들이 전국 평균을 훨씬 웃돌 정도로 매우 낙관적인 사람들이었다. 연구진이 그동안 검사했던 집단은 자동차 영업사원, 사관학교 신입생, 대통령 후보들, 메이저리그의 야구 스타, 세계적인 수영 선수 등이었다. 결국 보험 판매업에 발을 들여놓는 것만으로도 강한 낙관성이 필요하고, 거기서 성공하려면 극도의 낙관성이 필요했던 것이다.

일 년 뒤 영업사원들이 어떻게 지내는지 살펴보았다. 그 결과, 그들의 절반 이상이 사직했음이 드러났다. 104명 중 59명이 입사한 첫해에 회사를 그만둔 것이다. 어떤 사람들이 그만두었을까? 낙관성에 대한 질문지 점수가 '덜 낙관적인' 그룹에 속하는 영업사원들이 '더 낙관적인' 그룹에 속하는 직원들보다 두 배나 높은 사직 비율을 보였다. 그리고 '덜 낙관적인' 25%에 속하는 영업사원들은 '가장 낙관적인' 25%에 속한 영업사원들보다 세 배나 높은 사직 비율을 보였다. 이와는 대조적으로 경력분석표에서 가장 낮은 점수를 얻은 사람들은 고득점자들보다 사직 비율이 더 높지 않았다.

현실적 관심사인 최상위 그룹의 판매 실적은 어땠을까? 질문지 점수가 상위 절반에 속하는 직원들은 하위 절반에 속하는 직원들, 그러니까 '덜 낙관적인' 직원들보다 20% 더 많은 판매 실적을 올렸다. 그리고 상위 25%에 속하는 직원들은 하위 25%에 속하는 직원들보다 50% 더 많이 판매했다. 이 경우에는 경력분석표도 예측력이 있었다. 경력분석표 점수가 상위 절반에 속하는 직원들은 하위 절반에 속하는 직원들보다 37%를 더 판매했다. 이 둘은 중복되지 않았고 각자 독립적인 관점을 제공하는데, 검사를 합쳐 보면 두 검사에서 모두 상위 절반에 속한 직원들은 모두 하위 절반에 속하는 직원들보다 56%를 더 판매했다. 결론적으로 낙관성은 누가 살아남을 것인가를 예측했고, 누가 가장 많이 판매할지도 보험 업계의 통상적인 검사법과 비슷한 정도로 예측했다.

그렇다면 과연 이 연구를 통해 영업 분야에서 성공에 관한 낙관성의 이론과 예측력이 적절하게 검증되었다고 볼 수 있을까? 그렇지 않았다. 질문지가 '영업사원의 성공을 예측할 수 있다'고 메트라이프 생명보험사 경영진들을 완전히 설득하기까지는 아직도 답해야 할 물음들이 여럿 남아 있었다. 첫째, 조사 대상자가 겨우 104명이었다. 게다가 표본 집단 모두가 펜실베이니아 서부 지역 출신이었으므로 대표성이 없을 수도 있었다. 마지막으로 셀리그먼 교수팀은 실제 고용 선발 조건에서 지원자들에게 검사를 실시하는 본격적인 연구를 하기에 이르렀다. 1985년 초 메트라이프 생명보험에 지원한 1만5천 명을 대상으로 전국적인 차원에서 질문지와 경력분석표 모두를 작성하게 했다. 그들의 목표는 두 가지였다.

첫 번째 목표는 통상적 기준에 따라 경력분석표를 통과하는 지원자 천 명을 직원으로 고용하는 것이었다. 이 천 명에게는 낙관성 점수를 고용 결정에 고려하지 않았다. 그럼으로써 이 인력 가운데서 낙관적인 사람들이 비관적인 사람들보다 더 많은 판매 실적을 올리게 될지를 살펴보고자 했다.

두 번째 목표는 메트라이프 생명보험의 입장에서 볼 때 훨씬 더 모험적인 것이었다. 그들은 낙관적인 직원들로 구성된 '특수 인력'을 조직하기로 했다. 경력분석표를 통과하지 못한 지원자들 가운데 '낙관성 질문지' 점수가 상위 절반에 드는 사람들을 뽑기로 했다. 이것은 업계의 통상적인 검사법을 통과하지 못했으므로 평상시라면 아무도 고용하지 않았을 사람들을 100명 이상 채용하는 것이었다. 물론 이들에게는 자신들이 '특수 인력'이라는 사실을 알리지 않았다.

요약하자면, 1만5천 명의 지원자 가운데 천 명은 정규 인력으로 채용되었다. 이들의 절반은 낙관적인 사람들이었고, 다른 절반은 비관적인 사람들이었다. 셀리그먼은 지원자들은 대개 낙관적이라고 말한 바 있다. 그러나 지원자들의 절반은 당연히 평균 이하였고, 그들 가운데 몇몇은 점수가 상당히 낮아서 비관적인 지원자에 해당했다. 그리고 '낙관성 질문지' 점수가 상위 절반에 드는 진정 낙관적인 사람들 가운데 경력분석표를 통과하지 못한 129명을 추가로 채용했다. 이들이 낙관적인 '특수 인력'인 셈이었다.

연구팀은 2년에 걸쳐 이들의 활동을 관찰했다. 그 결과 정규 인력 가운데 낙관적인 사람들은 입사 첫해에 비관적인 사람들보다 뛰어난 판매 실적을 올렸다. 그러나 고작 8% 더 많은 실적이었다. 입사 2년 차에는 낙관적인 사람들이 31%를 더 많이 판매했다.

한편으로 특수 인력의 실적은 아주 훌륭했다. 이들은 입사 첫해에 정규 인력 가운데 비관적인 사람들보다 21% 더 많은 판매 실적을 올렸다. 그리고 2년 차에는 57% 더 많이 판매했다. 게다가 이들의 실적은 정규인력과 비교해 보아도 입사한지 2년에 걸쳐 27% 더 많은 실적을 올린 수치였다. 실제로 이들은 최소한 정규 인력 가운데 낙관적인 사람들만큼 좋은 실적을 올렸다.

결국 메트라이프는 생명보험은 그때부터 모든 지원자들에게 '낙관성 질문지'를 돌리기로 했으며, 대담한 전략의 일환으로 직원들을 낙관성에 따라 고용하기 시작했다. 한국고용정보원에 따르면 대졸자의 75%가 첫 직장에 취업한 후 2년 이내에 그만두는 것으로 나타났다. 메트라이프 생명보험의 사례는 영업사원 채용문제와 관련해서 중요한 시사점을 준다.

빙산모델

우수한 영업사원을 채용하는 것은 영업 관리에 있어서 다른 무엇보다 중요하다. 이 밖에 채용이 중요한 이유로 교육훈련의 한계성, 영업사원 역할의 고도화, 잘못된 채용의 부정적 역할, 부족한 인적자원, 후속 영업 관리 부문에 대한 영향 등의 요인들을 들 수 있다. 채용과 더불어 유지도 중요하다. 우수한 영업사원이 이직하면 이들의 채용이나 교육훈련 등에 소요된 비용이 물거품이 되어버림은 물론, 매출 기회를 상실하는 결과를 초래하기 때문이다.

결론적으로 성공적인 영업 활동을 위해서는 교육훈련을 통해 영업 스킬이나 지식을 배양하기에 앞서 타고나거나 성장하는 과정에서 자연스럽게 길러지는 특성과 자질을 갖추고 있는 영업사원을 채용하는 것이 가장 중요하다. 위의 그림은 영업사원의 능력을 기술, 지식, 자질 등 3개의 차원으로 구분하고 그중에서 보이는 부분기술과 지식은 교육훈련을 통해서, 보이지 않는 부분자질에 대해서는 채용을 통해서 충족시키는 것이 타당하며, 보이는 부분보다 보이지 않는 부분이 성공적인 영업 활동을 위해 더 중요하다는 것을 나타낸다.

영업사원들의 무절제한 성향을 통제하기 위해 제도와 규칙을 개발하고 그들의 부족한 부분을 채울 수 있도록 기술과 능력을 가르친다. 하지만 유능한 영업 관리자가 되려면 이러한 통념을 뿌리칠 수 있어야 한다. 즉, 영업사원들은 제각기 다른 동기부여 요소를 가지고 있으며, 사고방식 및 동료들과의 관계에서도 나름대로 스타일이 있다.

채용과 교육훈련의 빙산모델

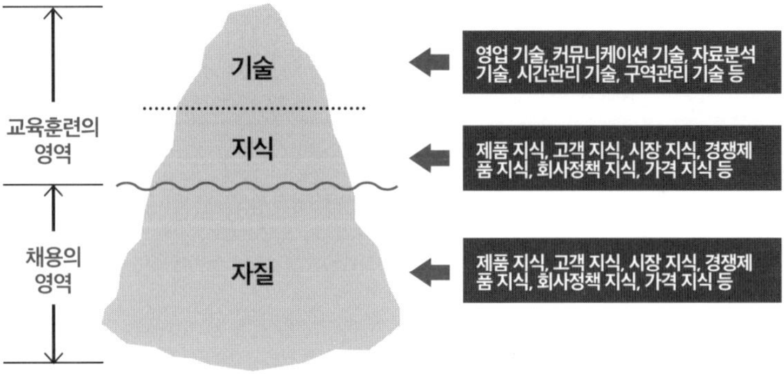

출처 : 앤드리스 졸트너스(Andris Zoltners)·프라바칸트 신하(Prabhakant Sinha)·그레고르 졸트너(Greggor A. Zoltners), 2001,《성과 창출을 위한 영업력 촉진 방안》

또한 사람들을 개조하는 것은 한계가 있어 모든 영업사원들을 동일하게 만들기란 애초에 가능하지 않다. 따라서 영업사원 개개인의 특성을 활용하여 이미 그가 가지고 있는 것을 더욱 잘할 수 있도록, 그리고 그것을 통해 성과를 낼 수 있도록 도와주어야 한다.

탁월한 영업 관리자의 사고방식

'강점 혁명'으로 유명한 갤럽의 마커스 버킹엄Marcus Buckingham과 커트 코프먼Curt Coffman이 수만 명의 우수한 영업 관리자들을 대상으로 연구하고 나서 내린 결론이 있다.

- 사람은 별로 변하지 않는다.
- 그 사람에게 없는 것을 있게 하려고 시간 낭비 하지 마라.
- 있는 것을 밖으로 끌어내면 된다.
- 그것도 쉽지는 않다.

유능한 영업 관리자들 또한 위와 같은 사고방식을 지혜의 원천으로 삼는다. 그들이 직원들의 잠재력이 무한하다고 생각하지 않는 이유, 직원들이 취약점을 고치도록 도와주지 않는 이유, 가장 잘할 수 있는 일을 선택하게 하는 이유, 그리고 전통적인 관념에서 비롯되는 모든 고정관념을 무너뜨릴 수 있는 이유가 바로 이러한 사고의 패러다임에 근거한다.

직원들의 취약점을 무시하라거나 교육은 시간 낭비라는 말이 아니다. 채용이 중요하다는 말이다. 조직에 적합한 인재를 우선 버스에 태우고 교육을 통해 직원들의 강점을 이끌어내라는 조언이다. 쉽지 않지만 그것이 유능한 영업 관리자의 공통된 역할이다.

Sales Innovation MBA

지원자로부터 한 발 물러서라

영업직에 지원한 사람들은 직장을 얻기 위해 면접이 진행되는 동안 최선을 다할 것이다. 지원자들이 자신을 제대로 표현하는 부분과 그렇지 못한 부분, 그리고 겉으로 보이지 않는 내면까지 읽어내는 것은 영업 관리자들에게 매우 어려운 일이다.

이러한 것들에 대한 영업 관리자들의 정확한 이해가 차후 판매 역할을 수행하는 영업사원의 능력을 결정짓게 된다. 이는 행동 유형보다는 인지 구조와 가치 구조와 같은 내적인 구성요소에 의해 주로 결정된다.

새로운 영업사원을 채용하는 것이 영업 관리자의 책임이라면 당신은 분명히 가장 훌륭한 지원자를 발굴하기를 원할 것이다. 열정과 에너지를 갖고 새로운 시장을 개척하는 데 동기가 잘 부여되어 있고, 특별한 채찍질이 없이도 업무를 잘 수행할 수 있는 영업사원을 원할 것이다. 이것이 바로 모든 영업 관리자들이 원하는 것이다.

그런데 왜 새로운 영업사원을 채용하려고 할 때마다 그런 능력을 갖춘 사람을 뽑지 못하는 것일까? 이것은 앞서 언급한 바와 같이 영업에 적합한 인지 구조와 가치 구조를 갖추고 있는가의 문제와 관련된다. 돈을 벌어야겠다는 의지와 자신의 운명에 대하여 스스로 책임져야 한다는 것에 동기부여가 잘되지 않은 지원자는 새로운 시장을 개척하고 신규고객을 확보해야 하는 상황에서 추진력을 발휘하기 어렵다.

다음 두 개의 사례는 처음에는 아주 이상적인 후보자로 보였으나 최고 수준의 영업사원으로서 능력을 발휘하지 못한 지원자들에 대한 것이다. 이 둘 중 누구도 나쁜 사람이거나 성공적인 삶을 살고 싶지 않은 사람은 없다. 그들은 최고 수준의 영업사원이 되는데 필요한 프로필을 갖고 있지 않을 뿐이다.

이 두 사례를 자세히 소개하려는 목적은 다시 한 번 외적인 행동 유형이 미래의 실적을 가늠하는데 눈속임이 될 수 있다는 것을 보여주기 위한 것이다. 채용 시 한 개인의 업무 수행능력에 대한 내적인 구성요소를 평가하지 않고 주관적인 생각으로 고용하면 결과적으로 영업에 맞지 않는 사람을 고용하게 되어 대가를 지불하게 되는 시행착오를 범할 수밖에 없다. 두 가지 사례를 통해 당신도 그런 사람들을 고용하지 않았나 생각해 보기 바란다.

가치 구조의 문제

박 대리는 지금까지 당신이 이상적으로 생각해 왔던 모든 것을 갖춘 지원자였다. 대화하기 아주 편했으며 어떤 질문에도 적극적이고 열정적인 모습을 보여 주었다. 그의 경력은 김 팀장이 이끌고 있는 팀 내의 최고 영업사원과 견줄 만큼 화려했고, 전 직장에서의 성과들을 보면 매우 인상적이었다. 김 팀장은 박 대리를 채용하지 못할 이유가 없었다. 그러나 불행히도 김 팀장은 자신의 직감에 의존했다. 그는 이런 유형의 사람들이 자신을 바보로 만들 일은 없을 것이라고 느꼈기 때문이다. 따라서 충분히 잘해낼 것이라 생각했고, 인터뷰와 참고서류만 확인하고 박 대리를 고용했다.

박 대리는 첫 주부터 본격적으로 업무를 시작했다. 그는 제품들에 대해 아주 열심히 배웠으며, 심지어 베테랑 영업사원들에게까지도 그들이 전혀 들어보지도 못한 내용들을 알려주기도 했다. 김 팀장은 박 대리가 알고 있는 정보에 대해 놀라움을 금치 못했다. 김 팀장은 박 대리가 잠재 고객들과 전화 상담하는것을 들어보고 제품의 특성에 대해서 완전히 파악했다 고 생각했다. 그 제품을 개발해 내지 않았나 의심될 정도였다. 근무한지 2개월이 지나자 김 팀장에게 경쟁사 제품들에 대한 분석과 강, 약점에 대해 20페이지 분량의 분석 보고서를 제출했다.

이러한 적극적인 업무 추진능력에 반해 버린 김 팀장은 박 대리의 월별 고객 수가 그의 제품에 대한 지식만큼 꾸준히 증가하지 않고 있다는 사실을 간과했다. 김 팀장은 박 대리가 입사 후 업무를 빨리 터득한 것에 고무되어 있었다. 김 팀장은 박 대리가 모든 제품을 습득하고 있었고, 입사한지 아직 얼마 되지 않았기 때문에 낮은 실적에 대해서도 너그럽게 생각했다. 단지 짧은 시간 동안에 그렇게 많은 제품들을 소화해 냈다는 것이 믿어지지 않을 뿐이었다.

그렇게 여러 달이 지난 후 김 팀장은 박 대리의 제품 지식이 판매 목표와는 상관관계가 없다는 것을 깨달았다. 김 팀장은 박 대리를 걱정하기 시작했다. 김 팀장은 일부러 시간을 내서 왜 그의 해박한 제품 지식이 잠재 고객들의 구매로 연결되지 않는지 원인을 알아보기 위해서 전화 상담 시 통화 내용을 검토하기도 했다. 박 대리는 자신의 스킬을 팀장에게 보여주면서 식은땀을 흘리기도 했다. 김 팀장은 박 대리로부터 담당하던 잠재 고객에 대한 모든 보고도 받았다.

그러나 대체 어디에 문제가 있는지 알 수 없었다. 박 대리는 상담 전화에서 대화를 대부분 잘 이끌어 나갔기 때문에 별문제가 없어 보였다. 그는 잠재 고객들의 질문에 답할 때면 마치 녹음해 놓기라도 한 듯이 대응했다. 상담을 마칠 때면 박 대리는 잠재고객에게 어떤 문제라도 있으면 전화를 주시라고 당부했다. 김 팀장은 박 대리가 고객들에게 좀 더 심혈을 기울이게 하려고 인센티브를 줘볼까 생각했고, 실제로 일을 성사시킬 때마다 보너스를 줘보기도 했다.

그러나 박 대리는 김 팀장이 기대했던 것보다 별로 감사해 하지도 않았을 뿐더러 자포자기식으로 막가고 있었다. 몇 주가 지나자 김 팀장은 박 대리에게 지난번 상담전화 결과가 어떻게 되었는지 물었다. 박 대리는 그 잠재 고객이 이미 다른 회사로 가버렸다고 했다. 많은 잠재 고객들을 그 경쟁사에게 계속 빼앗기고 있었다. 김 팀장은 인센티브가 시간 낭비라는 것을 깨달았다. 전에 이 방법은 다른 영업사원들한테는 아주 잘 먹혔었는데 말이다.

마지막 구제책으로 김 팀장은 박 대리를 영업 교육 세미나에 보냈다. 교육이 시작된 첫 몇 주 동안 박 대리는 세미나에 참석할 수 있는 것에 대해 회사에서 근무하던 때보다 훨씬 신나 있었다. 김 팀장은 이것이 박 대리에게 뭔가 새로운 계기가 되어 더 많은 것을 팔 수 있지 않을까 기대했다. 세미나가 끝나자 박 대리는 두툼한 메뉴얼을 들고 충전된 모습으로 돌아왔다. 그는 이번 세미나를 통하여 확실히 많은 것을 배웠다고 말했다.

그러나 그 열정은 그리 오래가지 못했다. 그 후 9개월 동안 박 대리에게 기회를 주었지만, 김 팀장은 끝내 그의 해고 여부를 고민해야 할 상황에 이르고 말았다. 김 팀장은 박 대리와 같이 외적으로는 완벽해 보이는 사람이 왜 채용된 다음에는 그렇게 보잘것없는 실적밖에 내지 못하는지 도무지 이해가 되지 않았다.

당신은 이와 비슷한 일을 경험해 본 적이 있는가? 당신은 그 직위에 완벽한 사람을 찾았다고 기뻐했으나 궁극적으로 당신의 생각과는 전혀 다른 실적을 내는 것을 발견한 적이 있는가? 인터뷰에 근거한 미래의 실적에 대한 기대와 예측에 대한 좌절의 반복은 영업 관리자들을 지치게 한다. 하지만 이런 일은 피할 수 있다.

위의 사례를 통해 보았을 때, 박 대리는 이론적 가치에 동기가 부여되는 완벽한 사례라 할 수 있다. 박 대리는 새로운 지식을 배우거나 그 지식을 다른 사람들한테 전수하는 데서 동기부여가 된다. 높은 이론적 가치를 기본적인 동기로 한다는 것은 박 대리가 물건을 팔 수 없다는 의미는 아니다. 돈을 최우선 순위로 생각하지 않고 돈에 의해 동기부여가 되지 않는 사람은 대개 보상에 의해 동기부여가 될 수 없다. 오히려 그들은 정보의 수집과 분배에서 가치를 발견하며, 그 지식들을 활용한 결과로 받게 되는 재무적인 보상에 대해서는 별 가치를 느끼지 못한다.

만약 박대리가 이론적인 가치와 경제적인 가치를 동시에 중요시했다면, 그는 자신의 지식을 이용하여 돈을 버는 데 동기부여가 됐을 것이다. 하지만 박 대리는 그렇지 못했다. 이는 영업사원으로서 최고가 되는 데 매우 큰 영향을 준다.

영업활동에서 이론적 가치에 동기부여가 되는 사람은 자신의 모든 시간을 투자하여 정보를 수집하고 전하는 것을 실제로 판매하는 것보다 훨씬 더 좋아한다. 이들은 영업 스킬이 있기 때문에 무엇을 해야 하는지 잘 알고 있으며, 명석한 사고를 하는 사람들이기 때문에 일정한 패턴을 따를 수 있다. 하지만 가치에 대한 갈등으로 인해 그들이 최고 수준의 영업사원으로 성공할 수 있을지는 의문이다.

이런 가치에 대한 갈등을 지원자들은 인터뷰에서 절대로 보이지 않는다. 그래서 김 팀장과 같은 영업 관리자들은 박 대리가 자신의 능력에 대해 설명하고, 자신에 대한 추가적인 정보를 제공하는 데에서 훨씬 더 깊은 인상을 받게 된다. 박 대리와 같이 자신의 명예를 위하여 지식에 대한 가치를 크게 생각하는 사람들은 돈이 전부가 아니며, 이는 영업 관리자들에게 어떻게 그들이 훌륭한 실적을 낼 수 있을지에 대한 좋은 시사점을 제시해 준다.

인지 구조의 문제

최 본부장은 빈자리가 생겨 바로 충원이 필요했다. 그는 표준 절차에 따라 구인광고를 냈고, 이력서를 검토하여 제일 훌륭해 보이는 후보자인 양 과장을 선별해 냈다. 양 과장은 매우 느긋해 보였고, 전문성도 있어 보였다. 영업 경력에 관한 질문에 대해 양 과장의 대답은 아주 간결하면서도 명료했다. 그는 전 직장에서 최우수상을 받은 적도 있었는데, 어떤 회사들은 큰 회사들이었다. 그는 용모가 단정했고, 편한 느낌을 주었다. 모든 준비가 다 된 사람 같았다. 자신은 도전을 좋아하며 과거에도 늘 자신만의 방식으로 많은 장애물들을 물리칠 수 있었다고 말했다. 최 본부장은 계속 인터뷰를 진행했고, 결국 양 과장을 채용하기로 결정했다.

출근 첫날에 양 과장은 한 시간이나 일찍 출근했다. 최 본부장은 회사에 도착했을 때 양 과장이 일찍 출근해 있는 것을 보고 맘속으로 자신의 결정을 흡족해했다.

그는 양 과장이 분명히 수완가일 것이라고 생각했다. 양 과장 역시 그를 실망시키지 않았다. 최 본부장은 양 과장에게 회사의 모든 교육을 받도록 했고, 본부 내 최고 영업사원들과 함께 일하게 했다.

최 본부장은 양 과장이 다른 사람들과 일하면서 어깨너머로 앞으로 무엇을 해야 하는지 스스로 가치 있는 정보들을 습득할 수 있을 것이라고 생각했다. 팀의 멤버들도 그를 아주 좋아했다. 그는 아주 익살스러웠으나 언제 다시 일에 착수해야 하는지 아는 사람이었다.

석 달간 양 과장은 그를 고용한 최 본부장의 안목을 입증해줬다. 그는 새로운 고객들을 데리고 왔으며 매일 판매하느라고 바삐 돌아다녔다. 자신의 할당량을 완성해 가자 최 본부장은 그렇게 기쁠 수가 없었다. 다른 영업사원들은 농담조로 양 과장이 머지않아 '이달의 영업사원'이 될 것이라고 말했다. 어떤 사람들은 심지어 그 상을 타기 위해 양 과장을 꺾겠다는 의지를 보이기도 했다. 최 본부장은 본부 내에서 작은 경쟁이 일어나고 있다는 것을 보게 됐다. 그런데 뜻밖에도 양 과장의 고객 수가 점점 적어지는 것 같았다. 입사한 지 몇 달밖에 되지 않았지만, 최 본부장은 이 갑작스러운 변화를 읽을 수 있었다. 양 과장이 농땡이를 치고 있는 것으로는 보이지 않았기 때문에 최 본부장은 그 이유를 알 수가 없었다. 양 과장에 대한 의심을 떨쳐보려고 최 본부장은 누구든 항상 매달 최고가 될 수는 없다고 자신을 위안하면서 양 과장을 그냥 내버려뒀다.

몇 주 후에 최 본부장은 아침 11시가 됐는데도 양 과장이 여전히 사무실에 앉아 있는 것을 발견했다. 오전 아홉 시 반 전에 판매를 위해 사무실 밖으로 나가는 것이 양 과장의 습관이었기에 뭔가 이상한 생각이 들어서 그에게 요즘 무슨 일을 하고 있는지 물었다. 양 과장은 최근 무역박람회에서 만났던 몇몇 잠재 고객에 대해 보고했으나 여전히 기분이 가라앉아 있어 보였다. 최 본부장은 최근에 양 과장의 제일 큰 잠재 고객 중의 한 명이 다른 영업사원에게서 물건을 사게 됐다는 것을 알게 되었다.

최 본부장은 양 과장에게 항상 모든 고객을 잡아둘 수는 없다고 말해주고, 일시적인 이슈일 뿐이라고 생각했다. 하지만 시간이 지남에 따라 양 과장이 더 이상 일찍 출근하는 것을 볼 수 없었다. 그리고 제때에 출근하긴 했지만, 전보다 늦게 밖으로 나갔다. 최 본부장은 양 과장이 전처럼 자주 전화를 하는 것을 볼 수도 없었다. 그리고 다음 달 결과가 나왔다. 최 본부장은 양 과장의 실적이 팀 내에서 제일 낮은 것에 깜짝 놀랐다. 최 본부장은 양 과장이 제일 큰 잠재 고객으로부터 거절을 받은 일을 생각했다. 그것이 낮은 실적에 대한 이유일까? 그럴 수도 있지만, 그동안 아주 열심히 일해 왔기 때문에 그것이 결정적 이유가 될 수 있다는 사실을 믿기 어려웠다.

최 본부장이 양 과장에게 무슨 문제가 있는지 물었지만 양 과장은 없다고 대답했다. 그는 판매하기 위하여 조금 더 일찍 밖으로 나갔고, 최 본부장은 그가 전화하는 것을 좀 더 자주 볼 수 있었기에 그냥 일시적인 슬럼프에 불과했다고 생각했다.

양 과장은 다음 달에 꼴찌를 면했다. 하지만 그의 실적을 검토했을 때 대부분의 판매가 기존 고객들을 통해서라는 것을 발견했다. 판매 실적에 대해서는 별로 지적할 게 없었지만 새로운 돌파구가 필요했다. 몇 주가 지났지만 신규 고객의 규모는 좀처럼 커지지 않았다. 그는 벌써 한 달이 넘도록 한 명의 고객도 추가하지 못했으며, 기존 고객들에게 추가 구매를 설득하고 있었다. 최 본부장은 그가 더 이상 다시 궤도에 진입할 수 없을 것이라고 판단했고, 유감스럽지만 양 과장은 더 이상 적응하지 못했다.

이제 양 과장을 채용하는 결정을 내리기 전으로 다시 돌아가 그의 행동 유형, 가치 구조, 인지 구조 및 영업 스킬에 대한 평가가 얼마나 합리적이었는지 고려해 보자. 그의 행동 유형은 전형적인 사교형이다. 그는 에너지가 넘치고 판매하기 위해 매일 나갔다. 늘 친절했고, 진정으로 그를 만나는 많은 사람들의 사랑을 받았다. 그가 다른 사람들을 만날 때면 최 본부장이 인터뷰에서 만났을 때와 같이 즉시 공감대를 형성할 수 있었다.

양 과장의 가치 구조를 보면, 그는 돈과 통제하려는 욕망에 의해 동기부여가 된다는 것을 알 수 있다. 여기서 다시 보면 바로 앞 사례의 박 대리와 같이 그는 최고 수준의 영업사원처럼 보인다. 그는 장래에 훌륭한 세일즈맨이 될 수 있는 행동과 가치를 갖고 있다. 복잡한 영업 프로세스에 대한 지식도 평균 수준 이상이었다. 그는 어떻게 팔아야 하는지 알고 있었다.

하지만 양 과장은 고객의 거절을 다루는 데 큰 어려움을 겪었다. 모든 것이 그의 생각대로 잘 나가서 잠재 고객들이 관심을 갖게 되면, 그는 열심히 일해서 그 판매를 성취할 수 있었지만, 거절을 당했을 때는 그것을 자신의 개인적인 이슈로 심각하게 받아들였다. 사실 영업사원에게 거절을 다루는 능력은 매우 중요하다. 왜냐하면 거절은 매일 일어나는 일이기 때문이다.

양 과장의 거절에 대한 두려움은 그의 행동에 영향을 미쳤다. 이런 두려움은 고객에게 전화하기를 주저하는 결과를 초래했다. 근본적으로 그는 한번 당한 거절을 연락하는 모든 잠재 고객에까지 연관시켰다. 양 과장의 생각은 이러했다.

"이 고객이 나를 거절했으니 다음 고객도 나를 거절할 수 있을 것이다."

당신은 거절을 다루는 데 어려움을 가진 사람을 고용하려고 하지 않겠지만, 이것은 인터뷰를 통해서는 알 수 없다. 물론 영업사원 후보자가 거절을 다루는 데 문제가 있다는 것을 안다면, 고용 여부를 결정할 때 큰 도움이 될 것이다. 그러나 거절을 얼마나 잘 다루는지 모른다면, 당신은 결국 양 과장과 같은 사람을 채용할 가능성이 높다.

위의 이 두 가지 사례는 이런 잠재적인 요소들이 얼마나 중요하게 미래의 실적에 영향을 주는가를 보여준다. 영업사원 후보자들의 행동 유형은 당신을 오해하게 만들 수 있다. 그러면 당신이 좋다고 생각한 사람이 실망스러운 선택이었다는 결과를 초래하게 된다. 특히 인터뷰에서 개인적 호감을 가지고 선택을 하면 그럴 확률이 더 높다.

기존의 영업사원들을 채용하거나 평가할 때의 행동 유형은 단지 사람의 겉모습에 불과하다. 그들이 최고 수준의 영업사원이 되기 위한 인지구조나 가치 구조를 가지지 않았다면 고용 절차의 어느 단계에서 반드시 문제가 발생할 것이다. 이력서와 자기소개서 그리고 겉모습에 현혹되지 않고, 위험을 알려주는 경고에 귀를 기울이고 영업사원 후보자로부터 한 발 물러서야 하는 이유가 바로 여기에 있다.

Sales Innovation MBA

PART 3

명확하게 정의하고 커뮤니케이션하라

Sales Innovation MBA

기대를 명확하게 제시하는 방법

기대를 명확히 커뮤니케이션한다는 것은 영업사원들에게 영업 관리자가 무엇을 원하는지를 명확하게 이해시키는 과정이라 할 수 있다. 유능한 영업 관리자들은 자신이 영업사원들에게 기대하는 바람직한 방향이나 행동에 대한 커뮤니케이션을 통해 영업사원들을 원하는 방향으로 집중하게 하며 동기를 부여한다. 따라서 기대를 명확히 커뮤니케이션한다는 의미는 마치 퍼즐의 완성된 모습을 함께 바라보는 것과 같다 즉, 영업 관리자 입장에서는 영업사원에게 미래에 대한 청사진을 보여주고 그 청사진을 위해 영업사원이 어떤 것들을 해야 하고 또 영업 관리자는 어떻게 도와줄 수 있는지를 구체적으로 이해시키고 공유하는 과정이기 때문이다.

일반적으로 영업 부서는 사내의 다른 어떤 부서들보다 자신들에게 기대되는 바가 무엇인지 명확하게 알고 있다.

회사가 영업사원들에게 기대하는 것은 단순히 매출 목표만이 아니다. 매출 목표에서부터 고객방문 시 복장, 고객을 대하는 태도, 심지어는 정해진 영업방식을 충실하게 따라줄 것을 기대하거나, 하루에 몇 회 이상의 고객방문을 해야 한다거나 하는 등 다양하다.

그러나 모든 기대가 똑같이 중요한 것은 아니다. 기대 사항들의 우선순위를 전달하고 경우에 따라서는 서로 상충하는 것처럼 보이는 온갖 목표들을 정리하는데 서투른 영업 관리자들도 있다. 필자는 가끔 영업사원들로부터 그것이 정말 가능한 목표인지, 무엇이 우선인지에 대한 실질적인 고려 없이 목표를 설정한다는 불평을 많이 듣는다.

기대하는 바를 정확한 문장으로 표현하고, 다양한 목표를 확실히 정리하는 일은 매우 중요하다. 기대를 커뮤니케이션한다는 것은 영업 관리자가 영업사원에게 설명하거나 전달하는 것 이상의 활동을 의미한다. 커뮤니케이션은 우리가 말하는 것뿐 아니라 듣는 사람이 그것을 어떻게 인식하고 반응하는가와 관련이 있다. 많은 영업 관리자들이 커뮤니케이션과 말하기를 혼동한다. 말하기는 한 방향 의사소통이다. 듣는 사람에게는 그 자리에 있어야 하는 것 외에는 어떤 의무도 없다. 듣는 사람에게는 심지어 경청해야 할 의무도 없다. 따라서 말하기는 영업 관리자가 자신의 기대에 대하여 커뮤니케이션하고 영업사원들이 전념하도록 하기에는 효율적인 방법은 아니다.

필자가 코칭 시 영업 관리자들에게 꼭 던지는 2가지 질문이 있다.

- 영업 관리자로서 영업사원들에게 어떤 기대를 가지고 계십니까?
- 그 기대를 영업사원들과 어떻게 커뮤니케이션하고 있습니까?

이 질문에 선뜻 답하는 영업 관리자는 많지 않다. 거꾸로 영업사원들에게도 다음과 같이 질문한다.

- 당신의 영업 관리자가 당신에게 어떤 기대를 가지고 있습니까?
- 당신의 영업 관리자는 그 기대를 당신과 어떻게 커뮤니케이션하고 있습니까?

이 질문 역시 선뜻 답하는 영업사원들이 많지 않다. 답을 한다 해도 '목표 필달'이나 '초과 달성' 정도가 대부분이다. 그만큼 업무에 대한 기대가 명확히 정의되어 있고 서로 커뮤니케이션 되고 있지 않다는 뜻이다. 설사 정의되어 있다 하더라도 커뮤니케이션이 제대로 이루어지지 않는다.

영업사원과 커뮤니케이션할 때 결과에만 초점을 맞추는 영업 관리자들이 많다. 목표 달성을 위해 구체적으로 무엇을 해야 하는지에 대해서는 영업사원들에게 맡겨버린다. 이래서는 곤란하다. 능률도 오르지 않고, 실적 달성도 가능할 수가 없다. 무엇을 어떻게 해주었으면 좋겠는지 기대하는 바를 확실히 전달해야 한다. 특히 영업사원의 행동에 초점을 맞추는 것이 중요하다. 앞에서도 말했지만, 모든 결과는 행동의 산물이다. 따라서 행동 자체가 영업 관리자의 주요 관심사가 되어야 한다. 영업 관리자의 커뮤니케이션은 상황에 따라 중점을 달리할 줄도 알아야 한다. 행동에 중점을 두어야 하지만, 결과에 중점을 두어야 할 때도 있다.

1 행동에 중점을 두어야 할 때

활동 수준과 최종 목표의 차이가 클 때 :

현재의 활동 수준으로 보아 목표를 달성하기가 어렵겠다고 판단되면 영업사원들의 행동을 중심으로 커뮤니케이션이 이루어져야 한다. 특히 입사한지 얼마 되지 않았거나 실적이 저조한 영업사원의 경우에는 행동과 결과 간의 관계가 명확하지 않을 때가 있다. 별다른 노력을 하지 않았는데도 목표를 달성했거나, 필요한 행동을 하지 않았는데도 아무 문제가 생기지 않을 수도 있다. 영업 활동을 하지 않고 주문을 얻어내는 경우가 있고, 안전수칙을 따르지 않았는데도 사고가 일어나지 않는 경우가 있다. 이런 경우를 내버려둬서는 안 된다. 언제든지 부정적인 결과를 낳을 수 있기 때문이다. 이런 경우, 영업 관리자가 개입하여 행동을 바로잡을 수 있도록 해야 한다. 이와는 달리 결과에 비추어 그 이상의 많은 행동을 할 때도 있다. 즉, 결과에 영향을 미치지 않는 필요 이상의 행동들을 하는 것이다. 고객이 불편해할 정도로 연락하거나 말을 많이 하는 경우가 그렇다. 이럴 때는 행동에 대한 일종의 가지치기가 필요하다.

알고 보면 결과를 얻는 데 기여하는 행동은 실제로 많지 않다. 결과의 대부분80%이 일부 요인20%에서 비롯된다는 파레토 법칙Pareto's Law처럼, 영업 실적의 80%가 20%의 행동에서 나온다고 볼 수도 있다. 영업사원들이 되도록 실적에 중요한 영향을 미치는 행동을 중심으로 활동하도록 커뮤니케이션할 수 있어야 한다.

여기서 한 가지 유념할 점이 있다. 실적에 중요한 행동은 피드백이나 환기를 통해 지속적으로 강화해나가야 한다는 것이다. 기억력이 그렇듯이 행동도 시간이 지나면 사라지게 되기 때문이다. 그러한 행동 중에 클로징closing이 있다. 마지막으로 주문을 권유하는 것으로, 이것은 제품 판매에 필수적인 행동이다. 그런데 쉽게 잊어버리거나 어려워한다. 습관이 되지 않았거나 거절에 대한 두려움 때문이다. 이를 극복하고 자연스럽게 행할 수 있을 때까지 확인하고 조언해 주어야 한다.

커피전문점을 예로 들어보자. 고객이 커피를 주문할 때 바리스타가 "치즈케이크나 방금 나온 커피번은 어떠세요?"라고 물었고 고객이 "네, 좋아요"라고 답했다. 그럴 경우 영업 관리자인 당신은 "잘했어"라고 말하며 주문 권유의 효과를 확인시켜주어야 한다. 고객이 "아뇨, 됐습니다"라고 말했다면 어떻게 해야 할까? 그래도 바리스타에게 주문 권유의 필요성을 이야기해주어야 한다. "주문 권유를 많이 할수록 매출이 올라가는 거야. 설사 거절당한다 해도 계속 권유를 해야 해"라고 말이다.

영업 관리자의 커뮤니케이션은 항상 영업사원에 대한 기대를 분명히 표현하는 것이어야 한다. 그렇지 않으면 영업사원들은 치즈케이크나 커피번을 권하는 행동을 하지 않을 것이다.

결과가 많이 지연될 때

어떤 결과는 달성하는 데 오랜 시간이 필요하다. 예를 들어 설계 과정이 복잡한 기계나 대형 컴퓨터, 부동산 사업 등이 그렇다. 제품이나 서비스를 판매하는 데 몇 주 혹은 몇 달이 걸리기도 한다. 이런 비즈니스 상황에서는 동기부여를 위해 최대한 많은 양의 강화긍정적 강화는 보상을 통해 바람직한 행동의 빈도를 증가시키고, 부정적 강화는 안 좋은 결과를 낳는 행동을 피하게 하여 결과적으로 바람직한 행동의 빈도를 높인다 커뮤니케이션을 해야 한다. 영업 관리자들은 이와 같은 커뮤니케이션을 통해 결과가 나올 때까지 기다리지 말고 수행 과정을 검토하여 필요한 행동을 이끌어야 한다.

민감한 행동을 보일 때

영업사원이 부적절한 옷차림, 수다, 잘못된 화법, 지저분하게 먹는 습관, 몸에서 나는 악취나 입 냄새 등과 같은 문제적 행동을 보일 경우 성과에 부정적 영향을 미칠 수 있다. 하지만 민감한 사안이기도 해서 피드백을 하기가 쉽지 않다. 그래도 영업 관리자는 이에 대해 커뮤니케이션할 책임이 있다. 어렵더라도 일단 커뮤니케이션을 하고 나면 문제가 되는 행동을 쉽게 고칠 수 있다.

2 결과에 중점을 두어야 할 때

영업 관리자는 기본적으로 행동에 중점을 둔 커뮤니케이션에 치중해야 하지만, 때로는 결과 중심으로 커뮤니케이션하는 것이 더 효율적일 때가 있다. 행동을 관찰하지 않고도 괜찮은 결과를 예상할 수 있는 다음과 같은 상황이라면 얼마든지 가능하다.

영업사원이 숙련되어 있어서 자신의 행동이 어떤 결과를 낳는지 잘 알고 있다면 결과에 중점을 두고 커뮤니케이션해도 된다. 프로 골퍼들은 자신의 드라이브가 페어웨이를 벗어날 때 무엇을 잘못했는지, 같은 잘못을 되풀이하지 않으려면 어떻게 해야 하는지 알고 있다. 굳이 충고할 필요가 없다. 영업 경험이 풍부한 베테랑 영업사원들도 다르지 않다. 그들은 원하는 결과를 얻는 데 필요한 모든 행동을 알고 있다. 행동보다는 결과에 관한 피드백이나 인정이 훨씬 효과적이다.

결과가 좋아지고 있을 때

결과가 좋아지고 있다는 것은 영업사원이 행동을 제대로 하고 있다는 뜻이다. 이럴 때는 결과 중심의 커뮤니케이션을 하면 된다. 물론 그 결과가 제대로 된 행동에서 나온 것이라는 확신이 있어야 하고, 그 행동이 높은 수준에서 안정적으로 유지되어야 한다. 이 두 조건이 충족되면 결과에 대한 피드백이나 인정 중심의 커뮤니케이션을 통해 효율성을 높일 수 있다.

Sales Innovation MBA

직무 기술서를 활용하라

직장에서 흔히 접할 수 있는 '직무기술서'란 특정 직무의 업무 내용과 책임과 권한, 직무를 효율적으로 수행할 수 있는 자격요건에 관한 정보를 체계적으로 기술한 것으로서 직무별로 작성한다. 직무기술서는 특정한 양식이 정해져 있지 않기 때문에 그 활용목적에 따라 내용과 형식을 달리 할 수 있지만 일반적으로 직무개요직무체계/직무개요/핵심업무, 직무정의직무책임/직무특성/직무기준지표, 직무수행요건지식/스킬/태도/경력/필요 교육훈련등을 포함한다.

직무 기술서는 영업 관리자가 영업사원과 기대를 명확히 커뮤니케이션하기 위한 출발점이다. 그런데 많은 영업조직들이 직무기술서가 없음은 물론 그것이 무엇인지조차 모르는 경우가 많다. 이러한 현상은 전문 판매조직이나, 신설회사, 급성장한 회사로 갈수록 그 정도가 더 심한 경향을 보인다. 영업조직 내에서 대부분의 영업사원들은 자신이 해야 할 일이라는 것이 단지 판매라고 인식하는 경우가 대부분이다. 필자는 국내 IT 관련 B2B 영업을 하는 한 회사를 코칭할 기회가 있었다. 코칭 대상 팀의 영업 관리자는 매우 유능한 사람이었다. 영업 관리자는 직무 기술서를 검토하고 나서 팀원들에게 각 영역을 설명하였다. 팀원들과 각 직무 영역에 관하여 토론한 후에, 서로 그것을 검토했다는 의미로 문서에 서명했다.

이것은 영업사원들이 그 내용을 숙지하였으며 자신들에게 기대하는 것이 무엇이라는 것을 이해했다는 것을 분명하게 해 주는 도구이다. 직무 기술서에 서명하는 것은 영업사원이 회사, 영업 관리자, 고객, 동료의 기대나 요구에 대해 명확하게 인식하고 그 기대에 부응하는 데 필요한 지식과 정보를 이해하고 활동 중에 발생할 수 있는 문제들에 대해 상호 책임을 분명히 하는 아주 훌륭한 도구였다.

이처럼 직무 기술서는 업무의 모호함에서 벗어나게 하며 예비 영업사원들이 해야 할 업무가 무엇인지를 명확하게 이해하는 데 큰 도움을 주는 도구이다. 또한 영업 관리자들에게는 영업사원들의 훈련 및 평가 시 참고 자료가 되기도 한다.

물론 영업현장의 현실이 회사나 유통의 형태에 따라 모든 영업직 사원들에게 직무 기술서를 적용하기는 힘들 수도 있다. 예를 들어 단순히 신분증이나 주민등록 등본 한 통만으로 회사를 대신해 영업할 수 있는 일부 방문판매 회사의 경우가 그렇다. 하지만 이러한 기업들도 최소한의 판매계약서나 판매 대리인 등록증과 같은 것들을 통해 직무기술서의 기능을 대신 할 수 있다. 중요한 것은 그 필요성에 대해 영업 관리자가 인식하고 있는지다.

직무 기술서의 영역 살펴보기

영업 부문에서 주로 사용하는 직무 기술서는 기본적으로 3개의 영역을 포함하고 있다. 즉 주요 책임 사항들, 핵심 업무 그리고 그 업무의 자격 요건들이다. 이러한 3개의 영역은 1페이지를 넘지 않는 것이 보통이다.

비영업 부문의 직무 기술서와는 형식이나 내용 면에서 다소 차이가 있을 수 있으나 작성 취지나 형식 면에서 큰 차이는 없다. 또한 월급을 받는 영업사원이나 인센티브제 영업사원의 경우에도 차이가 존재할 수 있다. 그러나 공통적으로 영업사원의 역할과 임무, 책임, 표준 활동과 단계, 활동계획 및 보고서의 작성, 가망고객의 발굴, 기존 고객의 관리, 고객정보의 유지 및 관리, 클레임의 처리, 예산의 활용, 입금, 목표 그리고 이에 필요한 요건 및 스킬, 태도에 대한 기대사항 등을 포함하여 작성할 수 있다.

만약 직무 기술서를 활용한다면, 영업사원들의 업무를 위한 영역별 영업 관리자의 기대를 명확하게 전달할 수 있도록 신중히 검토해 보는 것이 중요하다. 그리고 난 후에 영업사원들과 그것에 서명함으로써 그 안에 어떤 내용이 있는지를 서로가 이해하고 전념할 수 있도록 해야 한다. 만약 직무 기술서를 가지고 있지 않다면 한 번쯤 작성해 볼 것을 권한다. 인터넷에 훌륭한 자료들이 많이 있다.

사전 준비 / 커뮤니케이션 / 사후관리

유능한 영업 관리자들은 기대사항에 대해 사전에 준비한다. 그러고 나서 영업사원들과 커뮤니케이션하고, 추가적으로 사후 관리를 통해 바라는 목표에 대해 커뮤니케이션한다.

Sales Innovation MBA

기대를 커뮤니케이션 할 준비를 하라

1 직무 기술서를 철저하게 검토한다

각 영역이 무엇을 의미하는지 영업 관리자가 설명할 수 있어야 한다. 영업 관리자가 바라는 목표는 무엇이며 이유는 무엇인가?

2 직무 기술서 상에 목표를 명확하게 정의한다

- **할당량의 개념과 보상 :** 할당량은 월 단위인가, 분기 단위인가, 반년 단위인가 아니면 1년 단위인가? 영업사원이 그 할당량을 달성하지 못하거나 초과했을 때는 어떻게 되는가?
- **주력 제품 :** 각 제품을 몇 퍼센트씩 팔아야 하는가? 다른 제품은 전혀 팔지 않고 특정제품만 판매함으로써 목표를 달성해도 상관없는가?
- **기존 고객과 신규 고객의 비율 :** 영업사원이 기존 고객들에게만 판매

해도 되는가? 아니면 일정 비율의 신규 고객이 반드시 포함되어야 하는가? 비율은 어떻게 되는가? 이유는?

- **영업 구역 :** 영업 구역은 우편 번호로 분류된 지역인가? 어떻게 결정되었는가? 그 지역에서 우리의 제품을 판매하고 있는 다른 사람이 있는가? 이유는? 그 영업사원은 그 사람들과 어떻게 상호작용하는가?
- **회사의 판매 시스템 :** 그것은 무엇인가? 왜 영업사원이 정해진 프로세스를 따라야 하는가? 영업사원이 그것을 따르지 않으면 어떻게 되나?
- **회사 정책들, 절차들, 그리고 관행들 :** 이러한 것들은 무엇인가? 어디에서 찾아볼 수 있나?
- **시장 조사 :** 최신 데이터들이 필요한가? 정기적으로 새로운 사업 전망을 업데이트할 필요가 있는가? 어떤 조사 자료들지침서, 신문, 거래 출판물들, 상공 회의소, 또는 협회들과 같은 것들을 활용할 것인가?
- **시간 관리 :** 영업 활동 시간 대비 비영업 활동 시간의 비중, 출장 영업에 대한 기대치는 어떠한가?
- **약속 :** 매주 약속 건수, 약속의 질, 약속의 시기, 의사 결정자들과의 약속 대비 영향력 있는 사람 또는 실 이용자들과의 약속 매주, 매달, 매년 약속 건수에 대한 기대치가 있는가?
- **사소한 것들 :** 용모단정, 재택근무자들과의 관계, 경영진과의 관계, 정확하고 시기적절한 보고, 사후관리, 유지관리, 현재 고객들

과의 관계 확장은 어떻게 할 것인가?

- **비용 :** 주어진 기간 동안 제품, 서비스 그리고 업종별로 발생하는 비용은 어떠한가?

❸ 직무 기술서를 철저하게 조사하고 분석한 후에 영업사원들이 영업관리자가 기대하는 목표에 달성할 수 있도록 기대사항을 결정한다

도전적이면서 현실성 있는 목표를 설정하라. 성취욕이 높은 영업사원들은 터무니없이 높은 목표보다 실현이 가능한 목표를 선호한다.

영업 관리자의 기대를 커뮤니케이션 하는 방법

개별적으로든 팀 미팅을 통해서든 영업 관리자는 자신과 조직이 바라는 목표들에 대해서 영업사원들과 커뮤니케이션한다. 경영진의 니즈를 파악하고 정리하여 영업사원들과 개별적으로든 팀 단위로든 목표달성 방법들을 함께 검토해야 하며 또한 영업사원들이 목표에 집중할 수 있도록 그들의 생각과 의견을 경청하고 지지하며 직무 기술서에 상호 서명한다.

직무기술서 검토 시 영업 관리자가 고려할 사항은 다음과 같다.

- 자신감과 결단력을 가지고 확신있게 표현하는 것이 좋다.
- 명확하고 직설적인 방법으로 정확하게 무엇을 기대하는지를 기술하고 상호 간에 서로 다른 기대를 하게 만들지 말아야 한다.
- 질문에 답변하고 경청하면서 대화한다.

- 영업사원들이 좋아하지 않으면 어떻게 할까 두려워하지 말고, 영업사원에게 꼭 필요한 일을 전달하는 것이 중요하다.
- 직무 기술서의 내용에 따른 영업사원의 표준 활동과 목표달성에 대한 기대를 모든 팀원들에게 전달한다.
- 수입, 활동시간, 복장, 보고 등에 관해 기대를 전달한다.

사후 관리까지 신경 써라

영업사원에 대한 기대를 커뮤니케이션하는 것은 한 번의 면담이나 회의로 끝나는 것이 아니다. 그것은 지속적인 사후 관리가 필요한 항상 진행 중인 과정이다. 유능한 영업 관리자들은 다음과 같이 사후 관리를 한다.

- 기대하는 바를 점검, 관찰하고 평가함으로써 영업사원들이 영업 관리자의 기대에 대해 책임감을 가질 수 있도록 상기시킨다.
- 지속적으로 정보를 제공하고 경청하면서 함께 한다.
- 피드백을 하되 비난은 하지 않는다.

일단 하나의 목표를 달성하고 나면, 팀의 성공을 축하하고 목표를 달성한 영업사원들을 공개적으로 칭찬해줘야 한다. 축하와 칭찬은 사람들에게 힘을 불어넣어 주고 미래의 새로운 활동에 대해 정신적인 준비를 시켜 준다. 물론 하나의 목표달성은 끝이 아니다. 영업 관리자와 팀원들은 목표달성 후에 새로운 계획수립과 업무실행 과정에 대해 재검토해야 한다. 영업 관리자는 자신과 팀원들에게 다음과 같이 질문을 던지고 그 답변들을 정리해 놓는다.

- **어떤 것이 효과가 있었고, 어떤 것이 없었나?**
- **목표달성으로 우리가 기대했던 이익이 발생했는가?**
- **만약 이 일을 다시 한다면 어느 부분을 다르게 할 것인가?**
- **일을 더 잘할 수 있도록 팀에 충분한 자원과 권한이 주어졌는가?**
- **향후 더 큰 목표를 달성하기 위해 어떤 것들을 추가해야 하는가?**

사후 관리로부터 얻는 교훈은 매우 소중하다. 영업 관리자와 팀원들은 그 교훈들을 충분히 공유하고 자기 것으로 만들어야 한다. 만약, 이전의 목표가 너무 쉽게 달성되었다면 앞으로의 목표는 조금 더 높게 잡는 것이 바람직하다. 반대로 목표를 달성하는데 지나치게 무리를 했다면 새로운 목표는 좀 더 낮게 정하는 것이 좋다. 목표를 달성하는 과정에서 특정 기술에 대해 부족함을 느꼈다면 그 기술을 익히는 것을 향후 목표로 정해야 한다. 목표가 비현실적이었다면 새로운 목표는 팀의 현실과 시간적인 제약을 잘 반영하여 설정하도록 해야 한다. 이것이 목표달성을 통해 높은 성과에 다가가는 방법이다.

Sales Innovation MBA

함께 꿈꿀 수 있는 기대와 비전을 공유하라

기대를 커뮤니케이션하는 것은 영업사원에게 현재의 위치, 가고 있는 방향, 그리고 목표에 도달하는 방법을 알게 해준다.

영업사원에 대한 기대를 명확하게 정의하고 커뮤니케이션하는 과정이 없다면 영업사원들은 방향을 잡지 못하고 동기부여 되지도 않으며, 부정적이 될 수 있다. 영업사원들에게 비전을 보여주고 그들의 지지를 얻는 것은 "영업 관리 7단계"의 실천에 중요한 열쇠가 된다. 기대를 커뮤니케이션하는 것은 영업 관리자와 영업사원 모두에게 우리의 업무가 무엇이며, 그것을 어떻게 하기를 기대하고 있는지, 왜 그것을 하는 것이 중요한지 그리고 그 기대들을 충족시키기 위하여 어떤 일들을 해야 하는지를 명확하게 해 준다. 유능한 영업 관리자가 하는 가장 중요한 일 중의 하나가 바로 이것이다.

영업 관리자의 기대는 영업사원의 비전이 될 수 있다. 전통적인 영업 관리자들은 단지 현상을 유지하는 데 급급하지만 유능한 영업 관리자는 영업사원들이 모든 의사결정과 행동을 비전에 맞추어 행동하도록 돕는다. 비전의 마력은 미래와 현재 사이의 갭을 인식시켜 줌으로써 목표에 다가가게 한다. 영업 조직의 변화과정에서 비전은 다음과 같은 역할을 한다.

첫째, 비전을 가진 영업사원들은 비전에 따라 현재의 활동에 의미를 부여하고 현재의 활동을 미래의 비전과 관련지어 새로운 에너지를 창출한다. 예를 들어 당장 눈앞의 과업에 매여 지루한 일상 속에 갇혀 있는 영업사원이 있다고 가정해 보자. 단기적인 기대와 요구로 인해 근시안적인 안목으로 일상을 보내야 한다면 진정한 자기 가치를 실현하지 못할 것이다. 아마도 이러한 영업사원의 일과는 시간이 갈수록 더더욱 고역이 되고 말 것이다. 그러나 가슴속에 매력적인 비전을 품고 있는 영업사원이 있다면 반대로 현재의 일이 아무리 고되고 힘들다 할지라도 장차 가치 있고 중요한 일을 성취하는 것과 관련되어 있다는 것을 인식하게 될 것이다.

마감일에 대한 압박, 성과에 대한 압력, 즉각적인 문제 해결의 요구 속에서 대부분 영업사원들은 근시안적인 일상에 갇혀있기 쉽다. 그러나 영업 관리자의 기대와 미래에 대한 자신의 꿈과 열망을 가진 영업사원들은 일상에 의미를 부여한다. 이럴 때 영업 활동은 더 이상 단순한 과업이나 지루한 일상의 반복, 의무감을 넘어 보다 더 가치 있고 의미 있는 일로 전환된다.

둘째, 비전은 영업사원들의 몰입을 이끌고 동기를 부여하는 역할을 한다. 사람들은 자신의 일에 열정을 가지고 싶어 한다. 강력한 비전은 최선의 노력을 통해 새롭게 도전하게 함으로써 열정과 에너지를 끌어낸다. 리더십의 비밀은 이러한 비전의 힘을 어떻게 활용하는가와 관계가 있다. 사람들은 자신이 진심으로 흥미 있다고 생각하는 일에 시간과 에너지를 집중한다.

셋째, 비전은 일의 의미를 부여하며 자신의 일 속에 숨겨진 의미를 발견하고 자부심을 느끼게 한다. 반복적인 일을 수행하는 사람들조차 자신의 일 속에 보다 더 큰 가치와 목적이 있다는 것을 발견한다면 자긍심을 느끼는 것은 당연한 일일 것이다. 훌륭한 비전은 사람들이 하고 있는 일상의 일을 새롭게 규정하고 가치를 부여한다.

넷째, 비전은 성과 수준을 결정한다. 비전은 영업사원들이 노력한 정도를 평가하는 척도다. 성취 욕구가 높은 영업사원은 자신이 한 일이 제대로 수행되었는가를 알고 싶어 한다. 비전은 바로 영업사원들의 행위에 초점을 제공하고, 미래의 모습에 대해 선명한 그림을 제공함으로써 자신들이 무엇을 어떻게 해야 하는지를 설명해 준다. 예를 들어 고객서비스에 있어서 최고가 되어야 한다는 비전을 가진 영업사원은 전에 하지 않았던 방식을 사용함으로써 여기에 부합하고자 노력하게 된다.

좋은 비전은 영업사원들의 마음을 움직이며, 자신들이 보다 더 큰 이상과 가치의 일부라는 사실을 일깨워준다. 고리타분하고 재무적인 목표로 가득 찬 비전은 이 같은 힘을 발휘하지는 않는다. 따라서 영업 관리자는 진정으로 영업사원들의 열망을 담아내는 비전을 창출하고 이들의 마음을 사로잡을 수 있어야 한다.

그렇다면 어떤 비전을 제시하는 것이 바람직한가? 여기에는 정답이 있는 것이 아니지만 몇 가지 중요한 요소를 살펴볼 필요가 있다. 먼저, 영업 관리자는 비전을 만들고자 할 때 비전 안에 조직과 개인들이 원하는 미래에 대한 원대한 이상을 포함시켜야 한다. 비전이 미래에 대한 기대를 불러일으키면 영업사원들에게 진심으로 동기부여 할 수 있다.

다음으로 비전은 영업사원들의 마음을 충분히 사로잡을 수 있어야 하며 각자에게 직접적인 의미를 제공할 수 있어야 한다. 다시 말해 영업 관리자 개인의 비전이 아니라 구성원 모두가 꿈꾸는 것이어야 한다. 영업사원들의 관심과 욕구를 반영하는 진정성이 비전을 살아 꿈틀거리게 할 수 있다. 또 훌륭한 비전은 일상을 넘어 미래로 가는 중대한 변화를 촉진할 수 있어야 한다. 변화는 두려움이지만 이 변화의 두려움을 뚫고 갈 수 있는 것은 선명한 비전이 있기 때문이다. 기꺼이 모험과 위험을 감수하고 변화를 추구할 수 있는 비전이 만들어질 때 탁월한 성과를 기대할 수 있다.

비전의 마력은 영업사원들의 숨겨진 재능과 잠재력을 이끌어내어 미래를 향해 도전하게 한다. 영업 관리자는 자신은 물론 조직을 구원할 수 있는 생생하고 거룩한 비전을 개발하고 이를 공유하는 일을 영업 관리자의 첫 번째 임무로 삼아야 한다. 특히 변화의 시기, 조직의 존재 이유, 일에 참여하는 궁극적인 이유가 불명확하다면 사람들은 결국 혼돈에 빠지고 말 것이기 때문이다.

영업 관리자가 영업사원들의 적극적인 참여와 몰입을 이끌어낸다 할지라도 비전과 전략을 통해 구체적인 방향을 설정하는 일을 간과한다면 진정한 성취는 불가능하다. 영업 관리자는 조직의 미래를 위해 비전을 제시하고 이를 영업사원들의 행동과 연계함으로써 조직의 에너지를 집중시켜야 한다.

많은 영업 조직은 회사의 비전을 밝히고 사무실 액자 속에 이 비전을 담아내고 있지만 정작 이것이 사람들의 마음속에 자리 잡고 있는지는 의심스럽다. 그런 비전은 단순한 환상이며 백일몽에 불과하다. 사람들은 리더의 행동에 대해 회의를 품고 점차 의욕을 잃게 되며 리더의 비전이 거짓이었음을 깨닫고 회사를 이탈하게 된다.

커뮤니케이션 능력을 지속적으로 훈련하라

"영업 관리 7단계"를 실행하는 데 있어서 영업 관리자들이 직면하는 가장 큰 도전 중 하나는 기대를 명확하게 커뮤니케이션해야 하는 필요성을 인식하고 이해하는 데에 있다. 사실, 다른 사람들에게 무엇을 기대하는지를 나열하고 표현하는 것은 우리에게 그다지 익숙한 일은 아니다. 따라서 기대를 커뮤니케이션하는 것이 자칫 어떤 약속이나 규율과 같은 것으로 이해될 수 있어서 불편함을 느낄 수 있다. 영업 관리자들은 비전을 담은 기대를 영업사원들과 커뮤니케이션해야 한다.

명확한 기대를 커뮤니케이션하는 것과 영업사원에 대한 훈련은 단호하면서도 우호적인 방법이어야 한다. 앞서 언급했던 영업 관리자의 태도와 관련한 사례를 상기해 보자. 비평가형 영업 관리자 A는 분명 단호했지만 우호적이지는 않았다. 운명론자형 영업 관리자 B는 회사 정책을 따르는 것에는 단호했지만 그의 영업팀을 대하는 데 있어서 우호적이지는 않았다. 치어리더형 영업 관리자 C는 우호적이긴 했지만 단호하지는 않았다.

유능한 영업 관리자들은 단호함과 온화함 두 가지를 적절하게 가지고 있다. 코치형 영업 관리자 S는 그러한 영업 관리자의 롤모델이었다. 단호했으며, 그의 목표를 확고하게 설정하였지만 한편으로는 인정이 많았다. 이것이 유능한 영업 관리자의 정의다. 사전적 정의로 훈련은 '행동 따위의 지도적 방법이나 방향을 인도하여 주는 것'으로 해석되며 개발시키고, 개선하며 훈련하는 것은 영업 관리자들이 해야 하는 일이다. 또한 훈련 과정은 명확하게 커뮤니케이션된 기대와 현재 상태에 대한 갭을 줄여가는 것으로부터 시작된다.

긍정적 훈련의 중요성

사람에 따라 '훈련'이라는 단어에 대한 느낌은 다양하다. 어떤 사람은 성장과 발전을 위한 필연적인 인내의 과정으로 생각하기도 하고 또 어떤 사람들은 힘들고 지겨운 부정적인 의미로 생각한다. 그러나 필자가 말하는 훈련은 그런 의미의 훈련이 아니다. 누군가를 훈련시킨다는 것은 훈련 과정을 통해 기술을 개발시키고 이끌어 주는 과정이라 할 수 있다.

따라서 훈련은 부정적이며 하지 말아야 할 것에 초점을 맞추는 것이 아니라 긍정적이며 해야 할 것에 초점을 맞추어야 한다. 앞에서 언급한 영업 관리자들의 사례를 다시 생각해 보면, 비평가형 영업 관리자 A는 훈련을 부정적으로 사용하는 사람이다. 그는 지속적으로 부정적인 것에 집중하였다. 코치형 영업 관리자인 S는 긍정적이었다. 그는 긍정적인 것, 그리고 해야 할 일에 집중함으로써 구성원들을 훈련시킬 수 있었다.

훈련에도 리더십이 필요하다

조직이나 사람들을 훈련시키기 위해서는 리더십이 필요하다. 성공하는 영업 관리자들도 리더십이 필요하다. 영업 관리자들은 영업사원들로부터 환영받지 못하는 결정을 할 수도 있고, 싫은 소리를 해야 할 때도 있다. 그러나 그것이 영업사원들을 공격하는 것이 아니라 발생한 문제들이나 행위들에 대해 피드백을 주는 것이어야 한다. 영업 관리자들은 영업사원들이 자신들을 좋아하지 않거나 지지하지 않는 결정을 하는 것을 두려워하지 말아야 한다.

많은 영업 관리자들이 영업사원들로부터 지지를 받지 못하는 결정을 하는 것을 두려워하거나 자신의 기대를 영업사원들에게 표현하고 전달하는 것에 관해 익숙하지 않아 마음고생을 한다. 그러나 영업 관리자들은 영업사원들에게 강요하기도 하고 기대에 관하여 표현하고 커뮤니케이션해야 한다. 기대를 충족시키는 데 필요한 기술들을 개발하고 개선해야 할 의무와 책임을 가진 사람들이라는 것을 분명히 인식할 필요가 있다. 영업사원의 학습을 촉진하기 위한 영업 관리자의 활동 중에서 특히 기대를 명확히 하고 이를 커뮤니케이션하는 행동은 매우 중요한 것이다. 왜냐하면 이것은 영업 관리자가 중요하게 생각하는 바가 무엇인지 또 얼마나 중요한 것인지를 전달함으로써 학습 목표와 기대수준을 정할 수 있기 때문이다. 영업 관리자는 유능한 코치의 태도로써 영업사원들에게 명료한 목표와 기대를 설정하고 이것이 그들에게 얼마나 중요한지 커뮤니케이션해야 한다.

기대를 커뮤니케이션하는 '효과'는 영업 관리자의 태도에 따라 달라진다

앞에서 이야기했던 영업 관리자들의 태도를 다시 상기시켜 보자.

영업 관리자들 중 2명은 명확하게 영업사원에게 기대를 표현하고 전달했지만 그들이 각 영업팀들에게 미치는 영향은 현저한 차이가 있었다. 비평가형 영업 관리자 A는 자신이 생각하기에 중요한 영업 활동들에 관하여 영업사원들에게 피드백을 주었고 영업사원들이 그것을 따르고 활용할 것으로 기대하였다. 영업사원들이 그 방법대로 시도해 보았지만 별 효과를 보지 못했다. 그러자 A는 영업사원들을 심하게 꾸짖었으며 그들의 실수들을 코칭하기 위한 것이 아니라 비판할 기회로 인식했다. 영업사원들의 태도와 활동이 마음에 들지 않을 때 그것을 자신이 직접 나서려고도 하였다.

A와 팀 사이에는 부정적인 마찰이 너무 많았다. 영업사원들은 자신들이 왜 이러한 것들을 해야 하는지를 이해할 수 없었다. 영업 관

리자가 무엇을 원하는지는 명확했지만 팀에 미치는 영향은 비판적이고 파괴적이었다. A는 명령하고 요구했지만 세심하게 가르쳐 주지 않았다. 그는 규칙과 결과만을 가지고 항상 통제하고 단속만 했다. 결국 지점의 사기는 낮아지고 이직률은 높아졌다.

운명론자형 영업 관리자 B는 회사의 정책들과 경영진의 강조사항을 준수하는 것에 관한 기대를 커뮤니케이션했다. 그는 제품에 관한 지식이 얼마나 중요한지를 자주 전달하였다. 또한 경영진의 강조사항을 구성원들이 이행해 줄 것에 대한 기대들을 전달하였다. 왜냐하면 운명론자형 영업 관리자 B는 경영진의 기대를 충족시켜주는 것이 아주 중요했기 때문이다.

치어리더형 영업 관리자 C는 영업사원들에게 필요한 중요한 판매 활동에 대해 언급하는 경우는 거의 없었다. 치어리더형 영업 관리자 C는 만사가 'OK'라는 식으로 커뮤니케이션했다. 그는 모든 사람들이 서로 잘 지내고 서로 사랑해야 한다는 식으로 그의 기대를 커뮤니케이션했다. 그는 마치 정치인 같았다. 누가 무엇을 해도 괜찮았다. 그는 영업사원들에게 중요한 판매 활동들이 있다는 것을 아는지 모르는지 결코 그것에 관해 언급하지 않았다.

코치형 영업 관리자 S는 최적의 영업성과를 얻기 위해서 꼭 지켜야 할 특정 판매 활동과 프로세스들이 있다고 설명하였다. 또한 그러한 활동이 왜 중요하며 회사뿐만 아니라 각 영업팀에 있는 영업사원들에게 어떤 의미가 있는지, 그리고 목표달성을 위해 그 활동들이 어떻게 도움을 주는지를 설명하였다. 영업 관리자가 롤모델이 되어 시범을 보여주었고 영업사원들이 능숙하게 활용할 수 있을 때까지 현장에서 함께했다. S 지점장의 리더십 스타일은 영업사원들에게 많은 영향을 끼쳤으며 높은 성과로 이어시고, 전체 생산성 향상은 물론 사기진작, 이직률 저하로 이어졌으며 영업사원들은 성장했다.

변화형 영업 관리자가 되라

유능한 영업 관리자들은 자신이 변화 영업 관리자라는 인식이 분명하며, 영업사원들의 태도와 행동을 주도적으로 변화시켜 나간다. 이는 영업사원들에게 기대하는 바가 무엇이며, 왜 그것들이 중요한지 그리고 어떻게 하는지를 명확하게 커뮤니케이션하는 것을 의미한다. 변화관리는 기존의 기술, 방법, 성과 기준, 혹은 어떤 조건을 개선하고자 하는 데 초점을 맞추는 것으로, 변화과정을 통해 영업사원 자신을 성장시키고 유능해진다. 변화과정은 근본적으로 불확실성에 대한 도전이며 모험이다. 따라서 진정한 용기와 신념이 없다면 변화는 결코 성공할 수 없다.

영업활동에 대한 기대를 커뮤니케이션하라

기대를 커뮤니케이션한다는 것은 단순히 영업사원들이나 팀을 불러놓고 영업 관리자가 자신이 원하는 것에 관한 그림을 그리게 하는 것이 아니다. 영업사원들이 핵심적인 영업 활동에 집중하게 하는 것을 의미한다. 그런 중요한 영업 활동들에 대한 기대 목표를 충족시키기 위하여 영업사원 개인을 성장시키고 개발시키는 것에 관한 것이다. 또한 그것은 영업사원들에게 단순히 '일주일에 다섯 건의 약속을 잡으라고 말하는 것' 정도를 의미하는 것이 아니다. 앞에서 언급한 바와 같이 말로만 하는 것처럼 비효율적인 커뮤니케이션 방법은 없다. 말로만 전달하는 것은 영업사원들의 입장에서는 그것을 달성하고 성취하는 방법에 관해서는 실제로 아무것도 배울 수 있는 것이 없기 때문이다.

예를 들어 영업사원들이 고객과 약속을 잡는 방법을 배우고자 한다면, 지도와 보완 등 영업 관리자의 도움과 지원이 필요함은 물론 실행과 연습을 통해서 그 방법을 습득할 수 있는 시간이 필요하기 때문이다.

효율적으로 말하라

사람들이 보내는 메시지의 55%는 바디랭귀지에서 나오며 그 메시지의 38%는 목소리와 음색, 단 7%만이 우리가 사용하는 실제 단어들에서 나온다고 한다메라비언의 법칙. 결과적으로 영업 관리자의 행동이 그가 커뮤니케이션하고자 하는 내용과 일치하지 않는다면 그것은 구성원들에게 부정적인 영향을 주는 메시지들을 보내는 것과 마찬가지이다.

단순한 말하기는 사람들을 개발시키기에 비효율적이고 비효과적인 방법이지만 공교롭게도 영업 관리는 사람들을 개발시키는 것에 관한 것이다.

사람들이 무엇인가를 배우는 과정은 반복을 통해서 이루어지기 때문에 한번 말한 것은 배우는 사람의 입장에서는 비효율적이다. 우리는 부모님이나 누군가로부터 "○○하지 말라고 내가 얼마나 많이 이야기했니"라고 말하는 것을 한 번쯤은 들어본 적이 있다. 이처럼 단순한 말하기는 사람들이 여러 가지 이유로 귀담아듣지 않고 잘 집중도 하지 않으므로 매우 비효율적이다.

당신이 누군가에게 어떤 말을 했을 때, 상대가 당신이 말한 것을 들었을 것이라고 생각할 수 있다. 하지만 상대는 다른 생각을 하느라 당신이 말하는 것을 놓칠 수 있으며 당신이 전달하고자 하는 것과 상대가 이해하고 있는 것 또는 그 중요성에는 차이가 있을 수 있다. 상대가 모든 뉘앙스를 다 이해하기에는 어려움이 있다는 것이다. 그렇다면 당신은 단지 당신의 의견을 표현한 것뿐 그 이상은 아무것도 아니다. 말하기는 반복적으로 한다 하더라도 효과적이지 않을 수 있다는 것이다.

Sales Innovation MBA

합리적인 목표를 설정하고 동기부여 시켜라

개인과 팀을 성장시키고 개발시키는 것

유능한 영업 관리자들은 팀 내에 있는 모든 영업사원들에 대하여 다음과 같은 사항들에 관한 기대를 커뮤니케이션함으로써 생산성을 극대화한다.

- 특정 목표를 가지고 있는가?
- 기대하는 성과에 대하여 명확하게 이해하고 있는가?
- 개인 성과가 그 부서 또는 회사의 전체 목표에 중요한지를 이해하고 있는가?
- 기대하는 것을 성취하는 방법을 이해하고 있는가?
- 기대하는 것을 성취할 수 있는가?
- 기대하는 것을 성취하는 데 전념할 수 있는가?
- 영업 관리자로서 영업사원들의 성장과 발전을 위한 개발 계획을 가지고

있는가?

목표 설정은 성과에 영향을 끼친다

목표란 '개인과 조직이 달성하고자 하는 미래의 결과'를 말한다. 개인의 목표를 예로 들면 '나는 3개월 안에 5kg의 체중을 줄일 것이다'와 같은 것이다. 목표설정은 개인, 팀, 조직이 노력을 통하여 달성하고자 하는 결과가 무엇인지를 명확히 커뮤니케이션하는 과정이며, 조직의 효율성과 효과성을 증진하고자 하는 의도를 가지고 있다.

그러나 목표설정은 그리 간단하고 쉬운 문제가 아니다. 그럼에도 불구하고 오늘날과 같이 매우 경쟁적인 시장 환경 하에서는 목표를 설정하고 달성하기 위한 노력이 필수적일 뿐 아니라 그럴만한 가치를 충분히 가지고 있다. 목표설정이 중요한 이유는 다음과 같다.

- 목표설정은 행동을 이끈다. 목표는 구체적인 방향을 향해 노력과 관심을 집중시킴으로써 역할을 명확하게 해 줄 뿐 아니라, 이를 통해 매일 일어나는 의사결정의 불확실성을 줄여준다.
- 목표는 개인 팀, 조직이 도전할 과제와 그 성과를 측정하고 평가할 수 있는 지표를 제공한다.
- 목표는 다양한 업무의 성과와 그것을 추구하기 위한 자원의 사용을 정당화시켜 준다.
- 목표는 조직 설계를 위한 밑그림을 제시해 준다. 즉, 목표는 부분적으로 의

사소통 양식, 권한관계, 업무조정 등이 어떻게 이루어져야 할지를 제시해 준다.

- 목표는 구성원들과 경영자들이 중요하다고 생각하는 것이 무엇인지를 나타내 주며, 계획과 통제를 위한 활동의 틀을 제공한다.

조직이 특정 목표를 성취하려고 노력하는 것처럼 개인들 역시 특정 목표를 달성하기 위해 동기부여 될 수 있다. 실제로, 목표설정은 조직 내에서 성과에 영향을 미칠 수 있는 매우 중요한 동기부여 수단 중의 하나이다.

목표를 가지고 있다는 것은 기대하는 성과가 무엇이고 어느 정도의 수준인지를 명확히 해 주기 때문에 성과를 증진 시키는 데 도움이 된다.

좋은 성과는 목표를 가지고 시작해야 한다

좋은 성과를 위해 동기부여하는 데에 있어서 목표는 무엇보다 중요한 요소라 할 수 있다.

한 연구팀이 목표의 영향에 대하여 조사하는 프로젝트 진행하게 되었다. 이 연구팀은 1979년에 하버드 대학 MBA 졸업생들에게 다음과 같은 질문을 하였다. "당신의 미래를 위해 명확하게 문서로 작성한 목표를 가지고 있는가? 그리고 그것들을 달성하기 위한 계획을 세웠는가?"

조사 결과 졸업생 중 3%가 문서로 작성한 목표와 계획들을 가지고 있다는 것을 발견하였다. 13%가 목표를 가지고 있었지만 문서로 작성하지는 않았다. 그리고 84%는 즉시 학교를 졸업하는 것 외에는 특별히 별다른 목표가 없었다. 10년 후인 1989년에 연구원들은 그 당시 학생들을 다시 인터뷰하였다. 목표를 가지고 있었지만 문서로 작성하지 않았던 13%는 평균적으로 목표를 가지고 있지 않았던 84%의 두 배나 되는 수입을 올리고 있다는 것을 알게 되었다. 그러나 하버드를 떠날 때 명확하고 문서로 작성된 목표를 가지고 있었던 3%는 평균적으로 나머지 97% 전체가 버는 것의 10배의 수입을 올리고 있었다. 이 그룹들 사이의 유일한 차이점은 졸업할 때 가지고 있었던 목표의 명확성이었다. 명확한 목표가 성과에 영향을 준 것이다.

동기부여가 되는 목표를 설정하라

필자는 영업 관리자 시절에 동기를 유발할 수 있는 목표를 설정하는 것이 얼마나 중요한지를 단적으로 보여주는 사례를 경험하였다.

필자가 근무하던 회사의 영업사원 K는 마라톤을 완주하기로 결심하였다. K는 일단 그 결정을 하고 나자 회사 근처 휘트니스 센터에 등록하고 그 목표에 집중하였다. 그리고 그는 가족과 팀에 있는 다른 동료들에게 자신의 결심을 알렸다. 마라톤 완주를 위해 그는 스스로 세부 훈련 계획을 세웠다. 그리고 하루하루 목표 운동량을 설정했으며, 그 진척과정을 꼼꼼히 기록하였다. 이러한 기록은 그에게 자신의 궁극적인 목표에 대한 과정을 평가할 수 있도록 해 주었다.

하루하루 훈련하는 거듭해 가는 동안, 그가 미처 생각하지 못했던 몇 가지 일들이 일어났다. 아내가 출산하여 둘째 아기가 태어났고, 연습 도중 무릎에 부상을 입었다. 그러나 그는 자신과의 약속을 꾸준히 지켜나갔으며, 여러 차례의 완주 경험 있는 동료를 코치로 두고 도움을 받았다. 마침내 K는 자신의 목표인 4시간 30분 안에 마라톤을 완주하고야 말았다. K의 사례를 통해서 목표를 달성하기 위해서 어떤 것들이 동기부여가 되는지 다음과 같이 정리해 보았다.

❶ **목표에 대한 헌신** : 목표는 영업사원이 영업 관리자로부터 부여받은 단순한 할당량이 아니다. 목표는 그 목표를 가지고 있는 사람이 스스로 동의하고 전념할 수 있어야 한다. 영업사원이 자신의 목표에 헌신하고 있는지를 우리가 알 수 있는 방법 중 하나는, 영업사원이 자신의 목표에 대해 다른 사람들에게 자주 알리느냐 그렇지 않느냐 하는 것이다. K 역시 자신이 마라톤 완주 목표를 가족과 동료들에게 알렸다. 그리고 전념했다.

❷ **목표를 달성하기 위한 계획** : 많은 사람들이 자신의 체중을 줄이기 위해 몇 번씩 결심한다. 그러나 구체적 계획이 없었기 때문에 대부분은 실패한다. 계획이 없는 목표는 단순한 꿈에 지나지 않는다. 꿈은 멋지지만 그것에 대한 헌신과 그 꿈을 성취하기 위한 계획이 없다면 그것들은 대부분 결실을 보지 못한다. K는 마라톤을 4시간 30분 이내에 완주하려는 자신의 목표를 위해 일일 단위의 구체적 활동계획을 가지고 있었다. 예를 들면, 매주 월요일과 금요일에는 휴식. 매주 화요일과 목요일은 7킬로 달리

기. 매주 일요일은 20킬로 달리기. 매주 수요일과 토요일에는 5킬로를 달렸다. 더불어 특별한 식이요법도 병행하였다. 그리고 그는 자신의 목표를 시각화하였다.

3 진행 상황 평가 : K는 자신이 세운 계획에 대한 진척 상황을 매일 기록하였다. 이것은 그가 제대로 하고 있는지를 스스로 알게 해 주었고 필요하다면 수정을 할 수 있게 해 주었다.

4 규칙 : 목표, 계획, 그리고 훈련 일지를 가지고 있는 것만으로 목표를 달성할 수 있는 것은 아니다. 목표를 가진 사람은 자신의 행동을 통제할 규칙을 가지고 있어야 한다. K는 자신이 예상하지 못했던 일들(새로운 아기, 무릎 부상, 험한 날씨)이 발생했을 때, 매일 하는 훈련을 미루거나 그만둘 수도 있었을 것이다. 그러나 그렇게 했더라면 그는 목표를 달성하기 어려웠을 것이다. 누군가가 영업 회의 중 K에게 비가 오는 날은 어떻게 연습했냐고 물었을 때, "날씨와 상관없이 계획대로 실천했습니다"라고 대답했다. 그것이 바로 실행규칙이었던 것이다. 목표를 달성하기 위해서는 실행규칙이 필요하다.

5 책임 : K는 매일 기록하고 검토하였다. 이것은 K에게 책임감을 부여하였고 규칙을 지키게 하였다. 스스로 책임감이 없다면 느슨해지고 목표를 달성하지 못할 가능성은 더욱 높아진다.

6 코치 : 최고의 마라톤 선수들도 코치가 있다. 왜냐하면 누구든 사람은 자신을 객관적으로 보기가 어렵기 때문이다. 코치들은 쉽게 간과할 수 있는 사소한 것들을 영업사원이 인식할 수 있도록 도와주고 새로운 기록에 도전할 수 있도록 해 준다.

이러한 여섯 가지 중점 사항들이 목표를 효과적으로 설정하고 달성할 수 있는 방법을 보여 준다. 대부분 영업사원들은 목표를 달성하기 위한 계획을 문서나 기록으로 가지고 있지 않다. 따라서 목표달성을 위해서 영업 관리자들은 영업사원들의 목표와 계획 그리고 진행상황을 점검해 줄 수 있어야 한다. 일부 영업 관리자들은 어떠한 자료나 근거도 없이 영업사원의 목표를 설정하고 할당한다. 이것은 영업사원이 목표를 달성하는 데 도움이 되지 않는다.

많은 영업조직들이 상부에서 목표를 설정하고 하부로 전달한다. 그러나 목표 설정과 달성은 위에서 설명한 핵심 사항들을 이용하여 영업 관리자와 영업사원이 함께 모여 각 목표를 달성하기 위한 세부계획을 세우고, 영업 관리자가 그것을 달성할 수 있도록 도와줄 때 훨씬 더 달성 가능성이 높아진다. 영업사원의 헌신 없는 영업목표는 달성될 가능성이 매우 적다는 걸 알아야 한다.

세부적인 하위 활동의 목표가 중요하다

대부분 영업사원들은 할당량에 익숙해 있다. 영업사원이 가지고 있는 할당량은 금액이나 판매 수량, 성장률 등으로 다양하게 표현된다. 회사에서는 한 영업사원에 대해 특정 할당량을 할당할 수 있다. 하지만 목표를 할당받은 영업사원은 그 목표를 달성하기 위해 구체적인 활동계획들을 세워야 한다. 계획이 없는 목표는 꿈일 뿐이다.

누구든 목표를 성취하기를 원하지만 그것을 달성하기 위한 구체적인 활동계획이 없이는 쉽지 않다. 예를 들어 내 목표가 몸무게를 5kg 줄이는 것이라면, 내가 5kg의 몸무게를 줄일 수 있도록 해 주는 구체적인 활동 계획으로 다음과 같은 것들을 생각해 볼 수 있다.

- 매일 얼마만큼의 칼로리와 탄수화물을 섭취할 것인가를 결정하고 나서 그 수량만큼의 칼로리와 탄수화물을 충실히 지키는 것
- 매일 얼마만큼의 운동을 할 것인가를 결정하고 지속적으로 그 운동을 하는 것
- 칼로리와 탄수화물, 운동 등을 충실히 지키는지 확인할 수 있는 방법을 설정하고 내가 책임감을 가지고 성실히 실천할 수 있도록 도와줄 수 있는 누군가를 이용하는 것

이처럼 몇 가지 단계들이 목표를 궁극적으로 달성하는 데에 필요한 사항들이다. 목표를 달성하기 위해서는 그 목표를 달성하기 위한 구체적 과정을 개발하고 관리해야 하며, 그것은 다시 말해 그 목표를 설정한 사람의 활동들과 행위들을 관리하는 것을 의미한다.

연간 목표들을 좀 더 작고 구체적인 활동 목표들로 나누는 것은 다음과 같이 목표달성에 몇 가지 이로운 점들이 있다.

- 월간, 주간, 그리고 일일 목표들은 좀 더 쉽게 이해하고 관리한다. 이것은 목표를 달성하는 데 필요한 작은 활동의 수준을 명확하게 한다.

- 좀 더 작게 나누어진 목표들은 영업 관리자가 목표를 달성하는 데 있어서 부족한 부분을 일찍 깨닫게 해 줌으로써 목표를 달성하는데 훨씬 유리하게 해 준다.
- 행위 뒤에 결과가 오기 때문에 일일, 주간, 월간의 올바른 활동들에 집중하게 함으로써 장기적으로 바람직한 결과를 가져다준다.

구체적인 활동 목표에 집중하는 것은 하나의 목표를 달성하는 데 필요한 세부적인 활동들의 수를 검토함으로써 가능해진다. 예를 들어 평균적으로 한 영업사원이 5개의 약속을 잡을 때마다 1개의 판매를 한다고 가정하자.

5개의 약속을 잡기 위하여 50통의 전화를 해야 한다고 하면, 1주일에 5개의 약속을 잡기 위하여 매일 얼마나 많은 전화를 해야 하는가? 1주일에 5일을 근무한다고 하면 하루에 10통의 전화를 해야 한다는 것을 알 수 있다. 따라서 10통의 전화는 그 영업사원의 일일 활동 목표가 된다. 그리고 그 영업사원은 하루에 10통의 전화를 하는 것을 철저히 지키기 위한 계획을 세우고 그 과정에 책임을 지도록 자신을 도와줄 누군가가 있어야 한다. 이것이 혹자들이 '영업이란 숫자로 하는 게임이다'라고 하는 이유이다.

이와 같이 목표는 잘게 쪼개서 영업사원들이 달성할 수 있도록 하위목표를 설정해 주어야 한다. 이러한 하위목표는 영업사원들이 목표를 달성하기 위해 해야 할 일과 일관성이 있는지에 대한 정보를 제공해 줄 수 있어야 한다.

일부 영업사원들은 활동 목표 때문에 고심하고 있다. 이렇게 고심하는 이유는 원하는 결과를 얻는 데 필요한 기술이 부족하기 때문이다. 유능한 영업 관리자들은 영업사원의 역량 계발 시 이러한 문제를 가장 최우선 과제로 삼고 1:1 훈련과 코칭 등을 통해 부족한 부분을 향상하는 데 집중한다. 그렇지 않으면, 영업사원에게 특별한 훈련을 받도록 해야 한다.

합의된 커뮤니케이션의 기회를 가져라

유능한 영업 관리자들은 목표를 설정하는 것을 영업 관리자가 기대를 커뮤니케이션할 수 있는 좋은 기회로 삼는다. 영업 관리자와 영업사원이 달성 금액과 세부 활동 목표 두 가지 모두에 합의하였을 때, 목표 달성을 위한 책임과 기준에 관한 메시지는 명확해진다. 영업사원들은 자신들의 책임이 무엇인지 뿐만 아니라 그들이 맡은 영역에서 자신들의 진척 상황을 평가받기 위해 어떠한 기준들이 사용될 것인가를 이해하고 싶어 한다.

목표는 금액과 활동 두 가지 요소 모두 포함하고 있어야 한다. 그래야 영업사원들은 자신의 책임달성해야 할 금액뿐만 아니라 그 책임을 달성하기 위한 기준들을 구분하고 이해한다. 두 가지 모두 명확한 목표에 꼭 포함되어야 할 중요한 사항이어야 함은 두말할 것도 없다. 예를 들면 'P'라고 하는 영업사원이 이번 달에 천만 원을 판매해야 하고,

일주일에 50통의 예비 고객들에게 전화할 것.'이라는 목표에 영업 관리자와 영업사원이 동의하는 것이다.

목표 설정 시 고려되어야 할 사항

영업성과는 영업사원들의 동기에 달려있고, 동기는 어떻게 목표가 설정되고 어떻게 달성할 수 있느냐에 달려있다고 할 수 있다. 다음은 목표설정 시 고려해야 할 사항이다.

- **구체적이어야 한다 :** 어떠한 목표를 추구하고 목표를 어느 수준에서 설정하느냐 하는 것은 영업사원의 동기유발과 성과에 많은 영향을 준다. 일반적으로 목표들이 도전적인 수준이면 성과는 올라가지만, 그 이상의 달성 가능성이 없는 턱없이 높은 수준에서는 오히려 포기하여 성과가 저하되는 경향이 있다.
- **특정적이어야 한다 :** 특정적이면서 보편성을 지양해야 한다. '일주일에 5건의 약속'은 특정적이다. '약속을 잡는 것'은 특정적이 아니다. 목표가 특정적일수록 더 좋다. 보편성은 목표를 해석하는 데에 너무 많은 여지를 남겨 준다. 그것은 평가에 있어 영업사원들의 저항과 혼동, 그리고 매너리즘을 유발할 수 있다.
- **측정 가능해야 한다 :** 영업사원의 성과에 대하여 눈으로 관찰할 수 있는 숫자나 지표들을 적용할 수 있다면 목표는 측정 가능하다. 비율(연간 목표 대비 몇 %), 양(주당 몇 건의 약속) 등은 모두 측정 가능한 활동들이다. 질적 평가는 고객이나 영업 관리자의 의견처럼 좀 더 주관적이다. 측정 가능

한 특성을 포함하기 위해서는 성과를 추적하거나 결과를 정의할 몇 가지 방법들을 취해야 한다.

- **성취할 수 있어야 한다 :** 회사와 같이 구매 결정을 하는 데에 여러 사람이 관련되어 있는 대형 예비 고객과 함께 일하는 경우, 영업사원이 첫 번째 통화에서 계약을 마무리 짓겠다는 목표를 설정하였다면, 그것이 실현 가능할까? 아마도 쉽지 않을 것이다. 이런 경우는 대개 얼마간의 시간과 노력이 필요할 것이다.
- **현실적이어야 한다 :** 설정된 목표가 현실적인가? 신입 영업사원들을 위한 목표들은 종종 경험이 있는 영업사원들보다 낮게 책정되는 경우가 많다. 만일 목표를 설정하는데 영향을 미칠만한 특별한 상황들이 있다면 그것들 또한 고려해야 한다. 예를 들어 영업사원들이 너무 낙천적이고 열성적이어서 비현실적인 목표들을 설정할 수도 있다. 이런 점들도 간과해서는 안 된다. 영업 관리자는 코칭과 멘토링을 통해 영업사원들이 현실적인 목표를 설정할 수 있도록 해야 한다.
- **시간으로 정의되어야 한다 :** K 영업사원의 목표가 '10월 1일에 개최될 마라톤 대회에서 4시간 30분 이내에 완주하는 것'이었던 것처럼 목표는 특정 마감일 또는 완료일을 가지고 있어야 한다. 마감일은 영업 관리자에게 진척 상황과 피드백, 그리고 평가를 위한 기초가 된다. 장기 목표는 방향성을 가지고 있거나 완료 날짜를 가지고 있어야 된다. 가령 '한 주'에 5건의 약속은 시간으로 정의된 것이다. '5건의 약속은 그렇지 않다.' 그것에다 완료시간을 추가해야 한다.
- **참여시켜야 한다 :** 목표설정 과정에서 영업사원의 참여도 성과에 영향을

준다. 영업사원들의 참여는 그들의 직무만족도와 직무에 대한 관심도를 높여 줌으로써 성과에 긍정적인 영향을 준다. 물론 이것은 개인의 특성에 따라 좌우되기도 한다.

- 결국 참여를 통해 영업사원들이 목표와 그 수준에 얼마나 동의하고 이를 수용하느냐에 따라서 동기부여 수준과 성과가 결정된다. 일반적으로 영업사원들에게 목표가 수용되고 목표달성에 대한 보상이 명확히 이해될수록, 목표달성을 위한 영업사원들의 노력과 성과는 비례한다.
- **하위 목표관리가 효과적이다 :** 연간 목표들만 설정한 영업팀들이 판매목표를 달성하거나 초과하는 비율이 가장 낮았다. 월별이든, 분기별이든, 반년씩이든 좀 더 자주 목표들을 설정한 영업팀들은 판매 목표 달성률이 훨씬 높았다. 작은 목표들을 설정하는 것은 영업사원들이 목표를 달성하고 지속적으로 집중하는 데에 도움을 준다.

Sales Innovation MBA

성과 관련 요소를 구체적으로 커뮤니케이션하라

성과에 영향을 미치는 요인들에 대한 구체적 커뮤니케이션

영업성과를 내는데 영향을 미치는 중요한 활동들이 있다. 예를 들면, 가망 고객 발굴, 약속, 사전 통화 계획, 가망 고객들과 기존 고객들과의 관계 발전, 가망 고객들의 자격을 심사하고 수요를 결정할 효과적인 질문준비, 가망 고객이 가치를 느낄 수 있는 해결 방안 제시, 반대의견 처리, 마무리, 사후 관리 등이 그것이다. 이러한 주요 활동들을 효과적으로 그리고 효율적으로 실행에 옮기지 않으면 성공을 낙관할 수 없다. 유능한 영업 관리자들은 이러한 영업성과 영향요소에 관한 명확한 기대를 가지고 있다. 영업사원들을 공정하게 평가하기 위한 기준을 제공할 수 있는 능력을 가지고 있기 때문이다. 성공하는 영업 관리자들은,

1. 어떠한 요소가 성과에 영향을 미치는지를 알고 있다.
2. 성과에 영향을 미치는 요소들이 왜 중요한지를 영업사원들과 커뮤니케이션한다.
3. 성과에 영향을 미치는 요소들을 실천하고 습득할 수 있도록 시범을 보여준다.
4. 성과에 영향을 미치는 요소들에 대한 가치를 제공함으로써 동기부여를 시킨다.

이러한 특징을 가지고 있다. 위 사항들을 좀 더 세부적으로 정리해 보자.

어떠한 요소가 성과에 영향을 미치는지를 아는 것

영업 관리자는 어떠한 요소가 영업성과에 중요한지를 알고 있어야 한다. 다시 말해 영업 관리자가 판매 과정을 알고 이해하고 있어야 성과에 대한 기대를 영업사원과 커뮤니케이션 할 수 있고 또 그것을 가르칠 수 있다. 여기서 '알고 있다.'고 하는 것은 설명할 수 있고, 보여 줄 수 있고, 배울 수 있는 단계들로 세분화할 수 있는 것을 의미한다.

대부분의 영업 관리자들은 자신의 회사에서 판매에 있어서는 스타들이었다. 모든 사람들이 '타고난 영업사원'이라고 불렀던 L이라는 여성이 있다. L은 판매 활동들을 하는 데에 아주 능숙했다. 그러나 영업 관리자에게는 판매를 잘하는 것이 중요한 것이 아니다. 그보다 영업사원들을 성장시키는 것이 더 중요하다.

여기서 중요한 것은 'L은 영업성과에 영향을 미치는 중요한 판매 활동들이 무엇인지를 알고 있는가?'이다. 이 질문을 했을 때 그녀는 영업직에 종사하는 사람으로서 지금까지 영업을 성공으로 이끌어준 요소들에 관해 설명하지 못했다. 무엇을 어떻게 해야 할지를 궁금해하고 배우고자 하는 영업사원들에게 "내가 하라는 대로만 하세요."라고 말할 뿐이었다. 누구도 L과 똑같은 영업사원이 될 수 없으므로 그녀는 영업사원들을 개발하는 데는 실패했다. L과 그녀의 영업팀은 모두 좌절하였으며, L은 이직 문제를 고민하게 되었다.

결국 그것은 이중 문제를 만들어 내게 된다. 회사는 유능한 잠재력이 있는 영업사원들 일부를 잃을 뿐만 아니라 L도 잃을 수 있기 때문이다. L은 다시 영업사원으로 돌아갈 수는 있다. 하지만 체면상 다른 회사에서 근무하기를 원할 것이며, 다른 사람들 또한 영업사원으로서 역량이 개선되지 않기 때문에 떠나게 된다. 이것이 많은 영업조직에서의 문제점이다.

정리해 보면 L의 첫 번째 임무는 영업성과에 영향을 미치는 중요한 판매 활동들을 정의하는 것이었다. 다시 말해 성과에 영향을 미치는 요소들을 정의하고 정리하는 것이었다. 그래서 영업 관리자로서 영업사원들과 영업성과에 영향을 미치는 요소들에 대해 커뮤니케이션하고, 가르치고, 설명하고 시범을 보여줄 수 있어야 했다. 유능한 영업 관리자가 되려면 영업성과에 영향을 주는 요소들을 반드시 알고 있어야 한다는 것이다.

영업 관리자가 하는 것과 영업사원을 개발시키는 것

L은 영업 관리자로서 영업성과 요소를 명확하게 이해하고 정리할 수 없었기 때문에 성과에 영향을 미치는 요소들에 대해 영업사원들과 커뮤니케이션할 수 없었다. 따라서 영업사원들과 함께 있을 때, 영업 관리자인 자신이 영업사원의 판매를 넘겨받았다. 많은 영업 관리자들이 쉽게 빠지는 함정이 바로 이것이다. 영업사원을 개발시키는 것 대신에 영업 관리자가 직접 영업을 하는 것이다. 영업사원들이 영업 관리자들에게 자주 하는 불평 중의 하나는 함께 전화할 때 영업 관리자들이 자신의 판매를 넘겨받는다.'는 것이다. 만약에 그 전화의 목적이 영업 관리자가 통화하는 모습을 보고 영업사원이 어떻게 그 일을 처리하는지를 배울 수 있게 보여주기 위함이라면 몰라도, 그렇지 않다면 영업 관리자는 영업사원이 계속해서 판매를 하도록 내버려 두어야 한다.

왜 L과 다른 영업 관리자들은 영업사원들과 함께 있을 때 전화를 넘겨받는가? 그 이유는 두 가지로 볼 수 있다. 첫 번째, 영업 관리자가 영업사원 시절의 사고방식에서 영업 관리자의 사고방식으로 전환하지 못했다는 것이다. 두 번째, 영업 관리자가 판매 과정에 대해 영업사원에게 가르칠 수 있을 만큼 역량을 갖추지 못했다는 것이다. 이

점은 영업사원 개발 시 매우 중요한 사항으로 비록 많은 영업 관리자들이 아주 훌륭한 영업사원들이었으며 판매 과정에서 직관적으로 무슨 일을 해야 하는지를 알고 있다 하더라도, 각각의 판매단계를 영업사원에게 가르칠 수 있는 과정으로 세분화하는 방법을 배우지 않았다는 것을 의미한다.

문서화 하기

유능한 영업 관리자들은 판매 기술들을 단계별로 구분하고 문서화한다. 이러한 기술들에 능숙하고 정통하게 되어야만 영업사원들이 하는 일이 어떻게 진행되는지를 정확하게 파악할 수 있으며, 영업사원들이 잘하고 있는 것을 평가하고 어떤 부분이 개선이 필요한지를 결정할 수 있다. 영업 관리자가 판매 과정을 더 잘 이해하면 할수록 관찰 또한 더 정확해진다. 관찰이 정확할수록, 영업 관리자는 영업사원들의 부족한 부분을 더 효과적으로 개선할 수 있다. 이러한 요소들이 바로 영업조직을 성과 있는 조직으로 이끌어 준다.

영업 관리자들은 다음 사항들에 대한 가장 효과적인 방법을 문서화 하여야 한다.

- **관계 구축 :** 서로 다른 고객의 행동 유형을 이해하고 처리하기, 관계 구축 기술, 예비 고객들을 편안하게 하기, 신뢰 구축과 신용, 그리고 영업사원과 커뮤니케이션할 기대의 명확화.

- **수요 조사 :** 고객이 니즈를 결정할 수 있게 하려면 적절한 질문들을 사용, 의사 결정자들과 영향을 주는 사람들 구분, 시간, 돈 수요를 구분 요약하고 우선순위를 정하고 확인하기
- **프레젠테이션 :** 매주, 매월, 매년 프레젠테이션 수, 프레젠테이션의 질, 니즈에 대한 프레젠테이션의 적절성, 흥미로운 프레젠테이션, 상호작용적인 프레젠테이션, 동영상 등
- **근심거리 처리 :** 근심거리들 인식, 공감하기, 논쟁을 하지 않는 방법, 근심거리들 이해하기, 근심거리들의 해결 방안 확인, 목적 달성
- **마무리 :** 다음 단계 찾기. 일단 가장 효과적인 판매 기술들을 문서화하면, 그것들을 팀 전체와 공유하고 모두가 그것들을 사용하는지를 확인해야 한다.

성과 영향요소의 중요성에 대한 커뮤니케이션

영업 관리자는 영업사원들에게 어떤 요소가 성과에 중요하고 왜 중요한지를 커뮤니케이션해야 한다. 필자가 이전에 사용했던 예를 들어 보겠다. 중요한 판매 활동 중의 하나는 예측이다. 그래서 성공하는 영업 관리자들은 정기적으로 예측에 대한 필요성을 팀에게 설명한다. 그러나 예측을 해야 하는 필요성을 설명하는 것만으로 끝내지 않는다. 예측이 왜 중요한지를 보여 주는 과정을 거친다. 그 과정은 다음과 같다.

- "년 매출목표액을 기준으로 이번 달에는 얼마나 팔아야 하는가?"라고 묻는다.

- 영업 관리자가 숫자를 적고 난 후에, “하나를 판매하기 위하여 우리가 프레젠테이션을 몇 번 해야 하는가?”라고 묻는다.
- 다시 한 번, 숫자를 적고 나서 “그 프레젠테이션을 하기 위해서 우리는 얼마나 많은 약속을 잡아야 하는가?”라고 묻는다.
- 그리고 그 숫자를 적고 나서 계속한다. “우리는 그 약속 건수를 만들기 위하여 예비 고객들에게 얼마나 많은 전화 통화를 해야 하는가?”
- “우리의 성과를 달성하기 위하여 약속을 잡아 주는 예비 고객들에게 전화하지 않는다면 어떤 결과가 발생하는가?”

이제 왜 예측이 중요하며 영업 관리자인 내가 그것이 정기적으로 이루어지기를 기대하는지가 명확해졌다. 필자가 방금 보여주었던 방식은 예측에 관한 영업 관리자들의 기대를 커뮤니케이션하는 방법을 소개한 것이지만, 영업 관리자의 이러한 기대사항에 대한 커뮤니케이션은 단순한 소개만으로 끝나지 않는다. 영업 관리자는 더 나아가 영업사원들의 예측을 관찰하고 그 효율성을 평가하고 지도한다. 이러한 과정을 통하여 영업 관리자가 기대하는 것을 확인함으로써 예측에 대하여 영업사원들이 책임감을 느낄 수 있도록 한다.

성과 영향요소에 대한 커뮤니케이션은 영업 관리자가 중요한 활동들을 알고 있는 것, 그리고 이러한 것들이 중요하다고 영업사원들에게 설명하는 것만으로는 충분하지 않다. 영업 관리자는 영업사원에게 이러한 활동들이 왜 중요한지를 이해할 수 있도록 커뮤니케이션해야 한다. 판매에서의 성공은 중요한 활동들을 지속적으로 그리고 제대로 실행에 옮기는 것이다. 일관성이 없지만 잘 판매하는 것만으로 최적의 성과를 만들어 내기는 어렵다. 일관되었으나 미숙하게 판매하는 것도 최적의 성과를 만들어 내기 어렵다. 성과에 필요한 활동들이 무엇이며 왜 그것들이 중요한지를 알고 있는 영업사원들이 훨씬 더 지속적으로 성과를 낼 가능성이 높기 때문이다.

성과 영향요소를 실행하고 습득할 수 있도록 보여 주기

영업 관리자는 어떠한 성과를 어떻게 달성하는지가 중요하다는 것을 영업사원에게 보여 줄 수 있어야 한다. 자신들의 능력만큼 수행하지 못하는 영업사원들을 개선시키기 위해서 영업 관리자들은 자신의 기본 자질을 점검하고 개발할 필요가 있다.

영업 관리자로서 당신이 오랫동안 프레젠테이션을 시연해 보았던 경험이 있고 영업사원들에게 이것을 어떻게 보여 주어야 하는지를 알고 있을 수도 있다. 중요한 것은 영업 관리자인 당신이 보여주는 것이 단순히 어떻게 하는지를 알려주기 위한 것이 아니라, 영업사원이 그것을 따라 하고 실행에 옮길 수 있는 방식으로 보여 줄 수 있어야 한다는 것이다.

훈련을 통한 커뮤니케이션

유능한 영업 관리자들이 하는 가장 중요한 활동 중의 하나는 훈련이다. 유능한 영업 관리자들은 아래와 같은 5단계 훈련방식을 효과적으로 사용한다.

- **1단계 :** 영업 관리자로서 영업사원들이 무슨 일을 하기를 원하는지 그리고 그것이 개인과 조직 모두에 왜 중요한지를 설명한다.
- **2단계 :** 그것을 어떻게 하는지를 보여준다.
- **3단계 :** 영업사원들이 시도해 보도록 한다.
- **4단계 :** 영업사원들이 시도하는 것을 관찰한다.
- **5단계 :** 성공이나 성공을 향한 어떠한 행동이라도 칭찬한다. 만약 영업사원들이 올바르게 이해하지 못한다면 2단계에서 5단계까지를 다시 반복한다.

3단계에서 5단계까지를 건너뛰지 마라

영업사원들이 프레젠테이션과 시연을 할 때, 보통 위의 1단계와 2단계를 한다. 그러나 영업사원들이 전에는 할 수 없었던 것을 할 수 있도록 훈련시키고자 한다면 3단계에서 5단계가 필요하다. 영업 관리자 입장에서는 많은 인내심을 가져야 한다. 영업 관리자가 보여주고 설명해주고 영업사원들이 그것을 할 수 있을 것이라고 믿는 데까지 어느 정도 시간이 걸리기 때문이다. 보통 영업사원들은 보여 주고 설명해 주는 것만으로 역량이 변하거나 향상되지 않는다.

영업사원은 영업 관리자가 관찰하는 곳에서 연습해야 하고, 잘하는 부분에 대한 긍정적인 피드백을 받으며, 잘하지 못했던 부분에 대해서는 다시 교육받을 필요가 있다. 그리고 영업사원들은 습득한 스킬과 역량들을 현장으로 가서 적용하고 활용할 수 있다는 것을 영업 관리자에게 보여 줄 필요가 있다. 이처럼 스킬이나 역량은 지속적인 반복 과정을 통하여 이루어진다.

지적으로 무언가를 이해한다는 것은 이해한 것을 적용할 수 있다는 의미와는 다르다. 기타를 제작하는 방법을 안다고 해서 기타를 제작할 수 있다는 것과는 다르다. 기타를 연주할 수 있는 능력이 기타를 연주하는 방법을 다른 누군가에게 설명하는 능력과는 다르다. 다시 한 번 주목해야 할 것은 우리가 중요한 영업활동을 시연하거나 설명할 수 있는 방식이 아닌, 영업사원이 실제로 영업활동을 실행할 수 있는 방식으로 시연해야 한다는 것이다.

성과 영향요소들에 대한 가치 보여 주기

영업 관리자는 영업사원이 수행하는 영업행위가 가치 있는 일이라는 것을 보여 주거나 부합시켜야 한다. 영업사원이 제품이나 서비스를 설명할 때 예비 고객들이 '그래서 나에게 유익한 것이 무엇인가?'를 알고 싶어 하듯이, 영업사원들 또한 수행하지 않았던 활동을 시작하거나 그들이 잘 수행하지 못했던 활동을 개선하도록 영업 관리자가 기대를 커뮤니케이션할 때, 영업사원들 자신들에게 유익한 것이 무엇인지를 알고 싶어 한다.

많은 영업 관리자들이 무슨 일을 해야 하는지, 왜 그것을 해야 하는지, 그리고 어떻게 해야 하는지를 영업사원들에게 보여주지만 영업사원 개인이 가치를 느낄 수 있게 하기는 쉽지 않다. 그것은 마치 영업사원이 제품을 예비 고객에게 보여주고 그것을 사용하는 방법을 보여 주지만 고객이 필요로 하는 가치에 부합시키지 못하고 그저 구매해 달라고 요청하는 것과 같다. 이러한 영업사원들은 많은 판매 가능성을 놓친다. 이것은 예비 고객의 가치에 집중하는 것과 단순히 구매를 요청하는 것으로 비교할 수 있다.

영업사원이 '개별 고객을 위해 그 안에 어떤 가치가 있는가?'를 보여주는지 '단순 구매요청'을 하는지를 판단할 수 있는 것이 바로 이 단계이다. 영업사원들 또한 자신에게 중요한 가치를 어떻게 충족시킬 것인가를 영업 관리자가 보여주고 헌신을 요청할 때 영업 관리자의 기대에 대해 헌신할 가능성이 더 높다.

헌신 확인

헌신 확인은 영업 관리자가 영업사원에게 기대하는 바를 커뮤니케이션한 후에 영업사원들이 그것을 얼마나 중요하게 받아들이고 활용하는지를 점검하는 것이다. 이 단계에서 영업 관리자가 사용할 수 있는 몇 가지 전형적인 질문들은 다음과 같다.

- 적용해 보니 어떻습니까?

• 그것에 관하여 어떻게 생각하십니까?

• 목표에 어떻게 도움이 될 것으로 생각하십니까?

영업사원의 불확실한 대답은 영업 관리자가 그 영업사원이 부족하다고 느끼는 부분과 관심사를 좀 더 깊게 파악하는 기회가 될 수 있다. 영업 관리자가 하라고 요청한 것에 대해서 영업사원 스스로가 가치를 발견할 때까지 영업사원은 그 활동을 받아들이지 않고 사용하지도 않을 것이다. 가치를 발견할 때, 그들은 수용하고 과정에 헌신한다. 대부분 영업사원들은 그들이 이미 하고 있는 것을 편안해한다. 비록 그들에게 무엇을 해야 할지, 왜 해야 하는지, 어떻게 하는지 그리고 그들이 그것을 할 수 있다는 것을 보여주더라도 쉽게 수용하지는 않는다.

영업 관리자가 자신들에게 변하라고 요청하고 행위를 변화시키려 하는 것에 불편을 느낀다. 하지만 성공은 불편함의 대가라는 것을 알아야 한다. 행위를 변화시키는 것은 하나의 도전이다. 영업사원들은 특정 방식으로 업무를 처리하는 것에 편안함을 느낀다. 그런데 변하라고 요구받는다. 변화에 저항한다. 저항은 영업 관리자의 가장 큰 도전이다.

많은 영업 관리자들은 자신의 기대에 대해 영업사원들이 헌신 여부를 확인하는 것을 꺼린다. 많은 영업사원들이 고객으로부터 "싫어요"라는 대답을 들을까 봐 두려워 고객에게 구매 요청을 하지 않는 것처럼 영업 관리자들은 영업사원들에게 묻지 않는다. 영업 관리자가 영업사원에게 무엇을 해야 하고 왜 그것이 중요한지를 설명하고 어떻게 하는지를 보여주었기 때문에 영업사원이 영업 관리자가 요청한 것을 잘 따를 것이라고 기대할 수도 있다. 그러나 확인과정을 연습하지 않는 것은 고객에게 가치를 강조하지도 않고 구매 요청을 하지도 않으면서 전체 판매 과정을 거쳤다고 생각하는 것과 같다.

일부 예비 고객들은 자신이 직관으로 그 필요가치를 인식하고 영업사원에게 제품을 구매할 수도 있지만, 그렇지 않은 대부분의 고객들은 가치를 느끼지 못할 것이므로 구매하지 않을 것이다. 마찬가지로 영업 관리자들은 영업사원들이 자신의 기대에 대해 수용하고 헌신하는지를 항상 확인하여야 한다.

영업 관리자의 영업 기술 이용하기

필자가 앞서 이야기했듯이, 대부분 영업 관리자들은 훌륭한 영업사원들이었다. 이것은 그들이 질문하는 방법과 정보를 수집하는 방법을 알고 있다는 것을 의미한다. 영업사원들이 중요하게 여기는 것들에 관한 정보를 수집하는 것이 이 네 번째 단계를 성공적으로 이용하기 위하여 중요하다. 이 정보는 영업사원들이 좀 더 효율적이 되는 것을 도와주기 위한 도구가 된다.

다음 질문에 긍정적으로 대답할 수 있는 영업 관리자들은 영업사원들을 성장시키고 개발하는 일에 대해 책임질 준비가 되어 있다.

- 어떤 영업 활동 요소들이 최적의 매출로 이어지는지 알고 있는가?
- 중요한 활동들을 나의 영업사원들에게 전달할 수 있으며 왜 그것들이 중요한지에 대해 초점을 맞출 수 있는가?
- 중요한 활동들을 달성하는 방법을 이해하고, 영업사원들이 그것을 수행할 수 있는 방식으로 보여 줄 수 있는가?
- 영업사원들이 중요하게 여기는 가치를 알고 있는가? 그리고 이러한 주요 활동들의 가치를 설명함으로써 그들을 동기 부여할 수 있는가?

영업 관리자의 목표

영업 관리자의 주요 목표는 경영진이 바라는 매출액, 이윤 그리고 성장을 달성할 수 있는 영업사원들을 육성하는 것이다. 이 목표를 달성하는 데에서 잠재적 요소는, 관련된 모든 당사자의 행위에 영향을 줄 수 있는 능력이다. 즉, 영업사원의 행위에 대한 기대를 명확하게 정의하고 커뮤니케이션하는 것은, 목표를 달성하기 위하여 유능한 영업 관리자들이 반드시 해야 하는 중요한 역할이다. 영업 관리자는 기대를 커뮤니케이션하는 것에 시간과 협동과 인내심이 필요하다는 것을 인식해야 한다. 신속하게 처리하거나 한 번에 완료되는 그런 것이 아니다. 훌륭한 커뮤니케이션은 계획과 반복을 통해서 이루어진다.

Sales Innovation MBA

PART 4

영업 과정을
지속적으로 관찰하라

Sales Innovation MBA

현장관리의 중요성

하버드대 비즈니스스쿨에서 경영학을 가르치는 프랭크 세스페데스Frank V. Cespedes 교수는 그의 저서 《전략과 영업은 함께 가야 한다Aligning Strategy and Sales》를 통해 전략과 영업 현장의 조화를 강조한다. 그의 연구에 따르면, 기업들이 수립한 전략 중에서 성공적으로 수행되는 경우는 극히 일부에 지나지 않았다. 또한 전략 수행에 따른 재무성과도 기업들이 애초에 내세운 목표치의 평균 50~60% 수준인 것으로 나타났다. 왜 이런 문제가 나타나는 것일까? 가장 큰 이유는 고객들을 상대해 본 지 오래된 전략가들이 실제 현장에서 필요한 전략의 핵심을 제대로 파악하지도 못한 채 낡은 비전과 전략을 제시하기 때문이다.

당연히 영업사원들은 현실과 동떨어진 전략을 이해하고 수행하는 데 어려움을 겪는다. 세스페데스 교수는 이를 '전략담당 성직자'와 '영업담당 죄인'에 빗대어 표현했다. 따라서 영업 관리자는 항상 외부환경을 파악하고 그것이 사업에 미칠 영향을 분석해야 한다. 모든 가치는 회의실이 아닌 시장에서 결정된다. 시장의 흐름과 변화, 고객의 이슈 등을 자세히 들여다보고 그에 따른 파장을 세심히 살펴야 한다.

톰 피터스는 자신의 저서《초우량 기업의 조건In search of Excellence》에서 "걸어 다니면서 하는 관리"라는 문구를 만들어 내었다. 그가 이 문구에서 의미하는 것은 탁월한 조직의 영업 관리자들은 제일 먼저 무슨 일이 일어나고 있는가를 관찰할 수 있도록 시간을 내어 사무실 밖으로 나가 작업장들을 둘러보아야 한다는 것이다. 작업자들이 있는 곳으로 나가서 무슨 일이 일어나고 있는지를 관찰하고, 고객과의 접점에서 또는 직원들이 기술들을 자신의 업무에 적용하는 시점에 관여한다는 것이다.

톰 피터스가 이 책을 썼던 시기와 거의 동일하게 켄 블랜차드는《1분 경영》이라는 책을 썼다. 블랜차드는 "어떤 일을 올바르게 하는 사람들을 붙잡아라"라는 문구를 만들어 냈다. 블랜차드는 톰 피터스의 개념을 확장시켰다. 사람들이 무엇을 하고 있는지를 관찰할 수 있도록 정기적으로 사람들 사이에 있어라. 그리고 그들이 어떤 것을 올바르게 하는 것을 볼 때 또는 어떤 것을 올바르게 하려고 시도하는 것을 볼 때 그들을 칭찬하라고 강조하고 있다.

여기서 말하는 칭찬은 명확하게 기대치를 전달하고 그러한 기대치들을 강화시키는 것이다. 직원들이 어떤 일을 올바르게 하지 않을 때, 영업 관리자는 직원들에게 다시 지시할 기회를 가지게 되고 즉, 기대를 명확하게 전달할 또 다른 기회를 가지게 된다는 것이다.

Sales Innovation MBA

스포츠·연예계의 전문코치들을 모방하라

유능한 영업 관리자들처럼, 스포츠와 연예계에서의 코치들은 관찰의 개념을 활용하여 사람들을 개발시키는 전문가들이다. 이들은 선수들에게당신이 가끔 TV에서 보는 것과는 반대로 평상시에는 거의 훈계를 하지 않고 격려도 하지 않으며 심지어 소리를 거의 지르지 않는다.

이들이 하는 것은 수행경기, 공연 중에 많은 시간을 투자해 지켜보며 경기 이후에는 비디오테이프를 통하여 관찰한다. 코치들은 선수들의 움직임을 아주 꼼꼼하게 관찰한다. 경기 중일 때뿐 아니라 연습을 하는 동안에도 관찰한다. 선수들의 특성들을 찾으며 그것을 기록으로 보관한다. 또한 개선하기 위해 활용될 자료들을 수집한다.

정상적인 위치에서 벗어나거나 태클을 하기 위하여 상대방에게 팔을 감는 등 계속 실수를 하는 선수를 볼 때 코치들은 해당 선수에게 이야기한다. 적절한 절차를 거쳐 그 선수가 다시 한 번 하는 것을 지켜보고 능숙하게 할 때 그를 칭찬한다.

이러한 전문적인 스포츠 코치들처럼 유능한 영업 관리자들은 세심한 관찰, 정보 수집, 피드백. 긍정적 강화 등과 같은 방법을 통해 영업사원들에게서 최고 역량을 이끌어낸다.

관찰 후에 해야 할 일

앞서 설명한 것처럼 스포츠 분야의 코치들이 무엇을 하고 무엇을 하지 않는지도 주목해 보라. 코치들이 선수들에게 훈계도 거의 하지 않고 격려도 하지 않으며 또는 소리를 지르지 않는다면, 그것은 전형적인 코치의 모습이 아니다. 그렇지 않은가? 대부분의 사람들은 코치들이 하는 일은 대부분 훈계하고 격려하고 소리 지르는 것으로 생각한다! 코치의 모습을 떠올려 보면, 실수를 한 선수에게 언성을 높이고 있는 화가 난 코치를 종종 생각한다. 그러나 이러한 모습이 유능한 코치를 만드는 비결은 아니다.

코치의 성공 비결은 관찰에 있다. 즉 아주 세심하게 선수의 행동을 관찰하는 것이다. 스포츠 코치들과 유능한 영업 관리자들이 자신의 기대를 명확하게 커뮤니케이션했는지, 그리고 기대한 대로 실행되는지를 판단하는 것은 오직 관찰을 통해서 이루어진다. 유능한 영업 관리자들은 먼저 자신의 기대를 영업사원들과 명확하게 커뮤니케이션하고 나서 관찰을 통해 필요한 조치를 취한다.

관찰은 영업 관리자들이 기대를 명확하게 커뮤니케이션했는지 확인하는 데에 도움을 준다. 유능한 영업 관리자들은 시간을 내어 영업 사원들이 있는 곳으로 나가서 무슨 일이 일어나고 있는지를 관찰한다. 영업사원들이 무엇을 하고 있는지를 관찰할 수 있도록 정기적으로 영업사원들과 함께해야 한다.

그리고 영업사원들이 올바르게 하는 것을 볼 때 또는 어떤 것을 올바르게 하려고 시도할 때 그들을 칭찬해야 한다. 칭찬은 명확하게 영업 관리자의 기대를 커뮤니케이션하고 기대를 강화하는 좋은 방법이다. 영업사원들이 어떤 일을 올바르게 하지 않을 때도 영업 관리자는 관찰한 후 다시 지시할 수 있어야 한다. 즉, 기대를 명확하게 커뮤니케이션해야 한다는 것이다.

관찰해야 할 것들

영업 관리자는 전문 코치들이 무엇을 지켜보는지를 주목해야 한다. 코치들은 아주 세심하게 선수들의 움직임과 선수들의 특이 사항들을 지켜본다. 개인의 특성들이 선수에게 장애가 되지 않는 한 코치들은 그 점에 대해 관여하지 않는다. 그러나 코치들이 반응하는 순간은 선수의 특성이 성적에 지장을 줄 때이다.

이것은 유능한 영업 관리자의 경우도 마찬가지이다. 유능한 영업 관리자는 영업사원들의 효율성을 판단하기 위하여 영업사원들의 움직임과 특성, 그리고 자사가 권장하는 표준 판매활동 과정을 활용하는지 지켜본다. 그러한 움직임들이 해롭지 않은 한 영업 관리자가 반응할 이유는 없다. 유능한 영업 관리자가 개선을 위한 피드백을 하는 경우는 바로 영업사원들이 최적의 성과를 이루어내지 못할 때이다.

성공하는 영업 관리자들은 영업사원들의 성과에 관하여 기록하고 차트를 작성하여 개발할 기회나 보상과 인정을 해 줄 기회를 판단한다. 강점과 한계를 평가하는 것에 관해서는 다음 장에서 자료 수집과 이용과 연계하여 자세히 이야기할 것이다.

개선하기, 시정하기 위해 해야 할 일

전문적인 코치들이 선수들을 개선하고 시정하기 위하여 어떻게 일하는지를 주목해 볼 필요가 있다. 코치들은 계속해서 실수하는 선수에게 집중한다. 그것은 실수하지 않는 선수들은 관찰하지 않는다는 뜻은 아니다. 대부분의 코치들은 2군 선수들뿐만 아니라 대표 선수들까지 모든 선수들을 관찰한다고 한다. 실력이 뛰어난 사람들은 자신이 무엇을 하고 있는지 그리고 그것을 어떻게 하는지를 상사가 알고 있는지 궁금해한다. 따라서 유능한 영업 관리자들은 성과가 별로 없는 영업사원들에게만 자신의 모든 시간을 투자하지 않는다.

가끔 영업 관리자들은 관찰하고 함께 일해야 하는 대상이 기대 사항을 실행하지 않거나 한계가 있는 사원들이라고 생각하는 경우가 있다. 성공하는 영업 관리자들은 그렇게 생각하지 않는다. 그들은 심지어 최고의 영업사원들도 더 성과가 좋아질 수 있다는 것을 인식하고 있다.

이것은 마치 세계적인 프로 골퍼들이 거액을 들여 캐디를 고용하는 것과 같은 이치이다. 또한 뛰어난 영업사원이라 하더라도 더 성장할 수 있다는 확신을 가지고 있으며, 관찰을 통해 어디에 개선이 필요한지를 보여 준다.

Sales Innovation MBA

관찰 결과를 피드백하라

개선과 개발을 위해 관찰을 이용하는 방법

전문적인 코치들은 지속적으로 실수를 하는 선수를 발견했을 때 활동하기 시작한다. 코치들은 지적사항에 대해 선수에게 이야기해 주고 적절한 과정을 거치게 하고 선수가 그것을 하는 것을 다시 지켜보고 개선되었을 때 그것을 격려하고 축하해 준다. 다음은 어떻게 하면 효율적으로 영업활동을 개선할 수 있는가를 영업 관리자에게 보여주는 핵심 사항들이다.

- **지속적으로 실수를 하는 영업사원을 관찰해야 한다 :** 영업 관리자가 그것을 관찰하지 않으면 무슨 일이 일어나고 있는지, 그리고 그것을 어떻게 시정해야 할지 알기가 어렵다.
- **관찰을 통한 개선은 지속적일 필요가 있다 :** 한 영업사원과 한 번 동행하

고 관찰했던 것을 그 영업사원이 했던 모든 것으로 생각하는 것은 현실적이지 않다. 무엇이 지속적인 것이며 무엇이 일회성으로 발생한 것인지의 차이점을 이해하기 위해서는 여러 번의 관찰이 필요하다.

- **개선할 사항에 대해 영업사원들에게 이야기해 주어야 한다 :** 개선이 필요한 사항에 대해 당사자가 모른다면 누구든 무엇인가를 시정하기 어렵다. 많은 영업 관리자들은 그들이 개선이 필요한 영역을 가지고 있다고 사원들에게 말하는 것을 두려워한다. 갈등의 가능성은 항상 존재한다. 태도와 마찬가지로 갈등 또한 흔히 부정적으로 생각되는 단어이다. 그러나 영업 관리자는 영업사원들에게 상세히 설명해주어야 한다. 그리고 제대로 하는 방법을 영업사원이 잘 따라 할 수 있는 방법으로 시연해야 한다.
- **새로운 방식을 시도하는 것을 지켜보아야 한다 :** 이것은 아주 중요한 사항이다. 우리가 일단 개선이 필요한 영업사원들에게 새로운 방법을 그들이 따라 할 수 있는 방식으로 보여 주고, 새로운 방식을 시도하는 동안에 영업 관리자는 그것을 관찰해야 한다. 이 책에서 필자가 앞서 여러 번 말했듯이, 말로만 하는 것은 비효율적이다. 영업 관리자는 자신이 말한 것이 받아들여져서 영업사원들이 그것을 할 수 있는지를 관찰을 통해 확인하여야 한다.
- **능숙하게 된 것에 대하여 "잘했어"라고 할 수 있어야 한다 :** 영업사원이 새로운 방식을 시도할 때 영업 관리자는 지지자가 되어야 한다. 긍정적인 강화는 비록 그들이 곧바로 그것에 능숙하게 되지 않더라도 이 시점에서 매우 중요하다. 새로운 절차에 대한 시도 자체를 격려하는 것이 좋다. 이것은 기어 다니던 아기가 첫걸음마를 떼려 할 때 격려하는 것과 유사하다. 아기가 비틀거리며 서서 한 발짝을 떼려고 시도할 때 가족들은 격려의 말로 소

리친다. 만약 그 아기가 한 발짝을 떼고 나서 주저앉는다 하더라도 얼싸안으며 아낌없이 칭찬한다. 몇 발짝 가지 못하고 주저앉는다 하더라도 나무라거나 하지 않는다. 영업 관리자는 영업사원들이 원하는 성과를 얻을 때까지 지속적으로 격려해야 한다. 그리고 만약 영업사원들이 완전하게 그것을 이해하지 못하면 다시 설명하고 시연하고 연습하도록 하며, 관찰하고 나서 그들에게 피드백을 주어야 한다. 그것이 유능한 영업 관리자와 코치가 하는 일이다.

관찰할 수 있는 기회들

영업과정에서는 영업사원들의 능숙함을 관찰할 다양한 기회들이 있다. 영업 관리자들은 다음과 같은 기간에 영업사원들을 관찰할 수 있다.

- **영업 기술을 실습하는 훈련 과정 :** 영업 관리자들이 영업사원을 훈련시키기 위해 외부 컨설턴트나 훈련 기관을 이용할 때, 영업 관리자가 함께 훈련에 참가한다. 영업사원들이 본래의 업무로 돌아왔을 때는 훈련과정에서 배운 것을 강화시켜 주는 것이 매우 중요하다.
- **전화 통화 시 :** 영업사원들이 전화 통화 시, 정확한 용어들을 사용하는지 관찰하고 코칭할 수 있는 아주 좋은 기회들이다.
- **영업 관리자나 영업사원과 역할 연습 시간 :** 영업 관리자가 잠재 고객 역할을 맡고, 영업사원이 판매하게 한다. 처음에는 영업사원이 다소 불편할

수 있지만 지속적으로 관리가 된다면 기술들을 향상시키는 중요한 방법이 될 수 있다.

- **전화훈련 :** 영업사원들을 관찰하기에 가장 좋은 기회이다. 영업사원들이 실제로 어떻게 하는지를 관찰할 수 있기 때문이다.

유능한 영업 관리자들은 관찰력이 뛰어나다

유능한 영업 관리자들은 관찰력이 뛰어나다. 그들은 전문적인 코치들이 하는 것처럼 세세한 것에 관심을 기울인다. 그렇지만 관찰력이 뛰어나다는 것은 일어나고 있는 일을 단순히 보고 듣는다는 것 이상이다. 유능한 영업 관리자들은 말한 것뿐만 아니라 말하지 않은 것도 잘 알고 있다. 그들은 사용되는 단어들뿐만 아니라 바디랭귀지와 같은 비언어적인 태도와 목소리 톤까지도 관찰한다.

비언어적인 요소가 말보다는 의사전달에서 더 중요한 역할을 한다는 것을 기억해야 한다. 관찰하는 것은 영업사원들로 하여금 영업 관리자가 영업사원들에게 관심을 기울이고 있고 신경을 쓰고 있으며 적극적으로 도와주고 싶어 한다는 것을 느끼게 해 줄 수 있는 좋은 방법이다.

Sales Innovation MBA

PART 5

영업 평가를
정확하게 활용하라

Sales Innovation MBA

강점을 평가하고 개발하라

어떤 것을 평가한다는 것은 그것의 가치를 결정하는 것이다. 영업사원들은 영업조직이 가지고 있는 가장 소중한 자원이다. 따라서 유능한 영업 관리자들은 영업사원들의 강점들을 발견하고 그들의 현재 가치에 대한 평가를 통해서 영업사원들의 가치를 높이기 위해 개발이 필요한 영역을 결정해야 한다.

평가한다는 것은 영업사원들에게 단순히 실적에 대한 정보를 제공하는 것이 아니다. 영업사원들의 가치를 높이기 위하여 무엇을 어떻게 해야 하는지를 결정하는 데에 활용하기 위해서다. 따라서 평가는 영업 관리자가 영업사원을 육성하기 위해 어떤 재능을 활용해야 할지를 결정할 수 있게 하며, 어떤 방식으로 약점을 보완할지에 대한 전략을 개발하는 과정이다.

평가의 목적은 영업사원들의 역량을 향상시키고 조직에 헌신하도록 만드는 데 있다. 즉, 영업사원들이 회사의 전략적 목표와 선택을 이해하고 이에 따라 영업 활동, 자원 할당, 관심, 방문 패턴 조절, 재량권 행사 등의 노력을 기울이고 몰입하도록 하는 것이다. 평가의 전제 조건은 실적을 내는 사람이 누구이고, 누구의 실적에 관심을 가져야 하는가를 확인하는 일이다.

영업부서는 다른 기질, 능력, 학습 방식을 가진 사람들로 구성되어 있다. 어떤 사람은 더 나은 접근 방식을 깨달았을 때 실적이 향상되고, 어떤 사람은 스타 영업사원이 과제를 처리하는 모습을 보고 따라할 때 성과가 난다. 특정 과제를 통해 배우는 사람도 있다. 따라서 영업 관리자는 개개인에게 맞는 피드백을 전달해야 한다. 특히 영업부서에서는 개인별로 실적의 차이가 크다. 코칭이 미치는 효과도 마찬가지다. 〈솔루션 영업의 종말〉이라는 논문을 발표한 매슈 딕슨Matthew Dixon과 브렌트 애덤슨Brent Adamson이 이와 관련한 연구 결과를 발표한 적이 있다.

"코칭의 질을 높이면 실적 곡선은 이동하지 않고 기울어진다. 중간은 움직이지만 밑바닥은 움직이지 않는다."

전체적인 실적은 향상되지만 부분적으로만 향상된다는 이야기다. 코칭은 실적이 부진한 영업사원이나 스타 영업사원에게는 큰 효과가 없다. 그 이유가 뭘까? 스타 영업사원은 이미 뛰어난 실적을 보여주고 있는데, 시장이나 전략은 변하지 않은 채 영업 과제만 변경되는 상황에서는 코칭이 약간의 개선 또는 동기의 지속에 기여할 뿐이다. 실

코칭에 따른 영업사원 실적 분포

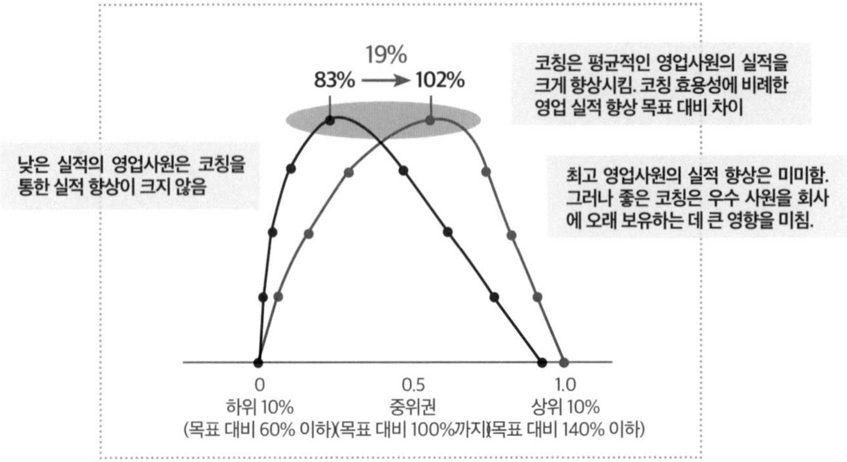

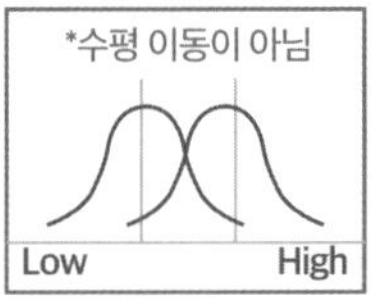

적이 부진한 영업사원에 대한 코칭이 별다른 효과를 나타내지 않는 것은 영업직이 그에게 맞지 않아서인 경우가 대부분이다. 결국 채용의 문제라고 할 수 있다. 이들과 달리 중간 집단에서는 코칭의 효과가 크게 나타난다. 자료에 따르면, 효과적인 피드백이 그들의 실적을 거의 20%나 향상시켰다.

실적에 관한 피드백은 효과가 있는 곳에 집중되어야 하고, 목적에 맞게 설계되어야 하며, 실천이 가능해야 한다.

평가의 좋은 점들

영업사원의 가치를 평가하는 것은 다음과 같이 많은 이점들을 가지고 있다.

- **영업 관리자와 영업사원에게 방향을 제시해 준다 :** 개발이 필요한 영역을 찾아내는 것은 영업 관리자와 영업사원이 새로운 방향으로 함께 일할 수 있도록 해 준다.
- **새로운 목표들을 설정할 기회다 :** 영업사원이 특별한 영역에 대하여 평가를 받을 때, 그 영역에 대하여 새로운 목표들을 설정할 수 있다.
- **영업 관리자가 영업사원에게 관심을 가지고 있다는 것을 알게 해 준다 :** 영업 관리자가 영업사원에게 신경 쓰고 있다는 것을 알게 하는 것은 이직을 줄이고 생산성을 향상시킬 수 있는 중요한 동기부여 요인이다.
- **기대를 명확하게 하는 데에 도움을 준다 :** 평가 기간에, 영업 관리자와 영업사원은 영업 활동에 대해 논의한다. 영업사원의 영업활동에 대한 기대가 명확하지 않아서 원하지 않은 결과로 이어지는 경우가 많다. 평가 기간은 기대를 명확하게 할 수 있다.
- **개발이 필요한 부분에 대하여 영업사원으로부터 지지를 얻는다 :** 결과를 파악하고 그 결과의 원인이 되는 행동들에 대해 상호 커뮤니케이션함으로써 영업사원으로부터 지지와 헌신을 기대할 수 있는 기회를 제공한다.
- **미래를 위한 계획에 도움을 준다 :** 평가는 잘 진행되고 있는 일 뿐만 아니라 장차 성장하기 위해 변화해야 할 점에도 초점을 맞춘다. 따라서 영업사원들과 회사가 함께 성장할 수 있는 계기가 될 수 있다.

Sales Innovation MBA

평가 기준을 명확히 정의하라

안개가 짙게 깔린 1707년 10월의 어느 날 밤, 위용을 자랑하던 대영제국의 함대가 침몰하는 참사가 발생했다. 4대의 전함과 2,000명의 군인이 바다에 수장되었다. 해상에서 격렬한 전투가 벌어졌거나 천재지변이 일어났기 때문이 아니었다. 잘못된 계산 탓이었다. 클로디즐리 셔블Cloudesley Shovel 제독이 대서양을 항해 중이던 함대의 위치를 잘못 계산하는 바람에 영국 남서해안을 향해 뻗은 실리 군도Scilly Isles 끄트머리에 숨어 있던 암초와 정면으로 충돌한 것이다. 뒤따르던 함선들도 암초 더미에 부딪혀 연이어 침몰하고 말았다. 바다의 절대 강자로 군림하던 대영제국으로서는 참으로 어처구니없는 비극이었다.

그런데 셔블 제독의 회고록을 살펴보면 사고의 원인은 그렇게 놀랄 만한 것이 아니었다. 경도를 측정할 수 있는 도구가 없었기 때문이다. 위도와 경도의 개념은 기원전 1세기경부터 전해져 왔으나, 1700년대까지도 이를 정확히 측정할 수단을 찾지 못하고 있었다. 따라서 그날의 재앙은 제독이 무능해서라기보다 경도가 중요하다는 사실을 알면서도 마땅한 측정 방법이 없는 상태에서 벌어진 참사라고 할 수 있다.

이와 비슷한 상황이 영업 조직에서도 재연되고 있다. 영업성과에 영향을 미치는 요소들을 정확히 파악하고 영업사원들이 기대한 대로 제대로 하고 있는가를 측정키 위해서는 그것을 측정할 수 있는 정확한 측정 척도들이 필요하다. 목적지가 있어도 정확한 척도가 없으면 배가 좌초 할 수 있다는 것을 많은 영업 관리자들은 알아야 한다. 대부분의 기업들은 평가 시 판매량에 집중하는데, 다음과 같은 보다 다양하고 구체적인 지표가 있어야 한다.

- 양(판매액, 전화 건수, 약속 건수, 완료된 판매 건수, 판매된 물량, 예산 내 비용 또는 예산 외 비용)
- 질(고객 만족도)
- 최초의 전화 통화에서 그다음 단계로 판매를 이동, 훈련 프로그램에 참여, 팀 할당량 완수, 개선 목표 달성
- 마감기한(데드라인), 제때에 통화 계획, 통화 보고서, 비용 보고서 제출. 30일 이내에 받을 수 있는 거래처
- 지식 증가, 제품 특징들과 이점들을 배우고 그것들을 효과적으로 사용하

는 것.

유능한 영업 관리자들은 척도를 개발하는 과정을 영업사원들과 함께 공유한다. 그래서 둘 사이의 신뢰관계를 구축하기 위한 또 다른 기회를 만들어 낸다.

측정하는 과정

'평가'는 목표에 대한 진척상황을 측정하는 것이다. 이러한 목표들은 영업 관리자와 영업사원이 함께 직무기술서 검토를 통해 합의한 기대치판매목표, 성장을 위한 개발목표, 활동목표, 등에 대한 달성 여부를 점검하는 것이다. 영업 관리자와 영업사원은 다음 사항들에 있어서 특정 목표들뿐만 아니라 목적들에 대해서도 검토하고 합의한다.

- **직무 기술서의 목표와 기대치 :** 직무 기술서는 영업사원의 주요 책임들, 필수 의무 사항들 그리고 그 직무의 자격 요건들에 대하여 개략적으로 설명한다. 영업 관리자는 영업사원들에게 전달할 성과와 활동, 행동에 대한 기대를 명확히 하고 전달하며, 영업사원이 얼마나 잘 활동하고 있는지를 지속적으로 평가한다.
  — 할당지역 판매 목표를 달성하는가?
  — 특정 제품들과 서비스를 판매하고 있는가? 아니면 다양한 제품을 판매하는가? 왜?

- **활동들을 전달된 기대들과 비교 :** 영업 관리자와 영업사원은 활동목표를 "새로운 예비 고객과 일주일에 5개의 약속을 잡으세요."라는 식으로 할 수 있다. 이것은 영업사원의 바람직한 업무 방법을 제시해 준다. 영업 관리자는 영업사원이 1주일에 새로운 예비 고객과 5건의 약속이라는 목표를 어떻게 달성하는지를 지속적으로 평가한다.
  — 일주일에 5건의 약속이 이루어졌는가? 그 약속들의 질은 어떠한가? 그 약속들은 새로운 예비고객과의 약속들인가? 그 약속 중 얼마나 많은 약속이 판매를 위한 기회가 되었는가?
- **성장과 개발 목표들 :** 영업 관리자는 영업사원의 기술 개선을 위한 목표를 설정할 수 있다. 예비 고객과 통화를 하는 동안에 영업사원을 관찰하고 판매결과를 검토함으로써 얼마나 성공적으로 이 목표를 충족시킬 수 있는지 평가할 수 있다.
  — 영업사원이 기대에 대해 커뮤니케이션했던 방법들을 사용하고 있는가? 영업사원이 그것들을 얼마나 사용하고 있는가? 그것들이 효과가 있는가? 왜? 왜 그렇지 않은가?

영업사원들은 성장과 개발에 관하여 자신들이 활동하는 방법 또는 그 이유에 관해 영업 관리자의 질문에 답한다.

- **판매 목표 :** 돈을 벌어들이거나 제품과 서비스의 판매실적을 위해 영업사원이 가지고 있는 목표들을 지속적으로 평가한다.
  — 이러한 목표들이 목표액을 초과하고 있는가, 미달인가? 아니면 달성하

고 있는가? 왜 그 자리에 있는가?

- **주간 계획 :** 계획이 없는 목표는 매우 비효율적이다. 영업 관리자는 영업사원이 목표를 달성하기 위한 계획의 효율성을 지속적으로 평가한다.
  — 계획들은 잘 고려된 것인가? 그것들은 효과가 있는가? 그것들은 목표를 달성되게 하는가? 그렇지 않다면, 왜 그런가?

목표에 대한 진척상황을 평가하라

모든 실행과정은 목표와 비교함으로써 평가받는다. 그 과정의 일부는 전화 통화, 영업 회의 시간에 관찰을 통해서 그리고 코칭, 고객, 예비 고객들, 팀원들 그리고 영업 기획팀의 보고서 등을 통해 피드백된다.

영업 관리자들이 영업사원의 성과를 평가하는 것은, 영업사원을 유지하고 성장시키는 데 필요한 영업사원의 능력을 평가하는 것이다. 유능한 영업 관리자들은 정기적으로 목표에 대한 영업사원들의 진척 사항을 측정하고 추적한다. 또한 평가를 통해 개발이 필요하다고 판단되면, 관찰하고 코칭하고 감독하고 지시한다. 영업 관리자들은 지금까지 해오던 방식과 동일한 방법으로는 더 나은 성과를 달성할 수 없다는 것을 알고 있다. 더 높은 목표를 달성하기 위해서는 개선과 그 개선에 대한 평가를 통해서 얻어진다. 성장과 개선 방향을 결정하기 위해 영업 관리자들은 다음과 같은 질문을 할 수 있다.

- 실적이 향상되고 있는가?
- 잠재 고객 수가 늘고 있는가?
- 코칭을 받는 영역에서의 개선을 입증할 만한 것이 있는가?
- 영업사원이 성공에 필요한 태도를 가지고 있는가?
- 영업사원은 문제 상황을 효과적으로 대처하는가?
- 영업사원은 새로운 아이디어를 시도하는 데에 개방적이며 할 의지가 있는가?
- 업무에 방해가 되는 개인적 문제들이 있는가?

유능한 영업 관리자들은 영업사원과 함께 있을 때마다 이러한 것들 외에 다른 영역에 관해서도 논의한다. 예를 들어, 보고서상의 숫자들만 검토하는 것이 아니라 진척 사항에 관해 균형 있는 평가를 하기 위해 질적인 측면을 검토하는 경우도 있다.

공식적인 평가와 약식 평가 활용하기

평가는 공식적인 방식들뿐 아니라 약식으로도 이루어진다. 예를 들어, 예비 고객에 대하여 영업사원의 전화 통화를 관찰한 후에, 잘한 것에 대해서는 칭찬할 수 있다. 또한 수시로 자신의 목표달성을 위해 어떻게 하고 있는지를 알게 해 주고, 진행과정을 칭찬하며 영업사원들이 놓칠 수 있는 사항들에 대하여 정보를 제공한다.

평가를 동기부여 기회로 활용하라

영업사원의 활동을 평가하는 것은 영업사원과 영업 관리자 사이의 효과적인 대화를 위한 기회가 될 수 있다. 첫 번째 영업 관리자였던 A 비평가형는 평가를 단순히 잘못된 것을 영업사원들에게 말해 주기 위하여 활용하였고 어떠한 응대도 용납하지 않았다. 영업사원과 현장 동행 시에도 영업사원들이 잘못하는 것에 집중하였다. B는 회사에서 규정한 과정을 준수하면서 기계적인 방식으로 예상한 연간 성과에 대해 검토 하였다. 즉, 성과에 관하여 진행되는 대화가 없었기 때문에 연간 검토 자체가 영업사원들에게 부정적인 것으로 느꼈다.

치어리더형 영업 관리자 C는 좋은 것들에 관해서만 이야기했기 때문에 영업사원들은 개선할 수 있는 영역 또는 개선할 방법에 피드백을 들을 기회가 없었다. C는 영업사원들이 좋아했지만 엄밀히 따져 보면 영업사원들은 개발을 통해 성장할 기회를 얻지는 못했다.

코치형 영업 관리자인 S는 영업사원들이 어떻게 하는지를 아는 것이 중요하다는 것을 알고 있었으며, 지속적으로 영업사원들에게 정보를 주었다. 영업사원들이 영업 관리자의 기대를 충족시키고 있는지를 알고 싶어 한다는 것을 S는 알고 있었다. S의 평가는 영업사원들의 강점과 개발이 필요한 영역, 모두에 집중되었다. 또한 영업사원들과 개발이 필요한 영역들을 논의할 때, 활동 계획과 시간 계획까지도 논의하였다. 영업사원들은 영업 관리자가 자신들에게 관심이 있으며 앞으로 발전하게 될 것이라는 느낌을 받았다.

평가는 동기를 부여하는 요인이 될 수 있다. 유능한 영업 관리자들은 영업사원들을 성장시키고 개발시키는 데에 관심이 있으며, 평가를 동기 부여 수단으로 이용한다. 또한 비판적인 방식이 아닌 긍정적인 방법으로 평가한다.

예를 들어, 영업사원이 옳고 그르게 하는 것들에 관해서가 아니라 강점과 개발을 위한 기회들에 관하여 이야기한다. 강점이 성공에 어떻게 기여하고 있는지 그리고 개선이 필요한 영역들이 어떻게 성공을 가져다줄 수 있게 하는지에 대해서 영업사원과 함께 논의한다. 평가 과정을 결과뿐만 아니라 활동, 기술, 지식 그리고 개인 특성들에 관하여 이야기할 기회로 이용한다. 영업 관리자와 영업사원은 개발로 이어지는 개별 실행 계획들을 공유한다. 또한 새로운 목표를 달성하기 위한 일정을 합의한다. 평가는 영업 관리자가 자신의 가장 중요한 자원인 영업사원들에게 집중할 수 있게 한다.

개발 계획 작성하기

영업사원들이 기술개발과 목표를 달성하는 데 필요한 계획을 세우는 데에 도움을 주기 위해 다음과 같이 함께 검토한다.

- 목표를 달성하는 데 필요한 단계들을 결정한다.
- 목표를 달성하는 데 필요한 기술들을 구분한다.
- 확인된 기술들의 체크리스트를 작성한다.
- 기술을 향상시키기 위한 실행 계획을 세운다. 실행 계획에는 공식 훈련이나 영업 관리자의 코칭이 포함될 수 있다.
- 날짜, 시간, 그리고 사후관리를 위한 계획서를 작성한다.

이런 공동평가 과정은 영업사원이 현재의 모습 그리고 원하는 미래의 모습에 대해 주인 의식을 갖도록 해 준다. 또한 성장하기 위한 단기 그리고 장기 계획에 참여할 수 있게 해 준다. 궁극적으로 평가 과정은 영업사원을 동기 부여하는 데에 도움을 주고 평가받는 것에 대한 부담을 줄여준다.

평가를 위한 코칭 프로세스의 활용

유능한 영업 관리자들은 영업사원을 성장시키고 개발하는 데에 전념하며, 강점과 개선을 위한 영역들을 파악하기 위해 영업사원에 대한 평가를 이용한다. 또한 개인의 목표와 기대를 회사 목표와 일치시키는 것이 얼마나 중요한지를 이해하며 수시로 솔직한 피드백과 함께 토론의 기회를 제공한다.

Sales Innovation MBA

PART 6

성과를 낼 수 있도록 코칭하라

코칭의 가치와 핵심을 정확히 이해하라

최근 영업 관리자의 역할과 코칭 역량이 매우 중요시되고 있다. 실제 얼마 전 글로벌 세일즈 전문 연구기관인 CSO Insights에서도 성과 향상 위해 기업이 지원해야 할 사항으로 '영업 관리자의 코칭 스킬 개발'이 높은 순위에 선정된 바 있다. 'Sales Enablement'라는 용어에 대해서 들어본 적이 있는가? 명확히 정의하기 어려운 이 용어는 기업마다 해석하는 바는 조금씩 다르지만 최근 많은 글로벌 HRD 이슈에서 중요하게 다뤄지고 있다. MHI Global에서 발행된 CSO Insight에서는 이를 다음과 같이 정의하였다.

"영업 관리자와 영업사원이 고객 지향적인 영업을 통해 성과와 생산성을 높일 수 있도록 설계된 전략적이고 범 기능적cross—functional인 모든 훈련을 지칭하는 것으로, 교육이나 코칭뿐 아니라 콘텐츠 및 도구 제공 등의 활동도 포함한다.”

영업 관리자의 역할은 매우 중요하다. 회사 전반의 영업 전략에 따라 영업사원들이 해야 할 행동에 방향을 잡고 결정 내릴 수 있는 권한이 있기 때문이다. 한 명의 영업 관리자가 많은 영업사원에 긍정적인 영향을 미칠 수 있음에도 불구하고 영업 관리자의 역할이 종종 명확하지 않게 정의되거나 권한에 제한을 두는 경우가 많이 있다.

2016년 CSO Insights 결과에 따르면, 5개 기업 중 1개의 기업이 지금까지 영업 관리자들을 위한 교육이 전혀 없었다고 한다. 다시 말하면 이는 Sales Enablement 측면에서 영업사원보다 영업 관리자에게 투자할 기회가 많이 있다는 것을 의미하며, 기업이 성과를 향상시키기 위해서 영업 관리자에게 우선적으로 초점을 맞춰야 하는 이유이기도 하다.

그렇다면 Sales Manager Enablement를 위해 기업이 제공할 수 있는 서비스는 무엇일까? CSO Insights의 서베이 결과, 영업 관리자를 위한 주요 Enablement 서비스는 다음 그림과 같이 나타났다.

전반적으로, 영업 관리자가 영업사원의 성과를 모니터링 및 관리하고 여기에 방향제시를 해주는 데 필요한 것들이라 볼 수 있으며, 최근 몇 년간 핵심 이슈였던 세일즈 코칭의 중요성이 다시 한 번 강조되고 있다는 것을 보여주고 있다.

코칭은 영업 관리자들이 사용할 수 있는 가장 효과적인 영업사원

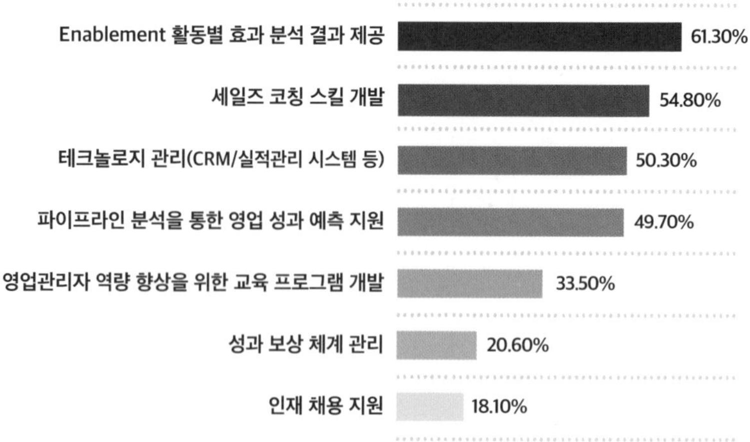

스킬 개발 방식이다. 이 의미는 만약 영업사원들이 참가하는 영업 훈련 프로그램이 있다면 '코칭'을 통해 그것을 보강하고 지원해야 한다는 것이다. 강의실 훈련에 비하여 코칭의 가장 큰 장점은 각 개인의 요구와 강점에 초점을 맞출 수 있다는 것이다.

영업 관리자라면 누구든지 업무를 수행하고 목표를 실현하는 과정에서 추가로 도움이 필요한 영업사원들을 만날 수 있기 때문에 코칭은 실적평가로부터 자연스럽게 발생한다. 또한 실적평가를 통해 더욱 중요한 책무와 도전적인 목표를 담당할 준비가 되어 있는 영업사원들이 누구인지도 밝혀질 것이다. 이 경우 그들에게 필요한 것은 추가적인 지원이다. 물론 회사가 이러한 유형의 영업사원들을 도와줄 공식적인 훈련을 제공하는 경우도 있지만 영업 관리자가 일대일 코칭을 제공할 것을 기대하기도 한다.

코칭은 부하직원의 잠재력을 최대한으로 끌어올리고 합의된 목표를 달성하도록 도와주기 위해 영업 관리자와 부하 직원이 지식과 경험을 공유하는 상호 활동이다. 특히 지도를 받는 사람이 적극적이고 의욕적으로 참여해야 하는 공동노력이기도 하다. 유능한 영업 관리자들은 코칭의 기회를 실적평가뿐 아니라 일상적인 업무과정에서도 발견한다.

코칭이 중요한 관건이다

코칭은 영업 관리자와 영업사원 간의 상호 신뢰 하에 영업사원들을 다음과 같이 도와줄 수 있다.

- 의욕을 되살려 준다.
- 업무수행에 문제가 있을 때 제자리를 찾도록 도와준다.
- 강점을 최대한 활용하도록 해준다.
- 까다로운 고객을 대하는 두려움을 없애는 등 개인적으로 어려워하는 부분을 극복하도록 도와준다.
- 프레젠테이션을 더 잘하는 방법을 배우는 등, 새로운 기술과 능력을 익히도록 도와준다.
- 리더십 기술을 발전시키는 등, 새로운 책임에 미리 준비할 수 있도록 도와준다.
- 시간과 능력을 향상시키는 등, 스스로를 더욱 효율적으로 관리할 수 있도록 도와준다.

진단으로 시작한다

효과적인 코칭의 첫 번째 단계는 코칭을 받을 사람과 그 사람이 처한 상황, 그리고 그 사람이 현재 가진 기술을 파악하는 것이다. 그것을 파악하는 최고의 방법은 직접적인 관찰이다. 영업 관리자의 목표는 영업사원의 약점과 강점을 확인하고 그 행동이 동료들과 목표를 달성하는 데 어떤 영향을 미치는지를 이해하는 것이다. 관찰할 때에는 다음과 같은 점들을 염두에 두어야 한다.

- **그 사람이 무엇을 잘하고 있는지, 못하고 있는지 알아내라 :** 가능한 한 정확히 파악해야 하며, 문제의 원인이 무엇인지 알아내려고 노력해야 한다.
- **조급한 판단은 삼가라.** 한두 번의 관찰만으로는 당사자의 문제를 완벽하게 알아낼 수 없다. 특히 자신의 판단에 일말의 의심이라도 든다면 계속 관찰해야 한다.
- **자신의 판단을 테스트하라 :** 적적한 시점이 오면 그 상황을 믿을 만한 동료들과 의논하라. 그들이 관찰한 내용을 당신의 관찰내용에 추가하라.
- **비현실적인 기대를 삼가라 :** 당신의 기준을 남에게 적용해서는 안 된다. 아마도 당신은 영업사원 시절부터 스스로 기대를 높게 잡아왔고 실제로도 뛰어난 기록을 달성함으로써 승승장구했을 것이다. 다른 사람도 당신과 똑같이 의욕이 높고 능력이 좋다고 생각하는 것은 비현실적이고 불공평할 수 있다.
- **주의 깊게 들어라 :** 어떤 영업사원은 당신의 도움을 요청하는데 당신이 그 얘기를 듣지 못할 수도 있다. 스스로에게 '내가 영업사원들의 이야기를 들을 기회를 놓쳐버린 것은 아닌가?' 자문해 보라. 영업사원들에게 어떤 도움

이 필요한지, 그들이 어떤 식으로 도움을 청할지 파악하고 있기란 쉽지 않다. 기회를 보며, 시간을 들여 영업사원들의 이야기를 적극적으로 들어라.

관찰내용을 당사자와 솔직히 논의한다

일단 코칭을 통해 어떤 부분을 도울 수 있을지 알아냈다면 이제 대화를 시작해야 한다. 당신이 관찰한 내용에만 충실해야 한다. 예를 들면 "내가 관찰한 바로는 이렇다네." 또한 행동이 팀의 목표와 동료들에게 미치는 영향을 언급하라. 예를 들면 "내가 자네 동료라면 자네가 이 일에 전념하지 않는 것 같다는 생각이 들 것 같네. 자네가 회사에 출근하는 시간이 일정치 않기 때문에 그런 인상을 받았네"와 같이 하는 것이다. 영업사원의 행동과 그로 인한 영향을 설명할 때에는 진실하고 솔직하면서도 도움이 되도록 말하라.

행위의 원인을 빼고 말하라. 그렇게 하지 않으면 그 직원은 자신이 인신공격 당하고 있다고 느낄 수 있기 때문이다.

적극적으로 경청한다

코치로서 영업 관리자는 상대방에게 초점을 맞추어야 하는데 이는 영업 관리자가 적극적으로 들어 줄 때라야 가능하다. 적극적인 경청은 의사소통을 촉진 시키고 상대방을 편안하게 만들어 준다. 적극적인 경청은 의사소통을 촉진시키고 상대방을 편안하게 만들어 준다. 적극적으로 남의 이야기를 들어주는 영업 관리자는 다음과 같이 말하는 사람에게 초점을 맞춘다.

- 눈 맞춤을 지속한다.
- 적절한 순간에 미소 짓는다.
- 다른 일에 정신 빼앗기지 않는다.
- 필요할 때만 메모한다.
- 바디랭귀지에 신경을 쓴다.
- 먼저 들어주고 나중에 평가한다.
- 좀 더 명확히 얘기해 달라고 부탁할 때 말고는 절대로 상대방의 말을 끊지 않는다.
- "내가 당신 얘기를 제대로 들었다면, 당신은 다음과 같은 문제가 있군요"와 같이 상대방이 한 말을 반복하여 자신이 경청하고 있다는 점을 계속 강조한다.

적절한 질문을 던져라

적절한 질문은 상대방을 제대로 이해하고 그의 관점을 이해하는 데 도움이 된다. 질문에는 열린 질문과 닫힌 질문이 있는데 각각의 질문에는 각기 다른 형태의 대답이 따른다.

열린 질문은 참여를 이끌어내고 의견을 교환하게 한다. 다음과 같은 상황에서 사용하라.

- **대안을 알아내려 할 때 :** "어떤 다른 방법이 있겠습니까?

- **마음가짐이나 요구사항을 밝힐 때 :** "지금까지 우리가 함께 진행 본 것에 대해 어떻게 생각하십니까?"
- **우선순위를 정하고 상세한 대답을 원할 때 :** 이 건과 관련해서 가장 중요한 문제는 무엇이라고 생각하십니까?

한편 "닫힌 질문"은 예스Yes나 노No의 대답을 이끌어낸다. 특히 다음과 같은 상황에서 사용하라.

- **반응에 초점을 둘 때 :** "고객님과의 관계가 예정대로 잘 진행되고 있나요?"
- **상대가 말한 내용을 확인할 때 :** "자 그럼 당신이 어려워하는 문제는 일정을 짜는 것인가요?"

상대의 의욕과 느낌에 대해 더 많은 것을 알아내고 싶다면 열린 질문을 이용하라. 질문을 통해 당신은 해당 문제에 대한 상대편의 의견과 속마음을 알아낼 수 있을 것이다. 또한 당신이 더 나은 조언을 고안해내는 데 도움을 받을 수도 있다.

코칭의 가치

코칭이 스포츠와 연예계에 영향을 준 만큼의 효과를 영업에서도 가지려면 아직도 갈 길이 멀지만 기업에서 코칭이라는 용어는 점점 더 친숙해져 가고 있다. 코치는 종종 스포츠계나 연예계에서만 있는 것으로 생각된다. 왜 그럴까? 왜냐하면 전문적인 스포츠와 연예 조직들은 훌륭한 코치의 가치를 이미 알고 있기 때문이다.

세계 최고의 골퍼인 타이거 우즈는 부치 하먼을 코치로 이용했다. 부치는 PGA 경기에서 타이거 우즈와 경기해 본 경험이 없었다. 그는 타이거 우즈가 가지고 있는 것처럼 타고난 재능을 가지고 있지 않으며, 경기에 대한 경험도 없고 이미 다른 세대의 사람이다. 알려진 바에 의하면, 부치 하먼은 PGA에서 한 번도 경기를 하지 않았고 PGA 토너먼트에서 우승을 한 적도 없었다. 그러나 부치 하먼은 타이거 우즈가 최고가 될 수 있도록 도와주었다. 타이거 우즈만큼 부치 하먼이 성적을 내지 못했었다는 사실에 주목할 필요가 있다.

많은 영업 관리자들은 자신이 최고의 생산자가 아니면, 팀에 있는 다른 영업사원들보다 잘 판매할 수 없다면 성과가 뛰어난 영업사원을 코칭할 수 없다고 생각한다. 부치 하먼이 보여주었듯이 사실은 그렇지 않다. 부치는 분명히 타이거 우즈만큼 골프를 잘할 수 없다. 중요한 것은 영업 관리자가 판매에 대하여 이해를 하고 있고, 코치의 태도를 보여주고 증명된 코칭 방법론을 따를 수 있느냐 하는 것이다.

연예계도 코치들을 이용한다. 루치아노 파바로티는 환상적인 목소리를 가지고 태어났지만 그는 목소리 코치로부터 타계하기 전까지 코칭을 받았다. 그 목소리 코치가 누구인지는 모르지만 그는 아마도 파바로티가 가지고 있는 선천적인 재능을 가지고 있지 않았으며, 파바로티가 오페라에서 성공적이었던 것만큼 성공적이지 않았을 것이다. 다시 한 번, 중요한 것은 파바로티의 코치가 파바로티만큼 잘하거나 성공적일 필요가 없다는 것이다. 줄리아 로버츠는 아카데미 여우주연상에 2년 동안 후보에 올랐지만 수상을 하지 못했다. 나중에 〈에린 브로코비치〉라는 영화를 통해 아카데미상 여우주연상을 수상했을 때, 그녀는 수상 소감에서 "다른 어떤 누구도 나의 능력을 최고로 끌어내지 못했다. 그러나 스티븐 소더버그는 나의 모든 능력을 끌어냈다. 말로 표현할 수가 없다"라고 하며 수상의 영광을 스티븐 소더버그 감독에게 돌렸다. 스티븐 소더버그는 분명히 줄리아 로버츠보다 연기를 잘할 수는 없지만 그녀가 자신의 재능을 최대한 발휘할 수 있도록 도울 수 있었다.

왜 코칭을 하지 않는가?

중요한 것은 많은 사람들이 각자 다른 재능을 가지고 태어나지만 재능을 통해 최고의 성과를 낼 수 있도록 하는 것이 바로 코칭을 통해서라는 것이다. 그렇다면 왜 우리 기업들은 더 많은 코칭을 하지 않는가? 필자의 경험에 의하면 대개 다음과 같은 동일한 세 가지 답변을 듣는다.

- **"시간이 없어요."** 코칭은 시간이 걸린다. 다만 흥미로운 점은 나중에 오히려 시간을 되돌려준다. 초기에는 영업 관리자가 코칭하는 데에 시간이 걸린다. 사람들이 코칭받는 것에 익숙해지고 이점을 깨닫게되면 영업사원들

은 스스로 코치가 되려는 경향을 보인다. 영업 관리자가 코칭하기 위해 필요한 시간을 다른 것들을 하기 위해 사용할 수 있게 된다. 영업 관리자는 사업을 운영하는 데 필요한 전략적인 것들에 집중하는 시간을 가질 수 있게 된다.

- **"어떻게 하는지를 모른다."** 이것도 사실이 아니다. 대부분의 사람들은 스포츠나 예술 공연과 관련이 없으면 코칭환경에 노출되어 있지 않았다. 그리고 대부분은 훌륭한 코치나 롤모델을 가지고 있지 않다. 그런데 다행스러운 것은 훌륭한 코칭은 배울 수 있는 기술이라는 것이다. 다른 기술들처럼 노력이 필요하며 그로 인하여 사람들을 더 효과적으로 개발시킬 수 있다.
- **"누구도 기분을 상하게 하고 싶지 않고 대립으로 끝내고 싶지도 않다."** 이것은 분명 치어리더형 영업 관리자 C의 문제였다. C는 어느 누구의 감정도 상하게 하고 싶어 하지 않았고 그는 분명히 대립을 좋아하지 않았다. 그러나 다루어야 할 필요가 있는 문제들을 다루지 않는 것은 C 영업 관리자와 팀에게 많은 비용을 지불하게 하였다. 성과에 대해 누군가와 이야기할 때, 우리는 당사자의 기분을 상하게 할 수도 있다고 느낄 수 있다. 그러나 긍정적이며 감정을 상하지 않게 성과나 문제들을 지적하는 방법들도 있다. 부정적인 대립 없이 부족한 부분을 지적하는 방법들도 있다. 여기에서 그러한 방법들을 살펴볼 것이다.

코칭의 두 가지 중요한 사항들

첫 번째, 코칭은 계속 진행되는 과정이다. 코칭을 단 한 번으로 끝나지 않으며 지속적으로 일어나는 일상의 과정이다. 코치들은 종종 기본적인 것들에 집중하며 동일한 기술을 계속 반복하여 코칭하기도 한다. 프로 축구 선수들이 시즌이 시작되기 전에 하는 훈련을 보자. 그들은 대부분 평생 스포츠를 해온 프로들인데도 불구하고 훈련 캠프에서의 주안점은 기본적인 것들에 있다. 개선을 가져오는 것은 바로 이러한 지속적인 강화이다. 강화는 바람직한 행동을 만들고 완성한다. 그것은 영업사원이 필요한 기술을 완성해 감에 있어 영업 관리자가 관찰한 것에 대하여 피드백을 주고 지속적으로 강화한다는 것을 의미한다. 코치들은 단 한 시간 또는 단 한 번의 코칭만 하는 것이 아니며 코칭은 시간과 반복이 필요하다.

두 번째, 코칭에서 가장 어려운 점은 두 번째가 되는 것을 배우는 일이다. 코치들은 직접 게임을 하지 않는다. 단지 지켜본다. 선수들이 최고의 역량을 발휘하도록 지원한다. 일부 성과가 최고인 영업 관리자들에게는 쉽지 않은 일일 수도 있다. 영업 관리자인 코치의 영업 능력과 상관없이 영업 관리자 자신을 영업사원 다음에 두어야 한다. 스포츠 경기를 보면, 특히 축구나 야구인 경우에 코치들은 어디에 있는가? 그들은 경기장 밖에 있지만 사이드라인에서 진행되고 있는 모든 것들을 지켜보고 있다. 그리고 영업 관리자의 가장 중요한 기술 중의 하나인 피드백을 통해 선수들을 성장시킨다.

효과적으로 피드백하라

피드백이란 무엇인가? 당신은 한 번쯤 전투기나 여객기의 조종간을 본 경험이 있을 것이다. 조종사들이 앉아있는 조종간을 생각해 보면 수많은 종류의 복잡한 각종 계기판들을 쉽게 떠올릴 수 있을 것이다. 또한 여객기를 타 본 적이 있는 사람이라면 여객기가 항상 일정한 속도와 똑같은 조건으로 목적지까지 가기가 쉽지 않다는 것을 알 수 있을 것이다. 비행 중에 발생하는 외부환경이나 기상 조건은 우리가 통제할 수 있는 영역이 아니기 때문이다. 때로는 앞이 보이지 않는 구름 속을, 때로는 어둠 속을 지나가기도 하고, 심지어는 돌풍이나 번개, 새 떼의 공격을 받을 수도 있다. 이때 조종사들은 각종 계기판들이 제공하는 피드백을 통해 원래 기대했던 경로를 유지하며 최종 목적지에 도달할 수 있다.

피드백의 이러한 원칙은 영업사원들에게도 적용된다. 영업사원들은 목표에 도달하기 위해서, 영업 관리자로부터 활동성과에 관하여 지속적인 피드백이 있어야 한다. 이때 피드백은 두 가지 역할을 한다. 영업사원이 목표들을 달성하기 위해 올바른 경로에 있게 해 주며 현재 있는 위치를 알려 준다.

피드백을 주고받는 일은 코칭과 일반적인 관리에서 모두 중요한 부분이다. 이러한 피드백 주고받기는 함께해야 할 문제를 확인하고 실행계획을 세우고, 결과를 평가하는 코칭과정 내내 지속된다. 피드백 시 도움이 될 만한 몇 가지 조언을 소개하면 다음과 같다.

- **상대방의 성격과 인격이 아니라 행동에 초점을 맞춰라 :** 그 사람이 인신공격을 받고 있다는 느낌을 받지 않도록 해야 한다.
- **상대방의 행동이나 업무가 동료들에게 미치는 영향을 설명하라 :** 하지만 상대를 수세에 몰아넣을 만큼 단정적인 말은 피하라. "당신은 무례하고 거만하다"라고 말하는 대신 "지난 세 차례의 고객미팅에서 고객의 말을 여러 차례 끊었다"라고 말하는 것이다. 위의 표현에서 '그 사람이 아니라 그의 행동이 어떻게 되었는지'에 주목하라.
- **일반적인 표현을 피하라 :** "정말 잘했군요"라는 말보다는 좀 더 구체적으로 말하는 것이 좋다. 예를 들면 "지난번 고객사를 상대로 프레젠테이션 시 사용한 슬라이드가 메시지를 전달하는 데 효과가 있었네"라고 하는 게 좋다.
- **진심을 보여라 :** 그 사람의 발전을 도와준다는 분명한 의도를 갖고 피드백을 제공하라.

- **현실적으로 생각하라 :** 그 사람이 제어할 수 있는 요인들에 집중하라.
- **특히 코칭 과정 초기에 의견을 자주 제공하라 :** 사건 직후에 자주 제공되는 의견은 '가끔씩 제공하는 피드백'보다 훨씬 효과적이다.
- **피드백은 양방향으로 제공되어야 한다 :** 상대뿐만 아니라 영업 관리자 역시 영업 관리자이자 코치로서 얼마나 도움이 되는지에 대해 피드백을 요구하고 처리할 수 있어야 한다는 얘기다. 스스로에 대한 피드백을 요구하고 처리할 수 있는 코치들은 자신의 관리 스타일이 어느 정도 효과적인지 알 수 있게 되어 더 큰 신뢰를 만들어 낸다. 자신에 대한 피드백을 효과적으로 받으려면 구체적인 정보를 요청해야 한다. 예를 들면 "나의 어떤 얘기 때문에 내가 제안서에 관심이 없다고 생각하게 되었나?" 또는 "나의 조언들이 얼마나 도움이 되었나?"와 같은 방식이다.

명확한 표현을 요청할 때에는 상대를 수세에 몰지 않는 방식으로 말하라 "내가 자네의 아이디어를 반대하는 것 같다는 얘기가 무슨 뜻인가?"라고 묻기보다는 "예를 하나 들어 보겠나?"와 같은 식으로 말하는 것이다.

- 부정적인 의견이나 긍정적인 의견 모두를 **적극적으로 받아들여라**.
- **감정이 담긴 말이 나오지 않게 하라.** 예를 들면 "자네 말로는 내가 종종 융통성이 없다는데, 그런 생각이 들도록 만든 사례를 하나만 말해보게"와 같은 식으로 말하지 마라. 그리고 부정적이든 긍정적이든, 피드백을 제공한 사람에게 반드시 고맙다고 말해야 한다. 서로 간의 신뢰가 커지면서 당신

의 코칭을 받는 사람에게 생산적인 롤모델이 될 수 있다.

피드백 지침(가이드라인)들

피드백을 효과적으로 활용하기 위해서는 다음과 같은 몇 가지 가이드라인을 알고 있을 필요가 있다.

- **피드백은 균형을 유지해야 한다 :** 영업사원이 잘하고 있는 것들과 다음번에 다르게 해야 할 필요가 있는 것들에 관하여 피드백을 준다는 것을 의미한다. '잘' 그리고 '다음에 다르게 해야 하는 것'이다. 영업사원이 무엇을 잘하고 있는지를 논의하는 것은 영업사원이 지속해주기를 바라는 활동들을 격려하고 강화하는 효과적인 방식이다. 다르게 처리해야 할 필요가 있는 것에 대해 논의하는 것은 변화를 격려하고 강화하는 효과적인 방식이다. 만약에 우리가 잘되는 것들에 관해서만 이야기한다면, 우리는 사람들을 다르게 해야 할 필요가 있는 것들을 하도록 움직일 수 없을 것이다. 그리고 만약 우리가 다르게 해야 할 필요가 있는 것들에 관해서만 이야기한다면, 사람들은 그들이 아무것도 잘하는 게 없다는 인상을 받게 될 것이다. 효과적이기 위해서는 우리가 두 측면을 모두 말할 필요가 있다. 즉, 피드백은 균형을 유지해야 한다.
- **피드백은 일찌감치 주는 것이 낫다 :** 만약 당신이 영업사원이 전화 통화를 하고 있는 모습을 보고 있고, 지속해 주기를 원하거나 변화하기를 원하는 행동을 관찰하게 된다면, 가능한 한 빨리 피드백을 주는 것이 좋다. 하루 이틀, 기다리지 마라. 전화 통화가 끝나고 난 후에 일부 피드백을 주고, 일

과를 마치고 함께 모여 코칭 시간을 가질 수 있다.

- **피드백은 일반적이 아니라 특정적이어야 할 필요가 있다 :** 피드백은 영업사원이 말한 것이나 활동했던 것들에 집중한다. "잘했어"라고 영업사원에게 말하는 것은 일반적으로 말하는 것이며 여기에서 정의하는 피드백이 아니다. 그것은 단순한 칭찬이다. 영업사원들을 칭찬하지 말아야 한다는 것이 아니다. 여기서 말하고자 하는 것은 만약 특정 행위들을 격려하거나 그만두게 하려고 피드백을 사용하고자 한다면, 그런 행위들이 무엇인지에 관하여 명확해야 한다. 영업사원에게 "나는 당신이 절세의 이점을 보여 주기 위하여 사용했던 그래픽이 정말 효과적이었다고 생각했네, 그것은 고객이 내야 하는 세금에 대하여 얼마나 더 많은 금액을 절감할 수 있는지를 명확하게 보여주었네."라고 말하는 것이 특정적 피드백이다. 피드백은 일반적이 아니라 특정적이고 명확할 필요가 있다.

영업사원의 성장에 집중한다

비지시적인 코치는 영업사원의 성장에 대한 시각으로 현재의 문제들을 처리한다. 영업사원이 생각하여 스스로 해결 방안을 찾도록 하는 질문들을 하는 것은 미래 성장을 위한 시각으로 현재 문제들을 처리하는 한 예이다. 예를 들어, 영업 관리자는 고객의 반대 의견들을 잘못 처리하는 몇 가지 전화 통화에 대하여 영업사원을 관찰한다. 그리고 전화 통화를 한 날의 마감 시점에 "우리가 오늘 계속해서 가격에 대하여 반대 의사를 들었는데 그것에 관하여 이야기해 봅시다. 괜찮

죠?"라고 말한다.

영업사원 : 그러시죠. 모든 사람이 가격에 대하여 관심을 가지고 있습니다.

영업 관리자 : 우리가 오늘 계속해서 예비 고객들에게 들은 말이 "가격이 너무 높다"라는 말이죠. 그렇죠?

영업사원 : 네, 그렇습니다.

영업 관리자 : 저는 이러한 반대의사들을 처리하기 위하여 우리가 함께 무엇인가를 시도해 보았으면 좋겠어요. 먼저 누군가가 "가격이 너무 높아요"라고 말할 때 그 말에 공감했으면 합니다. "가격이 너무 높아요"라는 말에 공감하기 위하여 뭐라고 말할 수 있겠습니까?

영업사원 : (몇 초 동안 생각 후에 말한다) 글쎄요, 저는 "고객님이 가격에 관심이 많으시군요"라고 말할 수 있을 것 같은데요?

영업 관리자 : 그래요. "고객님이 가격에 관심이 많으시군요"라고 말하는 것은 공감의 표현입니다. 그런데 그것은 당신이 그 예비 고객의 말에 동의한다는 것이 아니라 가격이 이 사람에게는 관심사라는 것을 이해한다는 것을 의미할 뿐입니다. 사람들이 어떤 것의 가격이 너무 높다고 말할 때, 그것은 여러 가지를 의미할 수 있습니다. 예를 들면, 내가 지불하고자 하는 것보다 더 높다는 것을 의미할 수도 있고, 예상했던 것보다 더 높다는 것을 의미할 수도 있고, 경쟁사의 가격보다 더 높다는 것을 의미할 수도 있습니다. 이런 이유들 중에서 어떤 이유인지 우리가 어떻게 알아낼 수 있겠습니까?

영업사원 : 제 생각에는 이렇게 물어볼 수 있을 것 같습니다. "고객님께서 알고 있는 가격(시세)보다 더 높다는 말씀이신가요?"

영업 관리자 : 그것도 한 방법일 수 있습니다. 다른 가능성들을 추측할 필요가 없도록 어떻게 질문할 수 있겠습니까? 그 예비고객이 의미하는 것을 당신에게 말해 주도록 어떻게 질문할 수 있겠습니까?

영업사원 : (몇 초 동안 생각한 후, 말하기를) 가격이 높다는 것이 무엇을 의미하는지를 그에게 물어볼 수 있을 거 같습니다.

영업 관리자 : 제가 그 예비 고객이라고 가정하고 저에게 질문해 보세요.

영업사원 : "가격이 너무 높군요"라고 말씀하셨을 때, "너무 높다"라는 것이 무슨 뜻인가요?

영업 관리자 : 훌륭하십니다. 그렇게 질문하는 것은 어떤 도움이 되겠습니까? (그리고 코칭은 계속 이어진다)

질문을 어떻게 구성하느냐가 중요하다

위의 사례처럼 판매에서 질문들을 어떻게 구성하느냐가 중요하며 개방형 질문들과 폐쇄형 질문들이 사용된다. 개방형 질문이란 생각하게 하고 생각을 공유하도록 하는 그런 질문들을 의미한다.

효과적인 개방형 질문은 영업사원들을 참여시키고 특히 문제 해결에 유용하다. 이것이 코칭의 개념이다.

개방형 질문은 보통 '무엇' 또는 '어떻게'로 시작한다. 물론 해답을 기대하는 평서문들도 있으며 그것은 보통 '나에게 말해 달라', '설명해 달라', '나와 공유해 달라' 그리고 '내가 이해하는 것을 도와 달라'와 같은 표현들이다. 효과적인 개방형 질문을 만들기 위해서는 생각을 해야 하고 연습을 해야 한다.

폐쇄형 질문들은 보통 아주 짧은 단답형의 답변들을 얻는다. 그것들은 종종 '이다', '있다', '해야 한다' 와 '할 수 있다'와 같은 동사로 시작한다. "해주시겠어요, 그리고 '어디, 언제, 그리고 누가'도 보통 폐쇄형 질문에서 사용하는 단어들이다. 최악의 폐쇄형 질문 중의 하나는 "이것 또는 저것을 해야 한다고 생각하지 않습니까?"이다. 이것은 질문이 아니라 화자의 의견이다.

효과적으로 코칭하는 방법

분명한 것은 코칭은 성과에 대한 검토가 아니라는 것이다. 다음은 성공적인 코칭을 위한 몇 가지 아이디어들이다.

첫째, 코칭을 위한 준비

효과적인 코칭을 위하여 영업 관리자들은 다음과 같은 사항들을 준비한다.

- **영업사원을 관찰하라 :** 가장 효과적인 코칭은 영업 관리자가 실제 영업사원이 하고 있는 것을 보고 들을 때 일어난다. 관찰에 관하여 앞에서 논의했던 것을 기억하라.
- **관찰하는 동안에 또는 그 후에 메모하라 :** 보강이나 개선이 필요했던 핵심 기술이나 활동들을 기록하라. 다시 한 번 강조하지만 코칭은 성과에 대한

검토가 아니다. 그래서 그것은 넓은 영역이 아니라 아주 제한된 영역에 집중한다. 폐쇄형 질문과는 반대로 개방형 질문을 하는 것에 초점을 맞춰라.

- **논의할 영역을 결정하라 :** 지속되기를 원하는 것과 변하기를 원하는 것이 무엇인가? 사람들은 작은 점진적인 단계로부터 변화한다.

두 번째, 코칭에 대한 기대를 커뮤니케이션하다

- **어떤 영역을 논의하고 싶은지를 설명하라 :** 예를 들면 "당신이 고객의 니즈를 파악하기 위해 사용했던 질문들에 관하여 이야기하고 싶습니다." 그리고 영업 관리자인 당신이 왜 이 영역에 관하여 이야기하고 싶어 하는지, 그리고 그 영업사원이 어떻게 혜택을 받을지를 설명한다.
- **영업사원이 코칭 세션을 통해서 무슨 혜택을 받을지를 설명하라 :** 예를 들면 "질문은 고객의 니즈파악을 통해 필요한 정보를 얻는 열쇠입니다. 당신이 하는 질문들은 당신의 판매 성공에 영향을 줄 수 있습니다." 그러고 나서 그 영업사원이 코칭에 임할 준비가 되어 있으며 기꺼이 할 의지가 있는지를 확실히 한다.
- **영업사원의 반응을 요청하라 :** "그 생각이 어떤 것 같습니까?"와 같은 질문을 해보라.

세 번째, 자료를 확보하고 제공하다

이 세 번째 단계에서 '확보'가 '제공'보다 앞에 있는 것을 주목하라. 이것은 비지시적인 코칭에서 정말 중요하다. 이것은 그 영업사원이 자각하도록 하는 것이다. 어떤 중요한 것을 자각하는 사람들은 그들이 다른 사람에게서 들었을 때보다 수용성이 크다.

- **잘 수행된 영역에 관한 자료를 확보하라 :** 유능한 영업 관리자들은 잘 수행된 것들에 영업사원이 집중하게 하는 것으로 코칭을 시작한다. 다음과 같은 질문을 한다. "우리가 예비고객과 함께 있는 동안에 당신이 질문했던 것 중에서 특히 어떤 질문들이 좋았다고 생각하십니까?" 영업사원이 잘하고 있는 것들을 볼 수 있도록 코칭하는 것은 코칭에 대한 영업사원의 긍정적 인식과 참여 의지에 도움이 된다. 그것은 영업팀과 관계를 구축할 때도 매우 중요하다. 또한 잘된 것에 집중하게 하는 것은 영업사원이 낙담하지 않도록 하며 코칭을 긍정적인 분위기로 이끌어 준다.
- **잘 수행되었던 영역에 관하여 자료를 제공하라 :** 바로 이때가 칭찬을 통하여 영업 관리자가 보상을 하고 인정해 줄 기회이다. 영업사원과 논의하고 있는 영역에 관하여 영업 관리자가 칭찬할 수 있는 것을 찾아라. 이것은 신뢰 관계를 구축하고 코칭을 긍정적으로 유지하기 위해 매우 중요하다. 대부분의 영업 관리자는 곧장 본론으로 들어가서 영업사원이 무엇을 잘못했는지를 말한다. '옳은 것' 그리고 '틀린 것'은 코칭에서 사용하는 단어들이 아니다. '잘 처리된 것'과 '다음에는 어떻게 다르게 할 것인가'가 코칭의 핵심 문구들이다.
- **다음에 개선되어야 할 영역에 관하여 자료를 확보하라 :** 일단 잘된 것에 관하여 영업사원의 자료를 가지고 있다면, "다음번에는 어떻게 다르게 할 수 있겠습니까?"라고 질문함으로써 긍정적인 방식으로 개선이 필요한 영역으로 이동한다.

- **다음에 다르게 처리되어야 할 영역들에 관하여 자료를 제공하라 :** 영업사원이 다르게 처리되어야 할 필요가 있는 영역들에 관하여 다음과 같이 질문할 필요가 있다. "다음번에 그것을 다르게 한다면, 그것이 당신에게 어떤 의미가 있을까요?"
- **영업사원에게 무엇이 잘 되었고 무엇을 다르게 처리되어야 하는지를 요약하도록 요청하라 :** 여기에 중요한 점이 있다. 영업사원이 요약하는 것이지 영업 관리자가 하는 것이 아니다. 이것은 개선에 대한 영업사원의 책임감을 갖게 하는 데에 도움을 준다.
- **공동으로 실행 계획서를 작성하고 그 계획에 영업사원이 전념할 수 있게 하라 :** 코칭은 영업사원이 개발한 실행 계획서로 끝이 나지만 필요하다면 영업 관리자의 도움을 받는다. 실행 계획서가 없다면, 기껏해야 영업 관리자와 영업사원은 흥미 위주의 대화만 한 것이 되고 만다. 코칭이라는 것은 흥미 위주의 대화가 아니다. 목적이 있는 대화이다.
- **영업사원에게 감사의 뜻을 표하며 코칭을 종결하라.**

네 번째, 사후 관리

코칭은 잘되고 있는 것에 대한 강화이며, 다르게 처리해야 할 필요가 있는 것에 대해 격려하는 과정이다. 격려한 것이 잘 이루어지고 있는지 다르게 처리해야 할 것이 실제로 그렇게 되고 있는지를 알 수 있는 유일한 방법이 있다. 그것은 사후 관리를 통해서이다. 사후 관리 또한 영업 관리자의 기대에 관하여 명확한 메시지를 보내 준다.

영업 관리자는 어떻게 사후 관리를 하는가?

- **다시 관찰하라 :** 영업사원을 만나서 당신이 기대하고 있는 것을 점검하라. 지금 일어나고 있는 것은 당신이 코칭한 것인가? 영업사원들이 잘하고 있는 것들을 계속해서 하고 있는가? 다르게 처리해야 할 것들을 실천하고 있는가? 관찰은 이러한 질문에 대한 답변을 제공한다.
- **개선이나 도전적인 사항들을 평가하라 :** 변화는 점진적인 과정이다. 변화의 진행 과정 어디쯤 와 있는가 보라.
- **다시 코칭하라 :** 앞으로 전진한 것에 대하여 칭찬하고, 다르게 처리되어야 할 필요성을 강화하라. 코칭은 하나의 이벤트가 아니다. 진행 중인 과정이다. 당신이 원하는 만큼 변화가 빨리 일어나지 않는다고 낙담하지 마라. 변화는 시간이 걸린다.

우리가 방금 다루었던 효과적인 코칭 방법에 대해 간략히 요약하면 다음과 같다.

- 첫째, 영업 관리자는 고객들과 상호작용하는 영업사원을 관찰한다.
- 둘째, 영업 관리자는 영업사원과 관찰한 것에 관하여 토론한다.
- 셋째, 영업 관리자와 영업사원은 실행 계획서를 작성한다.
- 넷째, 영업 관리자는 실행 계획서를 사후 관리를 한다.

(영업 관리자로서 당신이 기대하고 있는 것을 점검하시오.)

코칭 대상과 우선순위를 정하라

누구를 코칭하는 데에 시간을 보내야 하나

영업 관리자들은 어떤 영업사원과 얼마만큼의 시간을 보내며 코칭을 해야 하는지를 어떻게 결정하는가? 첫째, 결과를 평가하라그들의 목표 대비 그들의 결과. 둘째, 예비 고객들과 함께 있을 때 혹은 예비 고객들에게 전화를 할 때 그들을 관찰하라. 신규 영업사원들은 보통 경력이 있는 영업사원들보다 영업 관리자들을 더 필요로 한다. 이러한 초기의 시간 할애는 영업사원들의 생산성 향상으로 이어지고 추후에 할애하는 시간이 적어지게 한다.

챔피언과 함께하다

영업 현장에서 코칭을 실시하는 경우 그 대상은 십중팔구 저성과자들이다. 핵심 인재들이나 예비 승진자들을 대상으로 실시하는 경우도 없지는 않지만 드문 것이 사실이다. 이처럼 대부분의 기업들은 저성과자들을 변화시키기 위해 많은 시간과 비용을 투자한다. 이는 그들로 인한 고민이 크다는 사실을 보여주는 것이다.

당신이 영업 관리자라면 열등한 영업사원과 유능한 영업사원 중 누구와 더 많은 시간을 보내겠는가? 갤럽의 벤슨 스미스와 토니 루티글리아노는 평범한 영업 관리자와 뛰어난 영업 관리자의 차이가 어떤 영업사원에게 시간을 할애하느냐에 따라 결정된다고 말한다. 그들에 따르면, 평범한 영업 관리자들은 공평함의 신화를 믿는다. 모든 영업사원은 같은 방식으로 관리해야 한다고 생각하며 편애하지 않으려고 노력한다. 그러나 유능한 영업 관리자들은 다른 노력을 기울인다.

누구에게 초점을 맞출 것인가

다음의 그림은 유능한 영업 관리자들이 영업사원들에게 어떻게 시간을 분배했는지를 보여준다.

그림을 보면 유능한 영업 관리자들은 '생존자'들을 위해 10% 정도의 시간밖에 할애하지 않는다는 것을 알 수 있다. 그런데 일반 영업 조직에서 생존자 그룹에 해당하는 영업사원들이 30%에서 많게는 60%나 된다. 이들은 영업을 그럭저럭 해나가기에 충분한 스킬과 경험을 가지고 있는 사람들이다. 그러나 거기까지다. 현상 유지 단계에 머물러 그 이상 노력하지도 성장하지도 않는다. 이들에게는 시간과 노력을 쏟아 부어도 별다른 효과가 나타나지 않는다.

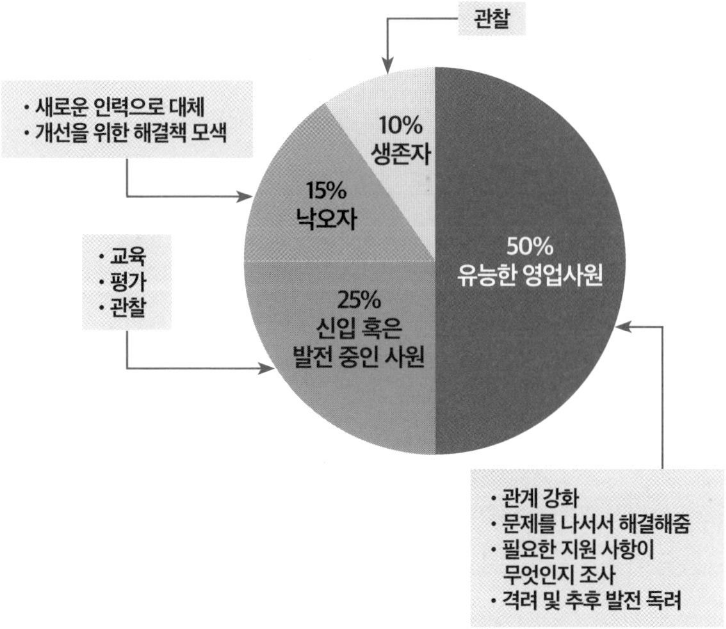

출처: 벤슨 스미스(Benson Smith)·토니 루티글리아노(Tony Rutigliaano), 2003《최고 판매를 달성하는 강점혁명Discover Your Sales Strength》

전이나 후나 마찬가지다. 이들의 실적을 높이는 유일한 방법은 의무 할당량을 높이는 방법뿐이다.

모든 것이 새로운 신입사원들에게는 당연히 영업 관리자의 관심과 지원이 뒤따라야 한다. 영업 관리자가 할 일이 많다. 하지만 몇 가지 훈련 프로그램을 활용하면 그들이 올바른 시작과 적응을 하는 데 필요한 모든 것을 어렵지 않게 제공할 수 있다. 아무튼 신입사원들은 영업 관리자들이 두 번째로 많은 시간을 할애하는 중요한 사람들이다.

문제는 최악이라 할 수 있는 '낙오자' 그룹에 들어 있는 영업사원들이다. 단적으로 말하면, 최악의 영업사원들은 과감히 교체하는 것이 최선이다. 현실적으로 그럴 사정이 못 된다면 성장할 수 있게끔 도와주어야 한다. 하지만 많은 시간을 할애하지 않는 것이 좋다. 많은 시간을 들이는 것은 서로에게 비효과적이기 때문이다. 그런데도 이들과 함께 필요 이상의 시간을 보내는 영업 관리자들이 많다. 그들의 생각은 이렇다.

'너무 비인간적이지 않습니까?', '열등한 영업사원들과 함께 시간을 보내지 않으면 어떻게 그들이 성장하도록 도와줄 수 있습니까?', '유능한 영업사원들은 더 가르칠 것도 없습니다', '개선의 여지가 큰 영업사원과 시간을 보내는 것이 훨씬 효과적입니다'….

물론 열등한 영업사원들도 시간을 투자하면 많은 것을 배우고 성장할 수 있을 것이다. 그러나 엄연한 한계가 있다. 실패에서 배우는 것으로는 성공에 대해 많은 것들을 배울 수 없다. 과제를 해결하는 방법들도 대부분은 잘못된 것들이며 제대로 된 것은 극히 드물다. 잘못된 것들을 가려내는 식으로는 결코 올바른 방식을 추구할 수 없다. 성공은 실패의 반대가 아니다. 둘은 그저 다를 뿐이다.

경영 현장을 돌아보면 '칭찬은 짧게, 질책은 길게' 하는 경우를 너무도 많이 접하게 된다. 엉뚱한 곳에 시간을 쓰는 경영자들이 많은 탓이다. 실적에 대한 철저한 원인 분석이라는 명분으로 서너 시간 동안 화장실도 가지 않은 채 영업 담당자들을 세워놓고 저조한 실적의 책임을 따진다. 주로 추궁과 질책의 소리가 난무한다. 대안이 발표되지만 궁색한 변명이나 재발 방지책 정도에 그치는 경우가 허다하다. 그와 비슷한 풍경이 다음 달에도, 그다음 달에도 이어질 것이다. 바꿔야 한다.

최강의 영업조직을 만들려면

유능한 영업 관리자들은 챔피언, 즉 유능한 영업사원에게 초점을 맞춘다. 그와 함께 가장 많은 시간을 보낸다. 그의 고민을 들어주고 필요한 것을 지원하는 데 소홀하면 안 되기 때문이다.

유능한 영업사원들은 강사가 아니라 청중을 좋아한다. 그들은 교훈이나 노하우를 알려주는 강사보다 자신의 업적을 증언해줄 사람들을 원한다. 영업 관리자의 역할은 그들이 바라는 인정과 보상을 해주어 그들이 더욱 최선을 다하도록 만드는 것이다. 회의 시간에 칭찬을 하거나 공개적인 자리에서 시상을 하는 방법이 있다. 아니면 성공 사례 발표 등의 방법으로 사람들 앞에서 자신을 드러낼 수 있게 하는 것도 좋다.

벤슨 스미스와 토니 루티글리아노의 연구 결과에 따르면, 영업 관리자의 관심과 배려가 영업사원의 실적을 20%가량 개선시킨다고 한다. 관심이 줄어들면 실적도 그만큼 떨어졌다. 영업 관리자로서 유능한 영업사원과 열등한 영업사원을 동등하게 대할 수도 있을 것이다. 그러나 회사 입장에서 볼 때 유능한 영업사원의 실적 20%는 평범하거나 열등한 영업사원의 20%보다 훨씬 큰 비중을 차지한다. 영업 관리자인 당신이 실적과 관계없이 계속해서 영업사원들을 같은 수준으로 대한다면 전체 실적이 점점 악화되는 상황을 맞게 될 것이다. 그래도 자신의 선택을 고수하겠는가? 그 선택이 조직에서 당신의 가치를 좌우할 것이다.

최강의 영업조직을 만들고 싶은가? 가장 좋은 방법은 유능한 영업사원과 더 많은 시간을 보내는 것이다.

관찰할 수 없을 때의 코칭

실제로 전화를 하는 동안에 그 영업사원을 관찰한 후 코칭이 가장 잘 이루어진다. 그러나 그것이 항상 가능하지 않다. 그래서 성공하는 영업 관리자들은 또 다른 방법을 사용한다. 영업 관리자는 영업사원이 했던 특정 활동에 관하여 질문을 한다. 질문들은 영업사원이 활동 시 사용했던 기술의 예를 확보하는 데에 집중되어 있다. 다음이 그 예이다.

영업 관리자 : 어제 당신이 방문했던 고객에 관해서 이야기 좀 하고 싶습니다. 그 고객방문은 이번 주 당신의 목표 목록에 있는 것들 중의 하나였어요. 그리고 어떻게 되었는지 궁금합니다. 특히 고객 방문 시에 사용했던 질문들에 관심이 있어요. 어떤가요?

영업사원 : 좋습니다. 제품 5개를 주문할 것 같습니다.

영업 관리자 : 만약 그렇게 된다면 이번 목표달성에 큰 도움이 되겠네요. 관계 구축에서 고객 니즈파악 단계로 이동하기 위하여 했던 질문들을 공유해 보면 어떨까요?

영업사원 : 글쎄요. 고객이 가장 좋아하는 골프에 관하여 몇 분 동안 이야기 한 후에 몇 가지 질문을 해도 되는지를 물어보았습니다.

영업 관리자 : 그 질문을 어떻게 했습니까?

영업사원 : 음, 저희 상품에 관하여 말씀드리기 전에 몇 가지 여쭈어 봐도 될까요?'라고 말했어요.

영업 관리자 : 좋은 질문이에요. 그것은 그 예비 고객에게 당신이 무엇을 팔려고 하는 것보다 그가 원하는 것에 더 관심이 있다는 것을 보여줍니다. 그 사람은 어떻게 반응했나요?

영업사원 : 좋아하는 것 같았어요.

영업 관리자 : 그다음에 한 질문들은 무엇인가요?

영업사원 : 저는 요즘 그 제품들을 어떻게 사용하는지, 그것들을 위해 무엇을 지불하고 있는지 그리고 얼마나 자주 주문하는지 등을 물었어요.

영업 관리자 : 그런 질문들을 어떻게 말로 표현했는지를 말씀해 보세요.

이렇게 계속해서 코칭을 이어가면 된다.

Sales Innovation MBA

단계별 코칭 가이드

코칭을 숙달하기까지는 기본적으로 세 단계를 거쳐야 한다. 코칭은 하룻밤 사이에 숙달할 수 있는 것이 아니며, 많은 노력이 필요하다. 영업 관리자의 코칭을 세 단계로 요약하면 다음과 같다.

- **제 1단계 :** 코칭을 받을 영업사원에게 기본적인 코칭 과정(코칭 대화모델)을 이해시킨다.
- **제 2단계 :** 코칭 기술을 활용해 영업사원과 함께 문제의 핵심을 파악하고, 그가 장애 요소를 제거할 수 있도록 지원한다.
- **제 3단계 :** 영업 관리자와 영업사원 간에 신뢰 관계, 즉 파트너십을 구축한다.

이 세 단계를 위한 각본이나 공식은 존재하지 않는다. 영업사원 코칭을 할 수 있는 기계적인 방식이란 이 세상에 없다. 효과적인 코칭을 하기 위해서는 코칭 기술과 코칭에 대한 집중력과 헌신적인 노력이 반드시 필요하다. 효과적인 코칭을 하기 위한 공식이 따로 정해져 있는 것은 아니지만, 아래의 6단계를 착실히 훈련한다면, 코칭의 기초를 탄탄히 다질 수 있을 것이다.

1단계 : 코칭 준비하기

2단계 : 오프닝

3단계 : 인식과 요구 파악하기

4단계 : 장애 요소를 파악하고 제거하기

5단계 : 실천 계획으로 마무리하기

6단계 : 사후 점검하기

위의 6단계를 따라가다 보면 이 과정이 영업사원 코칭의 전형적인 매뉴얼이라고 생각될 수도 있다. 그러나 필자의 개인적인 경험에 비추어 볼 때, 이것이 꼭 최선의 방법은 아니다. 정해놓고 공식적으로 하는 코칭도 중요하지만 언제든지 어디서든지 간에, 예를 들면 복도 같은 곳이나 또는 활동 중에도 수시로 영업사원에게 코칭을 제공할 수 있기 때문이다.

1단계 : 코칭 준비하기

코칭 준비에는 많은 시간이 걸리지 않는다. 그러나 다음과 같은 네 가지 사항을 정리할 필요는 있다.

- 코칭을 통해 얻고자 하는 것은 무엇인가?
- 영업 관리자는 긍정적인 피드백으로서 어떤 내용을 제공할 것인가?
- 영업사원에게서 개선의 여지가 있는 부분은 구체적으로 무엇인가?
- 영업사원의 반응은 어떠할 것인가?

코칭 세션을 준비하는 데는 그리 오랜 시간이 걸리지 않는다. 활동 중에 일어나는 즉석 코칭은 채 몇 분도 걸리지 않는다. 무엇보다도 코칭 세션의 목표를 구체적으로 설정하는 것이 중요하다. 코칭 세션에서 어떤 성과를 달성하고자 하는지 자신도 모르는 영업 관리자는 분명한 목표가 있는 영업 관리자에 비해 효과적인 코칭을 진행할 가능성이 현저하게 떨어진다. 예를 들면, "나는 어떠한 결과를 원합니다"와 같이 긍정적인 목표를 설정하고, 영업사원에게 전달하는 것은 목표를 달성하는 데 훨씬 도움이 된다.

한 영업 관리자가 팀 회의 중에 심각한 고객 문제가 발생했다는 것을 처음 듣게 되었다. 그가 생각하는 코칭은 영업사원에게 "다음에는 문제가 발생하면 내게 즉각적으로 보고해. 알았어?"라고 명령하는 것이었다. 그는 영업사원에게 문제가 발생하는 부정적인 상황에 대해서만 지시했지, 문제가 발생한 원인에 대해서는 묻지 않았다. 그는 "왜 이런 일이 벌어진 거지?"라고 물을 수도 있었다. 아니면 좀 더 이상적으로 "다시는 이런 일이 발생하지 않게 하려면 우리가 무엇을 해야 할까?"라고 말하며 함께 대안을 탐색해 나갈 수도 있었다.

물론 영업 관리자가 설정하는 목표는 전체 그림 중 일부분에 지나지 않는다. 영업 관리자는 상황에 대한 영업사원의 관점과 그 상황을 개선하기 위한 직원의 의견도 경청해야 한다. 어쨌든 영업 관리자는 영업사원과 함께 코칭 세션의 출발점이 되는 구체적인 목표를 설정해야 하며, 목표의 기한과 책임 소재도 분명하게 정해야 한다.

2단계 : 오프닝

오프닝 단계에서는 영업사원 코칭에서 매우 중요한 두 가지 작업이 이루어져야 한다. 그중 첫 번째는 코치와 영업사원 간에 친근감을 구축하는 것이고, 두 번째는 코칭 세션의 목적을 분명하게 언급하는 것이다.

● 친근감 구축하기

오프닝 단계에서는 인간적인 면을 잊지 않는 것이 중요하다. 좋지 않은 소식, 예를 들면 고객의 불만, 판매 감소, 실패한 판매 전화, 실망스러운 실적 등을 전해야 하는 입장에 있는 영업 관리자는 곧장 직설적으로 유감스러운 소식을 전하는 경우가 많다. 그러나 코칭의 필수 요소인 피드백은 영업 관리자와 영업사원 간의 상호작용에 근거한다. 따라서 일방적이고 직설적인 태도는 유의해야 한다. 영업 관리자는 시간을 할애해서 영업사원에게 인사를 하고, 안부를 물어야 한다. 이는 상호 협력을 위한 분위기를 형성하는 데 도움을 준다.

많은 영업 관리자들이 이해해야 할 것 중 하나는 특정 사안에 대해서 엄격한 태도를 취한다고 해서 사람에게까지 엄한 태도를 취할 필요는 없다는 것이다. 사실 사안이나 평가에 대해서는 엄하면서 사람에 대해서는 여유 있는 태도를 취하는 것이 코칭의 목적이기도 하다. 즉석 코칭이든 아니면 좀 더 공식적인 코칭이든지 간에 오프닝 단계에서는 친근감을 구축하는 것에 시간을 할애하는 것이 무척 중요하다.

● 목적 언급하기

오프닝 단계에서는 코칭의 목적을 분명하고 솔직하게 언급하는 것이 중요하다. 코칭 세션은 '마법의 여정'이 아니다. 영업 관리자는 코칭의 구체적인 목적에 대해서 언급함으로써 영업사원의 염려를 덜 수 있다.

코칭의 목적을 언급하는 데 있어 함정이 있다면 영업 관리자가 너무 앞서 나가서 평가와 결론까지 말해 버린다는 것이다. 예를 들어, "심각한 문제가 하나 있네. 바로 자네들이 신규 개척 판매 실적을 올리지 못하고 있다는 것일세. 아예 노력도 하지 않는 것으로 보인단 말이야. 상황이 진전되지 않는다면… 도대체 하루에 몇 통의 전화 영업을 하고 있나?"와 같이 시작하는 것은 너무 앞서 간 좋은 사례다. 코칭의 목적은 평가가 아니라 성장에 있다. 상식적인 사람이라면 이 말을 듣고 평가나 논의가 이미 끝난 상태라는 것을 인지하고, 방어적인 반응을 보일 것이다.

영업 관리자가 성급하게 영업사원에 대해 판단을 내린 또 다른 예로는 "고객은 ○○○ 씨와 통화한 후로 지금 엄청 화가 난 상태야. 알고 있지?"가 있다. 영업 관리자는 자신의 의견을 분명하게 말하고 있지만, 서로 대화할 만한 여지를 남겨두지 않았다.

영업사원에 대해 결론이나 판단을 내리지 않고 목적을 언급하는 것이 훨씬 더 좋은 접근법이다. 이에 대한 좋은 예로는 "신규 사업 부문에서 자네 실적이 떨어진 것으로 보고되었던데, 자네의 신규 사업 목적에 대해 한번 들어 봤으면 좋겠군", "조금 전 ○○○ 씨와의 통화 내용에 대해서 논의하고 싶은데 말이야. 특히…" 등이 있다. 이들 예는 아주 분명하면서도 평가적이지 않다. 더불어 영업사원 스스로 자신의 실적과 상황을 직접 평가할 수 있도록 기반을 마련해 주는 것이 바람직하다.

오프닝 단계에서 코칭의 목적을 직접적이고 분명하게 언급해야 하는 것이 중요하지만, 이 단계가 마무리는 아니라는 점을 잊어서는 안 된다. 오프닝의 목적은 논의할 주제를 정하고, 열린 대화를 시작하는 것이다. 성급한 판단은 열린 논의를 어렵게 만들기 마련이다. 영업 관리자는 개방적이고 진솔한 태도를 취하는 동시에 상황을 평가하지 않으면서 코칭의 목적을 언급해야 한다. 그런 다음에는 코칭을 받는 영업사원의 의견을 경청해야 한다.

3단계 : 인식과 요구 파악하기

오프닝 단계가 어느 정도 진행되었다면 다음으로는 영업사원의 인식과 요구를 제대로 파악해야 한다. 하지만 이것이 현장에서는 잘 실천되지 않는다.

한 영업 관리자는 젊고 똑똑한 영업사원이 거래가 성사될 가능성이 별로 없어 보이는 잠재 고객을 대상으로 헛수고를 하고 있다고 걱정했다. 영업사원은 그 잠재 고객과의 거래를 성사시키기 위해서 많은 시간을 투자했지만, 대부분은 의사 결정권이 없는 실무 담당자와 이야기했다. 영업 관리자가 보기에 이 거래는 가능성이 매우 낮아 보였다. 그래서 다음 코칭 세션의 목표를 '에너지와 자원을 좀 더 전략적으로 투자하기'로 설정했다.

영업 관리자는 영업사원이 고객과의 상담에서 활용할 수 있는 적절한 질문 목록을 미리 작성하고, 결정권이 있는 고객을 공략할 수 있는 전략을 수립하기를 원했다. 그러나 애석하게도 영업 관리자는 그 특정 잠재 고객에게 더 이상 시간이나 자원을 할애하지 말라는 말로 코칭 세션을 시작했다. 이에 영업사원은 방어적인 태도를 취했으며, 코칭은 분노로 얼룩진 침묵 속에서 끝이 났다.

만약 영업 관리자가 영업사원에게 스스로 평가할 수 있는 질문으로 시작했더라면, 의사결정권이 없어 보이는 잠재 고객의 주변 사람과 주로 이야기했지만, 그에게 아주 중요한 거래를 할 수 있는 가능성이 충분했다는 것을 알 수도 있었을 것이다. 몇 가지 질문만 했더라면 경제적인 구매자 공략의 가치에 대해 논의하는 기회가 되었을 것이다. 더욱 중요한 것은 그 영업사원이 최종 의사 결정자를 직접 공략하는 것에 대해 두려움이 있다는 사실도 발견할 수 있었을 것이다.

영업 관리자는 코칭을 시작하면서 강력하고 유용한 목표를 설정했다. 그러나 그는 이야기의 절반, 즉 자신의 이야기밖에 듣지 못했다. 15분 동안의 코칭이 끝난 후에 그에게 남겨진 것은 자신의 이야기뿐이었다.

● 영업사원에게 먼저 말할 기회를 줘라

간단하게 말해서 영업 관리자보다 영업사원이 먼저 말하게 해야 한다. 이 코칭의 황금률은 이해는 쉽지만 실천이 무척 어렵다. 앞에서 언급했듯이 영업 관리자가 평가를 내리기 전에 코칭을 받는 영업사원이 먼저 자신의 생각을 이야기하도록 하는 것이 중요하다. 이때 영업 관리자는 어떤 식으로든 자신의 의견을 피력해서는 안 된다. 심지어는 "그거 꽤 좋군!"과 같이 긍정적인 의견을 이야기하는 데도 주의가 필요하다. 이 간단한 원칙은 목표 달성에 장애가 되는 요소와 이에 대한 감정을 빨리 파악하도록 돕기 때문에 코칭 시간을 단축시킨다.

영업 관리자의 목적은 영업사원이 현안에 대해서 스스로 평가하도록 돕는 것이다. 영업사원이 먼저 이야기를 주도하도록 하려면 코치가 물어야 하는 세 가지 핵심 질문은 다음과 같다.

첫 번째는 현안에 대해서 어떻게 생각하는지를 묻는 것이다. 예를 들면, “진행 상황에 대해서 어떻게 생각하는가?”, “무슨 일인가?”, “그 일이 어떻게 되어 가나?”, “상황이 이렇게 된 이유는 무엇인가?”, “무엇을 원하는가?”와 같이 묻는 식이다.

작년에 필자는 이러한 질문으로 코칭을 시작하는 영업 관리자들이 늘고 있음을 발견했다. 문제는 이런 질문들에 영업사원들이 일반적인 대답 정도로 아주 짧게 한다는 것이다. 그러면 영업 관리자들은 순식간에 주도권을 쟁취하고는 다시 원래의 말하기 모드로 전환한다.

이처럼 영업사원들이 제한적인 대답을 하는 경우가 종종 발생하므로 진정한 코칭 대화를 이어 가기 위해서 영업 관리자는 적어도 다음과 같은 두 가지 질문을 추가로 해야 한다. 그중 하나는 “자네가 잘한 것은 무엇인가?”, “긍정적인 측면은 무엇인가? 구체적으로 답해 보게”와 같이 긍정적인 측면에 초점을 맞추는 것이다. 그리고 다른 하나는 “개선의 여지가 있는 부분은 무엇인가?”, “자네(혹은 우리)가 무엇을 더 잘할 수 있었을까? 구체적으로 답해 보게”와 같이 대안을 탐색하는 과정에 집중하는 것이다.

영업 관리자는 이와 같은 세 가지 형태의 질문을 던짐으로써 영업사원의 인식을 일깨우고 성장과 몰입으로 이어지도록 도울 수 있다. 예를 들어, 영업 관리자는 “보고서를 보니 자네 실적이 떨어졌더군. 신규 사업에 관해서 이야기해 볼까?”로 시작한 다음 “자네의 신규 사업 확보 노력은 어떻게 되어 가고 있나?”로 넘어갈 수 있다. 이와 같은 접근법은 코칭을 받는 영업사원이 스스로 생각하고, 자신의 업무에 대해 평가하며, 성실성을 유지할 수 있도록 기회를 제공한다. 또한 스스로 목표를 성취하는 데 장애가 되는 요소를 파악하고, 성장을 위한 책임을 지도록 유도한다.

일단 코칭을 받는 영업사원이 무슨 일이 일어나고 있는지, 현 상황은 어떤지, 왜 그런 일이 발생했는지 등에 관해 자신의 의견을 피력한 다음에는 영업 관리자가 자신의 의견을 피력한다. 그러나 전형적인 영업 관리자는 오프닝 시에 다음 두 가지 중 하나를 시도하기 마련이다. 즉, 영업사원에게 뭐가 제대로 진행되었고, 반대로 뭐가 잘못 진행되었는지 곧바로 자신의 생각을 말하거나 형식적으로만 그의 생각을 물어보는 것이다. 만약 영업사원이 "별로 좋지 않아요. 거래를 성사시키지 못할 것 같아요."와 같이 일반적인 대답을 간단히 말하면 영업 관리자는 그 즉시 상황에 대한 자신의 평가를 늘어놓는 경우가 대부분이다.

영업 관리자는 사전 코칭 준비를 해야 하는 동시에 자신이 '상사'라는 덫에 걸려서는 안 된다. 자신이 상사라는 생각에서는 장애요소와 해결 방안을 확신한 채 코칭에 참가한다. 만일 영업 관리자가 장애요소를 잘못 진단한다면 기존의 문제에다 새로운 문제까지 더하는 셈이 된다. 그뿐만 아니라 코칭 초반에 영업사원에게 의견을 피력할 기회를 주지 않을 경우, 현안에 대한 그의 전체적인 인식은 물론, 그가 무엇을 이해하고, 무엇을 이해하지 못하고 있는지에 대한 통찰을 전혀 확보할 수 없다.

그런데 때때로 영업사원이 영업 관리자로 하여금 '전문가이자 상사'라는 생각을 견지하도록 만들기도 한다. 명령을 받는 것에 익숙한 영업사원은 영업 관리자로부터 해답을 듣기를 원한다. 그들은 영업 관리자가 '상사' 모자를 쓰고, 뭐가 좋고 나쁜지, 어떤 조처를 해야 하는지 말해 주기를 유도한다.

대부분의 영업사원들은 자신을 스스로 평가하도록 요청받는 경우가 드물어서 이러한 요청을 받을 때면 의심부터 한다. 심지어 그런 요청을 함정이라고 여기는 이들도 있다. 또한 "팀장님이 지휘권을 쥐고 있으니까, 제가 무엇을 해야 할지 그냥 말씀해 주세요!" 혹은 "부장님이 원하는 게 있으실 것 아니에요. 그냥 제게 그걸 말씀해 주세요"와 같은 말을 하면서 책임을 피하려 하기도 한다.

코칭의 가치를 확고하게 믿고, 효과적으로 코칭하는 법을 알고 있는 영업 관리자가 아니라면 영업사원의 이러한 요청에 순간적으로 넘어갈 수밖에 없다. 그러나 자신들의 발전을 위해서 영업사원들 스스로 평가하는 방법을 알아야 한다고 믿는 영업 관리자는 당사자들에게 책임을 지게 할 것이다.

영업 관리자는 매일 이것을 훈련시킬 수 있는 기회를 얻는다. 영업사원이 "제 수행도가 어땠습니까?" 혹은 "그 일에 대해서 어떻게 해야 할까요?"와 같이 질문할 경우, 코치의 역할로 돌아가 "자네의 수행도가 스스로 어땠다고 판단되는가?" 혹은 "개인적으로 몇 가지 아이디어가 있지만, 먼저 자네의 의견을 듣고 싶네."라고 말해 줄 수 있다. 영업 관리자가 이렇게 했을 때 영업사원들이 저항하거나 머뭇거려도 끈질기게 그들의 자기 평가를 장려해야 한다. 영업사원이 자기 평가를 한 다음에야 영업 관리자는 비로소 자신의 의견을 피력하면 된다. 누구나 맹점을 가지고 있으므로, 영업 관리자의 의견도 필요하다. 단, 영업사원이 먼저 자신의 의견을 피력한 다음에 해야 한다.

이는 물론 실천이 어렵다. 거의 누구나 '상대방이 먼저 말하도록 하라'라는 개념을 머릿속으로는 이해한다. 하지만 그것을 실천하는 것은 전혀 다른 문제다. 어쨌든 이것은 코치 역할과 상사 역할 간에 중요한 차이점을 만든다. 이는 영업사원에게 권한을 부여하는 가장 실용적이고 강력한 방식이다.

실적 개선을 뛰어넘는 '후광 효과'란 바로 함께 일하는 직원들이 점점 독립적으로 변하는 것을 말한다. 어떤 기업은 사명선언문에서 "좋은 영업 관리자는 부재 시 직원들이 필요로 하지 않는 영업 관리자다"라고 명시하기까지 했다. 즉, 좋은 영업 관리자는 직원들이 독립적으로 활동할 수 있도록 그들의 발전을 도모한다는 것이다. 한 영업 관리자는 이를 가리켜 "내 임무는 직원들이 나보다 뛰어나도록 만드는 것입니다"라고 말하기도 했다.

● 공통점을 강화하고, 자신의 의견을 피력하라

좋은 영업 관리자란 상대방의 이야기를 경청하는 사람이다. 일단 영업사원이 자기 평가를 하고 나면, 영업 관리자는 서로 의견이 다른 부분에 대해서 각자의 생각을 피력할 수 있다. 경청을 통해서 이와 같은 부분을 발견하는 것이 코치로서 영업 관리자의 역할이다. 한 예로, 최근 국내 대기업에 근무하는 두 직원이 함께 고객을 만난 적이 있었다. 그중 한 명은 지역 영업 담당자였고, 나머지 한 명은 엔지니어였다. 고객과의 미팅이 끝난 후에 엔지니어가 다음 단계를 요약하기 시작했다. 그러자 지역 영업 담당자가 끼어들더니 적대적인 태도로 "내가 지역 영업 담당자야. 고객의 전화를 받고, 매일 고객과 일하는 사람은 나라고. 그런데 자네는 나의 체면을 깎아내렸어. 혼자서 회의를 독점했다고!"라며 화가 나서 말했다.

그러자 엔지니어도 방어적으로 대응하며 "음, 내가 제품에 대해 잘 알고 있으니까…"라고 응수했다. 두 사람 간의 대립은 막다른 골목에 다다랐으며, 그들은 상대방에게 화가 난 채로 자리를 떠났다. 결과는 서로에 대한 적대적인 감정의 발생과 고객에 대한 계획의 부재로 나타났다. 두 사람은 고객이 아니라 내부 경쟁에 에너지를 쏟았던 것이다. 그들이 제대로 된 코칭 기술을 가졌다면 상황은 더 좋은 결과를 낳을 수도 있었다.

사실 이 두 사람의 목적은 똑같았다. 엔지니어는 매일 고객과 연락할 의도가 전혀 없었고, 지역 영업 담당자는 엔지니어의 역할을 할 의사가 전혀 없었다. 그러나 이 둘에게는 동료 코칭을 할 수 있는 역량이 없었다. 이상적으로 둘 중 한 명이 서로 간의 공통점을 발견할 수도 있었다. 가령 엔지니어가 "자네가 지역 영업 담당자이고, 매일 고객과 일하는 사람이 자네라는 말에 동의하네"공감, 인정 혹은 "내가 회의를 독점했다고 생각하는군. 이유가 뭐지? 자네는 내 역할이 뭐라고 생각하나?"질문하기, 의견 피력하기라고 물을 수도 있었다. 그리고 그들이 "무슨 말인지 알겠네. 하지만 그것은 아직 잘 이해가 가지 않는군. 내 관점은 다른데 말이야…"와 같은 식으로 말하며, 상대방과 자신의 의견을 조율하면서 합의점에 도달할 수도 있었다.

● **코치로서의 의견을 피력하라**

영업사원이 자신의 실적에 대한 생각을 말하면, 영업 관리자가 그것의 강점과 개선의 여지에 대한 자신의 의견을 피력할 수 있다. 영업 관리자는 자신이 말할 차례가 오면, "내 의견은 말이야…… 그리고 그 이유는…" 등과 같이 말함으로써 영업사원에게 긍정적인 영향을 미칠 수도 있다. 먼저 구체적인 예를 들어 강점에 대해 말하고, 그다음 개선의 여지가 있는 부분을 말하는 것이 유용하다.

이때 영업 관리자가 영업사원의 의견을 경청한 다음 자신의 의견을 피력하는 것이 중요하다. 영업 관리자는 영업사원이 당면한 장애요소와 관련하여 경험, 지식 및 태도 등을 바탕으로 '최상의 추측'을 하겠지만, 그 추측은 전체 그림의 일부에 지나지 않는다. 즉, 자신의 의견만을 반영할 뿐이다. 바로 핵심 데이터, 즉 코칭을 받는 사람의 의견이 빠진 것이다.

4단계 : 장애요소 제거하기

유능한 영업 관리자는 장애 요소에 대해 집중적인 접근법을 취한다. 먼저 간략하게 점검한 다음 더욱 심층적으로 살펴보고, 마지막으로 영업사원이 장애 요소를 제거하도록 돕는다.

무엇인가를 바로잡기 전에 해야 할 일은 바로 문제가 있음을 인정하는 것이다. 근본적인 의견 차이가 있을 때, 영업 관리자는 이를 해결하기 위해서 질문을 던진다. 그런 다음 예를 들어가면서 구체적인 피드백을 반복한다. 물론 이 방법이 효과가 없을 때는 자신의 직위를 이용하여 표준, 목표 및 비전을 재차 강조하면서 일정한 행동 변화를 요구할 수 있다. 그러나 장애 요소와 관련하여 집중적으로 회의를 진행한다면 대부분은 의견 취합이 가능하다. 이러한 의사소통 없이 일방적인 입장을 강행할 경우, 그들은 최소한의 노력만을 기울일 것이다. 사람들은 결국 자신이 원하는 방식대로 일하기 마련이다. 따라서 다른 이들의 의견을 경청하는 것이 중요하다.

● 영업사원이 해결책을 제안하도록 유도하라

일단 주요 장애 요소가 파악되고 이해되면 장애 요소를 제거하는 작업이 시작된다. 장애 요소 제거 작업은 영업 관리자가 '상사' 역할을 하도록 유혹을 받는 또 다른 작업이다. 장애 요소 제거 과정은 다음과 같이 이루어진다.

- 영업사원에게 원하는 결과를 설명하도록 요청한다.
- 영업사원에게 선택 안을 제시하도록 요청한다.
- 영업사원에게 코칭의 결과나 다음 단계를 제안하도록 요청한다.

일단 문제가 파악되면 대부분의 영업 관리자들은 영업사원에게 무엇을 해야 하는지 알려 준다. 물론 영업 관리자의 지시가 지금 당장 문제를 해결할 수는 있지만, 다음에 발생하는 문제를 해결해 주지는 못한다. 코칭을 받는 영업사원에게 아이디어, 다음 단계 또는 작전 계획 등을 물어보면 놀라운 경험을 하게 될 것이다.

다음은 발전적인 코칭 세션의 사례다. 이 세션에서는 10분 동안 형편없는 사후 점검으로 인해 성난 고객의 불만에 관해 논의했다.

영업 관리자 : 이 시점에서 무엇을 해야 할까?

영업사원 : 제가 월요일 아침에 출근하자마자 고객에게 전화하겠습니다. (오늘은 금요일이다.)

영업 관리자 : '(월요일? 왜 지금 당장이 아니고?'라고 속으로 생각하며) 월요일? 왜 월요일인가? 이 문제의 우선순위는 어떻게 되는가?

'상사' 모드에 있는 영업 관리자라면 "당장 고객에게 전화하게."라는 지시를 내릴 것이다. 그렇게 되면 고객에 대한 문제는 당장 그 자리에서 해결된다. 그러나 문제의 긴박성, 우선순위 선정 및 사후 점검 등과 관련된 영업사원의 문제가 해결되지 못한 채 계속 이어질 것이다. 코칭을 도입하면 영업사원이 어느 상태에 있는지 파악할 수 있다. 코칭의 목적은 코칭을 받는 영업사원이 자신의 장애 요소를 파악하고 그것을 극복하도록 돕는 것이다. 일단 장애 요소가 파악되면 "음, 자네 혹은 우리가 무엇을 해야 한다고 생각하는가?"와 같은 질문을 함으로써 문제 해결을 위한 첫발을 내디딜 수 있다. 영업 관리자가 영업사원의 계획을 평가할 때는 '무엇'과 '어떻게'를 구분해야 한다. 즉, 무엇을 할지는 정하고, 어떤 방법으로 그것을 할지를 정하도록 도울 수 있어야 한다.

다행인 점은 영업사원이 내놓는 해결책이 영업 관리자의 기대를 능가하는 경우도 많다는 것이다. 코칭을 받는 영업사원이 해결책을 제시하지 못할 경우, 영업 관리자는 영업사원이 자신의 권한 내에서 할 수 있는 일에 초점을 맞추도록 더욱 독려할 수 있다. 자신이 직접 모든 일을 처리함으로써 너무 많은 책임을 지는 영업 관리자들이 많다. 코치는 자신이 아니라 영업사원에게 책임을 부여해야 한다. 계속해서 영업사원이 아무런 해결책도 제시하지 못할 경우에는 해답보다는 선택안이나 아이디어를 제공하도록 한다. 이때 중요한 것은 이것을 출발점으로 삼아 영업사원이 선택안이나 아이디어에 대해 생각하는 바와 그 이유를 묻는 것이다.

때때로 영업사원들은 자신의 권한 밖에 있는 해결책을 제시하기도 한다. 예를 들어, 훈련 세미나 참가, 행정 지원 확보 또는 영업 관리자에게 책임부여 등을 제안하기도 한다. 이런 경우 영업 관리자는 절대 미끼를 물어서는 안 된다. 물론 이러한 아이디어에도 장점이 있고 실행이 가능하겠지만, 중요한 것은 영업사원 스스로가 책임을 지도록 하는 것이다. 그들의 아이디어를 인정하고 고려한 다음에 "그런데 지금 당장 자네의 권한 범위 내에서 할 수 있는 일은 무엇인가?"라는 질문을 하도록 해야 한다.

훌륭한 코칭이 가져오는 성과 중 하나는 코칭을 받는 사람의 내면이 긍정적으로 변하는 것이다. 굳이 영업이 아니라 인생의 모든 측면에서 성공을 거두는 사람들은 내면적으로 성숙하는 큰 변화를 겪게 된다. 이들은 이러한 변화를 통해 자신이 무엇인가를 해낼 수 있다고 확신하며, 자신이 하는 일이 성공에 큰 기여를 한다고 믿게 된다. 그에 반해 부정적인 사람들은 자신이 나쁜 일에 휘말린다고 생각한다. 이들은 자신의 일이 실패하는 이유를 '운이 나빠서', '인맥이 부족해서' 등 외부 환경 탓으로 돌린다.

일단 해결책이 제시되면 코치는 다음 단계의 일들을 지지하기 위해 시범을 보이고, 영업사원을 훈련시켜야 한다. 예를 들어, 특정 상황과 관련된 역할 연기를 하거나, 새로운 아이디어를 위한 브레인스토밍을 하거나, 전략을 검토하는 등 다양한 방식으로 지지를 표현해야 한다.

5단계 : 실행계획으로 마무리하기

영업사원 코칭에서 중요한 것은 점진적인 성장이다. 즉, 큰 성과를 내기 위해서 작은 단계들을 밟아 가는 것이다. 여기서 핵심은 코칭을 받는 영업사원이 실천할 수 있는 한두 가지 구체적이고 합의된 실천 계획으로 코칭 세션을 마무리하는 것이다.

사후 점검을 위해서 구체적인 세부 계획을 세우는 것도 중요하다. 측정과 관찰이 가능한 실천 계획을 세우고, 그것을 실행하기 위한 세부 계획을 짜지 않을 경우 모니터링하기가 무척 어려워진다. 일단 실천 계획이 실행되기 시작하면 영업 관리자는 영업사원에게 이에 대한 요약을 요청해야 한다.

마무리의 최종 단계는 영업 관리자가 영업사원에게 진심이 담긴 격려의 말로 긍정적인 기운을 불어넣는 것이다. "자네가 잘할 거라고 믿네"와 같은 영업 관리자의 진심 어린 말은 영업사원에게 큰 의미를 부여해야 한다. 그리고 적절한 경우에 영업 관리자는 영업사원에게 피드백에 대한 요청을 하는 것이 좋다.

6단계 : 사후 점검하기

사후 점검은 코칭의 효과를 유지하는 데 도움을 줄 뿐만 아니라 책임을 지는 분위기를 형성한다. 더불어 사후 점검은 영업 관리자의 헌신적인 노력을 대변한다. 예전에 한 동료가 "걱정 마. 그 팀장님은 다 잊어버릴 테니까. 항상 그래 왔어"라고 말하는 탓에 코칭이 시간 낭비가 될 뻔한 적이 있었다. 사후 점검을 제대로 하려면 한정된 시간 내에 합의된 실천 계획을 재검토해야 한다. 가령 '그 영업사원이 실행 계획을 잘 실천했는가?', '그렇다면 다음에 그 영업사원이 해야 할 일은 무엇인가?'가 그것이다. 영업 관리자는 약속된 일정에 따라 코칭 대상자였던 영업사원에게 실행 계획을 잘 지켜나갈 것을 독려하고, 제때 사후 점검을 해야 한다. 사후 점검은 집중과 훈련의 일부분일 뿐만 아니라 역할 모델링을 구성하는 데 있어서 중요한 요소다. 영업사원은 영업 관리자가 사후 점검을 할 것이며, 자신의 실행 계획의 수행 여부를 사후 점검할 것으로 예상할 때, 더욱 착실하게 업무를 수행하게 된다.

● 활동 중 코칭

영업사원 코칭의 6단계 과정은 정식 코칭시간이 20~30분 이상일 때 사용할 수 있다. 이들 6단계 과정은 또한 2~8분 정도가 소요되는 즉석 코칭에서도 사용할 수 있다. 급히 코칭을 해야 할 경우에는 자신에게 다음과 같은 질문을 던지도록 한다.

- 문제가 무엇인가?
- 장애 요소가 무엇인가?
- 무엇을 할 수 있는가?

● **매일매일 코칭하기**

코칭은 매일매일 일상에서 이루어지는 것이 이상적이다. 코칭 문화가 발전할수록, 코치의 역할은 영업 관리자를 넘어 동료로까지 확대된다. 코칭은 사무실, 복도, 그 밖에 어디서나 언제든지 일어날 수 있다. 이때 영업 관리자가 달성해야 하는 코칭의 목적은 다음과 같다.

- **매일매일 활동 중에 이루어지는 코칭 :** 이 코칭은 영업사원 코칭 과정의 속기 버전이라고 할 수 있다. 단, 이때 역시 "상대방이 먼저 말하도록 하라"라는 황금률을 잊어서는 안 된다.
- **계획된 코칭 세션 열기 :** 이와 같은 종류의 코칭 세션은 문제가 되는 사건이 발생한 시점에서 최대한 가까운 시일 내에 이루어져야 하며, 약 20~30분이 소요된다. 최소한 매달 한 번 이상은 열려야 한다. 이는 사태가 손을 쓸 수 없을 지경으로 악화하는 것을 방지하기 위해서다.

  영업사원을 대상으로 매월 코칭 세션을 진행하면 더 늦기 전에 실적이 향상되도록 도울 수 있다. 더불어 영업사원이 수치나 메시지를 꺼리는 연례 실적 평가에서 '큰 충격'을 받지 않도록 예방하는 차원에서 도움이 되기도 한다. 기본적으로 월간 코칭 세션을 진행하는 것은 영업 관리자의 책임이다. 그러나 영업사원의 입장에서 먼저 코칭 세션을 제안할 수 있으며, 자신의 발전에 대한 책임을 지도록 노력해야 한다.

  영업사원 코칭의 전체 과정은 많은 시간과 노력을 필요로 한다. 그러나 일단 영업 관리자가 코칭 여정을 시작하면, 그 과정은 스스로 생명력을 얻고 탄력성을 받게 된다.

장애요소 제거하는 코칭 스킬

장애요소 제거하기

영업사원 코칭의 1단계는 댄스 스텝을 알아 가는 것과 같고, 2단계는 음악에 맞춰 댄스 스텝을 밟는 것과 같다. 대부분의 영업 관리자들은 어느 단계에서건 영업사원 코칭을 하지 않는다.

그렇다고 해서 이들이 코칭을 전혀 안 하는 것은 아니다. 다만 이들이 자칭 '코칭' 한다고 할 때 진짜 하는 것은 상사로서 '말하기'일 뿐이다. 심지어는 "그 일이 어떻게 진행되었다고 생각하는가?"라는 질문을 함으로써 직원들을 참여시키는 영업 관리자들조차도 단 몇 분 만에 상사 모드를 취하는 경우가 많다.

코칭의 2단계에서 영업 관리자는 코치로서 영업사원이 당면한 주요 장애 요소가 무엇인지 심층적으로 이해할 수 있어야 한다. 즉, 장애 요소를 파악하고 그것을 제거하는 것이 주된 목적이다. 이때 질문은 장애 요소를 파악하는 데 도움이 된다. 영업 관리자는 질문을 통해 장애요소를 파악하고, 선택안을 탐색하며 해결안을 찾고자 노력해야 한다.

예를 들면, 문제가 되는 것이 '저조한 실적'인 경우에 "장애 요소는 무엇인가? 영업사원의 능력? 기술? 지식? 태도? 노력? 아니면 이들의 조합?"과 같은 질문을 던질 수 있다. 그렇다고 해서 2단계의 전부가 질문하기로만 이루어지는 것은 아니다. 이는 다음 표에 이어지는 대화에서 잘 드러나 있다. 첫 번째 팀 단위의 판매 전화 후 영업 관리자는 그 영업사원에게 '제품 홍보'를 하기 전에 고객과 친근감을 형성하고, 고객의 수요를 파악해야 한다고 지적한 바 있다. 두 번째 팀 단위의 판매 전화에서 첫 번째와 동일한 상황이 발생했다.

이번 코칭 세션을 하기 전에 영업 관리자는 '말하기'보다 '질문하기'와 '경청하기'를 하라는 코칭을 받았다. 다음 대화를 읽을 때 이 점을 염두에 두기를 바란다. 영업 관리자가 언급한 6개 문장 중에서 5개가 질문이라는 점에 주목하라. 그런데도 코칭은 이루어지지 않았다. 이들의 코칭 세션은 다음의 〈표—1〉와 같이 진행되었다.

이 '코칭' 세션은 실화다. 점수를 준다면 몇 점을 주겠는가? 긍정적인 측면을 살펴보자면 영업 관리자는 질문을 하기 위해서 많은 시도를 했다. 그러나 질문의 종류는 다양하다. 유용한 방식으로 좀 더 깊이 파고드는 질문이 있는가 하면, 마치 검사가 하는 것처럼 위압적으로 들리는 질문도 있다. 앞의 영업 관리자는 후자에 해당한다. 문제는 이 상황이 법정 장면이 아니라는 점이다. 영업 관리자가 영업사원에게 질문한 5개 어느 것도 장애요소를 파악하거나 제거하려는 시도를 하지 않았다. 좀 더 깊이 파고드는 질문을 했다면 상황이 어떻게 달라졌을지 〈표—2〉를 통해 살펴보자.

세일즈 코칭은 플라톤의 관점을 바탕으로 한다. 즉, 질문하기는 인간이 스스로 알고 있는 것을 끌어내거나 이해함으로써 이를 바탕으로 영업사원이 성장하고 발전하도록 돕는 데 있어 핵심 요소다. 일방적인 '말하기'보다 '질문하기'를 해야 하는 매력적인 이유를 몇 가지 살펴보자.

<표—1>

대화	비평
영업 관리자 : 이번 상담이 어떻게 진행됐다고 생각하는가? 우리는 얼마나 효과적으로 상담을 진행했는가?	**출발은 좋다 :** 하지만 개선의 여지가 남아 있다: 영업 관리자는 영업사원의 의견을 물었지만 목표를 언급하지 않았다.
영업사원 : 아주 잘 되었다고 생각합니다. 우리 회사가 주문을 따낼 것으로 확신합니다.	
영업 관리자 : 음, 지난번 상담이 끝난 후에 질문을 더 많이 하고, 고객과 친근감을 쌓을 필요가 있다고 자네에게 지적했던 것 기억나나?	**기회를 놓쳤다 :** 영업 관리자는 뭐가 잘 되었는지, 어떤 부분이 개선의 여지가 남아있는지 구체적으로 묻지 않았다. 영업 관리자는 공통점을 찾지 못했다. 영업 관리자는 폐쇄형 질문을 했다. 영업사원은 다소 화가 나고 냉소적으로 보인다.
영업사원 : 아주 생생히요!	

영업 관리자 : 그때 우리가 했던 대화와 지금 우리가 하고 있는 대화 간에 유사점이 보이는가?	**바람직하지 않다 :** 영업 관리자는 영업사원을 구석으로 몰고 있다
영업사원 : 네.	
영업 관리자 : 그 유사점이 무엇인가?	**낭비/부정적 :** 영업 관리자가 영업사원을 다그치고 있다.
영업사원 : 친근감과 질문하기요. 그런데 제가 보기에 이건 너무 감상적인 것 같습니다. 실적이 별 도움이 안 될 것으로 생각합니다.	
영업 관리자 : 음, 그렇다면 더 많은 질문이 더 좋은 상담결과에 기여했을 거라는 생각은 아니라는 건가?	**기회를 놓쳤다 :** 영업 관리자는 장애물을 이해하려는 시도를 하지 않았다. (“너무 감상적?” 그게 왜 실적에 도움이 안 되는 것인가?)
영업사원 : 네. 그랬다면 고객이 그저 두서없이 말을 늘어놓았을 것 같습니다. 친근감이 효과가 있다는 확신이 서지 않습니다.	
영업 관리자 : 회사 방침과 성공적인 영업사원들을 보면 그게 우리 회사에서 업무를 수행하는 방식이라는 걸 잘 알 텐데? 우리 회사 방침은…	**코치가 아니라 상사 :** 영업 관리자는 자신의 직위를 이용하고, “회사 방침”을 내밀었다

- 영업사원은 발언권이 제공될 때 코칭에 반응을 보일 가능성이 크다.
- 대부분의 영업사원은 코칭 과정의 일환으로 의견을 피력하는 것은 선호한다.
- 영업 관리자는 질문하기를 통해 상황이나 문제에 대한 영업사원의 인식을 파악할 수 있다.
- 최적의 학습은 영업사원이 피드백과 문제 해결에 참여할 때 이루어진다.
- 참여는 코치와 영업사원의 문제 해결 과정에 대한 몰입도를 증진시킨다.
- 영업 관리자 또한 배울 기회를 얻게 된다.

<표—2>

대화	비평
코치 : 정말 대단한 상담이었어, 그렇지 않나? 사무실에 전화할 시간도 없었네. 모두 자네 프로젝트에 매달리고 있군….	**더 나은 출발 :** 친근감을 통해 코치가 팀원이라는 것을 알 수 있다.
영업사원 : 정말 그렇습니다.	
코치 : OOO, 지난번 세션에서 친근감과 질문하기에 대해서 논의했었는데, OOO 씨와 상담을 막 마친 지금, 이번 상담이 어땠는지 그리고 구체적으로 친근감과 질문하기를 살펴보았으면 하네. 이번 상담이 어땠다고 생각하는가?	**좋은 출발 :** 코치는 목표를 언급하고, 영업사원의 의견을 물었다.
영업사원 : 아주 잘 진행되었다고 생각합니다! 우리 회사가 주문을 따낼 것으로 확신합니다.	
코치 : 좋아! 이번 주문은 큰 건이 될 거야. 구체적으로 어떤 점 때문에 이번 상담이 잘 진행되었다고 생각하는 건가?	**역시 좋다 :** 코치는 공통점을 찾고, 더 깊게 파고들어가고 있다.
영업사원 : 음, OOO 씨가 내일 전화하라고 말했고, 제품 명세에 대해 물어봤으니까요. 이는 아주 좋은 징조라고 생각합니다. 그리고 저는 고객의 질문에 답하고, 고객에게 실속있는 정보를 제대로 제공했다고 생각합니다.	

코치 : 맞아, 그건 좋은 징조야. 그리고 자네는 제품에 대해서 잘 알고 있더군. (명세) 설명이 특히 맘에 들었어. 아주 명료했어.	**또 다른 플러스 요인 :** 코치는 긍정적인 면을 언급하고 있다.
영업사원 : 감사합니다. 이번 기회에 거는 기대가 큽니다.	
코치 : 좋아. 내 눈에도 그게 보이는군. 000, 이제 상담 내용을 되돌아보고 어떤 부분을 개선할 수 있을지 생각해 보겠나? 자네가 보기에 어떤 부분을 개선할 수 있을 것 같나?	코치는 영업사원의 인식과 개선의 여지가 있는 부분을 좀 더 깊이 파고들기 위해서 질문을 이용하고 있다. 코치는 또한 장애물을 파악하기 위해서 질문을 계속 하고 있다.
영업사원 : 솔직히 개선할 부분이 없는 것 같습니다.	
코치 : 지난번에 우리가 논의했던 친근감과 질문하기는 어떤가?	코치는 장애물을 파악하기 위해서 지시적 질문을 계속 하고 있다.
영업사원 : 친근감과 질문하기라. 제 개인적으로 이건 너무 감상적인 것 같습니다. 실적에 별 도움이 안 된다고 생각합니다.	
코치 : "너무 감상적"이라니 무슨 뜻인가? 그리고 친근감이 "실적에 별 도움이 안 된다"는 것이 무슨 뜻인가?	코치가 중요한 발견을 하기 시작한다: 장애물은 친근감에 대한 태도인 듯이 보인다. 또는 공감 기술이나 질문 노하우 부족으로 보인다. 코치는 영업사원이 저항하는 이유를 알아내야 한다. 코치는 좀 더 깊이 파고들고 있다.
영업사원 : 그러니까 000 씨가 우리 의도를 꿰뚫어보고 입을 다물든지 아니면 흔쾌히 동조해서 두서없이 말을 늘어놓을 거라고 생각했습니다. 우리가 제품 선전을 할 시간도 없이 말이죠.	

코칭에 대한 접근법은 지시에서 대화로 이어지는 연속 선상에서 움직인다. 지시형에서는 코치가 코칭을 받는 사람에게 상황과 해결

책에 대해 말하고, 대화형에서는 코치와 코칭을 받는 사람이 서로 협력하여 상황을 파악하고 해결책을 찾는다.

코치는 아무것도 안 하기, 말하기 그리고 질문하기 중에서 선택할 수 있다. 대부분의 경우 질문하기가 최상의 선택이다. 모든 코칭 세션의 목적은 심층적인 질문을 통해서 영업사원의 인식과 니즈를 파악하고, 장애 요소를 알아내서 제거하도록 돕는 것이다.

심층 질문하기

영업사원은 자신의 실적에 대한 질문을 받을 경우, 일반적이고 짧은 대답을 하거나 질문에 대한 대답을 아예 회피하는 경향이 있다. 따라서 코치는 깊게 파고들기 위해서 후속 질문을 함으로써 영업사원이 스스로를 평가하도록 도와야 한다. 예를 들어, 영업사원이 "잘 진행된 것 같습니다. 우리가 이번 거래를 성사시킬 것 같습니다."라고 말할 경우, 코치는 다음과 같이 질문할 수 있다.

- **이유를 물어본다.**
  — "좋아. 그런데 우리가 이번 거래를 성사시킬 것이라고 생각한 이유는 무엇인가?"
- **구체적인 사례를 물어본다.**
  — "구체적으로 어떤 점에서 이번 일이 잘 진행됐다고 생각했나?"
- **일반적인 질문이 효과적이지 않을 경우, 좀 더 지시적인 질문을 한다.**

— 지시적인 질문은 영업 관리자가 개선의 여지가 있다고 여기는 부분으로 영업사원의 관심을 집중시킨다. 예를 들어, '특정 제안서가 전문적이지 못하다'거나 '불완전한 문서', '내용 오류'라고 판단할 경우, "우리가 작성한 제안서의 질이 어떻다고 생각하나?" 혹은 "우리 제안서의 수준이 어느 정도라고 생각하나?"와 같이 질문할 수 있다. 만약 제품 지식이 문제가 되는 경우라면, "자네의 이 제품에 대한 이해도는 어느 수준이라고 생각하나?"와 같이 질문할 수 있다. 영업사원이 팀 단위의 영업 활동에 비활동적이라면, "이번 팀 프로젝트에서 자네의 참여 수준이 어느 정도였다고 생각하나?"와 같은 질문을 할 수 있다.

- **영업사원이 일반적인 대답을 할 경우, 더 깊이 파고든다.**

— 영업사원이 "잘 모르겠는데요?"라고 대답할 경우, 영업 관리자는 후속 질문을 시도하며 더 깊이 파고들어야 한다. 이때 코치는 "잘 생각해 보게. 자네의 의견을 듣고 싶네"라고 말하며 사안에 대한 영업사원의 인식을 계속해서 자극해야 한다.

균형 잡힌 피드백 하기

영업 관리자는 좀 더 심층적으로 장애 요소를 탐구하기 위해서 긍정적인 측면을 탐구할 때도 질문을 사용해야 한다. 만약 긍정적인 측면이 발견되면 영업사원을 칭찬하는 데 주저해서는 안 된다. 칭찬은 훌륭한 선생님이다. 또한 훌륭한 피드백이란 개선의 여지가 있는 부분은 물론 강점까지 포괄하는 균형 잡힌 형태여야 한다. 영업사원이 자신의 강점을 알아차리지 못할 경우, 영업 관리자는 시간을 투자하여 긍정적인 측면에 대한 구체적인 내용을 묻고, 긍정적인 피드백을 제공하면서 의미를 부여해야 한다.

단적인 예로, 긍정적인 피드백에 10초를 투자하고, 부정적인 피드백에 20분을 투자하는 것은 균형 잡힌 피드백이 아니다.

반대 해결하기

코칭 세션 중에 영업사원이 저항하는 것은 매우 흔한 일이다. 특히 영업 관리자가 심층적으로 파고 들어갈 때는 더욱 그러하다. 저항의 대상은 보통 다음 둘 중 하나다.

● 코칭 과정

영업사원은 자신의 발전에 책임을 져야 한다는 부담감 때문에 저항하기도 한다. 영업 관리자는 "제게 원하는 걸 말씀해 주세요. 그럼 제가 그걸 할게요"라는 말을 흔히 듣는다. 그러나 이러한 영업사원의 태도는 영업 관리자에게 있어서 실질적인 함정이 될 수도 있다.

● 장애 요소

영업사원은 장애 요소를 인정하지 않거나 해결 방법에 동의하지 않기도 한다. 예를 들어, 한 코치가 영업사원에게 직접 판매를 위해 의사결정자를 만날 수 있도록 구매 담당자에게 다시 한 번 요청해 보라고 조언했다. 그러나 영업사원은 이를 거부했다. 그는 판매 의사 결정자를 만나는 것이 중요하다는 데는 동의하면서도, "더 이상 제가 할 수 있는 일은 없습니다. 불가능해요. 그의 생각을 돌릴 수 없다고요."라고 말하며 코치의 의견을 수락하지 않았다.

영업 관리자는 자신이 알고 있는 것, 즉 영업사원이 너무 쉽게 판매를 포기한다는 것을 말해 주고 싶었다. 코치는 영업사원이 구매 담당자에게 왜 의사 결정자와의 만남을 주선해 주지 않는지 이유를 묻지 않았다는 확신이 들었다. 하지만 그는 자신의 가정에 따라 행동하기보다는 코칭을 했다. 즉, 영업사원의 상황에 공감을 표하며, 그의 입장을 이해한다고 말했다. 그런 다음 이 상황을 타개하기 위해서 영업사원 스스로 무엇을 할 수 있는지 물었다. 이러한 코칭 덕분에 영업사원은 몇 가지 효과적인 전술을 생각해 냈고, 그것을 구사하기 위한 준비가 되었다고 말했다.

영업 관리자가 빠질 수 있는 또 다른 함정은 장애 요소가 아니라 장애 요소와 관련된 이유나 변명을 언급할 때다. 영업 관리자의 역할은 코칭을 받는 당사자가 장애 요소를 극복하기 위해서 자신의 통제권 내에서 할 수 있는 일에 초점을 맞추는 것이다. 이럴 때 영업사원이 저항한다면, 코치는 자신도 모르게 회피하거나 공격적인 반응을 보일 수 있다. 그러나 절대로 이러한 유혹에 넘어가서는 안 된다. 영업사원의 저항을 다루는 문제는 다음과 같은 방법으로는 해결할 수 있다.

· 공감하기　　· 질문하기　　· 입장 확인하기　　· 체크하기

다음 사례를 살펴보자.

영업사원 : 제가 할 일을 그냥 말씀해 주세요.

영업 관리자 : 그렇게 느끼는 것도 이해가 가네. (공감하기) 그런데 왜 내가 자네 스스로 해야 할 일을 말해 줘야 한다고 생각하나? (질문하기)

코칭을 하려면 힘, 그중에서도 진정한 감정적 힘이 필요하다. 영업 관리자가 '영업사원의 자기 평가가 자신의 발전을 위해 중요하다.'는 믿음을 바탕으로 확고한 입장을 취하지 않을 경우, 쉽게 흔들리거나 영업사원의 페이스에 말려들게 된다.

때로는 코칭 세션 중에 영업사원은 영업 관리자가 제안한 아이디어에 분개하거나 방어적으로 변하기도 한다. 예를 들어, 영업사원은 "우리 가격이 너무 비싸요"라고 말함으로써 거래를 성사시키지 못한 책임을 피하려고 한다. 이 경우에 영업 관리자는 자연스럽게 그것은 변명일 뿐이라고 말하고 싶은 유혹을 느낀다. 하지만 그렇게 해서는 영업사원의 방해 요소를 제대로 다룰 수 없다. 이럴 때는 앞에서 언급한 공감하기나 질문하기와 같은 방법을 사용함으로써 더 큰 진전을 이룰 수 있다.

6가지 중요한 기술

판매 과정에서처럼 코칭 기술은 영업 관리자가 코칭 대화를 하도록 도와준다. 영업사원이 고객의 수요를 파악하고, 거래를 성사시키는 데 기술을 이용하는 것처럼, 영업 관리자도 영업사원과 대화하는 데 다음과 같은 기술들을 이용할 수 있다. 그중 6가지 중요한 기술을 소개한다.

1 존재감

— 얼마나 자신감이 넘치는가?

— 얼마나 친화력이 좋은가?

2 친근감

— 영업사원을 하나의 인격체로 존중하는가?

— 친절한가? 즉, 평가에는 냉정하지만, 사람에게는 포용적인가?

3 질문하기

— 질문 실력은 어느 정도인가?

— 더 깊이 파고들기 위해서 후속 질문을 하는 능력은 어느 정도인가?

4 듣기

— 경청하는 능력이 뛰어난가?

— 영업사원과 공감대를 이루는 관계를 형성할 수 있는가?

— 영업사원의 말을 경청하고, 그것을 의견에 반영하는가?

5 입장 확인하기

— 영업사원이 처한 입장을 잘 헤아려서 그것을 자신의 아이디어와 적절하게 통합하는가?

— 영업사원을 위한 혜택에 얼마나 잘 집중하는가?

— 얼마나 효과적으로 피드백을 요청하고, 대화를 매끄럽게 진행하는가?

❻ 신뢰 구축하기

— 영업사원 코칭 과정은 대부분의 영업 관리자와 영업사원이 그동안 경험한 코칭과 반대로 흐를 수 있기 때문에, 이것에 숙달하려면 변화에 대한 집념을 가져야 한다. 영업사원 코칭은 모든 사람에게 내재된 가치와 성실성이 있다는 믿음에서 출발할 때 효과를 발휘할 수 있다. 코칭의 목적은 발전이지 완벽이 아니다. 즉, 항상 다음 단계가 있기 마련이다. 코칭의 묘미는 궁극적으로 영업 관리자는 물론 코칭을 받는 영업사원의 발전을 가져온다는 것이다.

이를 통해 영업사원은 자신이 직면한 장애 요소를 파악하고, 이에 대해 책임지는 법을 배우게 된다. 그리고 영업 관리자에게 주어지는 가장 큰 보상은 직원들이 계속해서 발전해 나가는 모습이다. 코칭 과정은 참여와 몰입을 유도한다. 대부분의 사람들은 자신이 원하는 것을 할 때, 참여도와 몰입이 더욱 강해진다.

코칭은 영업사원들이 피드백에 개방적이 되도록 환경을 구축할 수도 있다. 영업 관리자가 진정으로 개선을 돕는 데 전념할 때 영업사원은 자연스럽게 그에 대한 신뢰와 코칭에 대한 몰입을 하게 된다. 코칭의 모든 단계를 실행하는 데는 시간이 걸린다. 그러나 장기적으로 볼 때, 시간을 절약해 주는 것이 바로 코칭이다. 코칭을 통해서 영업사원들은 진정으로 향상되기 때문이다. 영업 관리자의 주요 임무는 코칭 세션을 준비하고 코칭하며 자기 평가나 자신에 대한 피드백을 요청하는 것이다.

코칭의 1단계가 코칭 과정, 2단계가 코칭 기술에 관한 것이라면, 3단계는 신뢰 구축이라고 할 수 있다. 마음을 열고 자사의 문제나 장애 요소를 털어놓으려면 상대방에게 어느 정도의 신뢰감은 필수다. 이때 중요한 것은 구축된 신뢰를 바탕으로 관계를 강화하는 것이다. 직원들이 두려움을 느끼거나 경계 태세를 느슨히 할 수 없는 환경에서는 신뢰가 싹틀 수 없다. 이러한 환경에서는 직원들의 성장은 물론 피드백 역시 절대적으로 제한적일 수밖에 없다.

신뢰는 점진적으로 구축된다. 영업 관리자와 영업사원 간의 모든 접촉은 두 사람의 관계를 변화시킬 수 있는 잠재력을 지니고 있고, 관계 개선에 도움을 줄 수 있다. 하지만 그와 동시에 모든 접촉이 관계 악화에 기여할 수도 있다는 점도 명심해야 한다.

가령 코칭 세션마다 영업사원에게 수동적인 역할을 강요하고, 자신이 무능력하다고 느끼게 만든다. 영업 관리자가 기대하는 방식으로만 답하도록 몰아세운다면 시간이 지날수록 두 사람의 관계는 악화할 수밖에 없다. 그러면 영업사원은 점점 사기가 저하되거나 차곡차곡 분노를 쌓아두게 된다. 최악의 경우 팀 전체가 영업 관리자에게서 등을 돌릴 수도 있다.

코칭 과정의 3단계에서 영업 관리자와 영업사원이 완벽한 팀을 이루었다면, 영업사원은 지속적으로 성실성을 발휘하고, 적극적으로 변화하며, 자신이 배운 것에 대한 책임을 스스로 지게 된다. 이는 코칭을 받는 영업사원이 스스로 멍청하다고 자조하게 되는 부정적인 상황과 정반대의 경우에 해당한다. 이는 또한 기껏해야 일시적인 효과밖에 발휘하지 못하는 동기부여를 위한 격려 연설보다 훨씬 나은 효과를 발휘한다.

조직의 많은 경영진이나 영업 관리자들은 직원들에게 동기부여가 된 상태를 이상적인 상태라고 여긴다. 물론 이러한 상황이 바람직하고, 의욕이 상실된 상태보다 좋기는 하다. 하지만 외부에 의해 동기부여가 된 상태의 효력은 그리 오래가지 않는다. 그런 동기부여는 대개 '이것 아니면 저것', '당근 아니면 채찍'과 같은 접근법을 바탕으로 한다. 이와 같은 접근법에서는 우발적인 행동이 있을 뿐이다. 또한 더 많은 것을 요구하고, 당근이나 채찍이 중단되면 동기 역시 사라지기 마련이다. 아울러 동기부여는 수평선 효과를 나타내기도 한다. 즉, 영업사원이 골짜기에 빠지는 것을 피하도록 도와주기도 하지만, 정상에 오르도록 돕지도 못한다. 반면에 코칭은 영업사원이 깊은 골짜기를 피하고, 더 높은 곳으로 올라가도록 도우며, 정상에 도달하도록 지원한다. 기본적으로 이 모든 것이 가능한 이유는 영업 관리자와 영업사원 간에 끈끈한 관계가 형성되어 있기 때문이다.

관계 강화하기

모든 코칭 세션의 목적은 장애 요소를 제거하는 동시에 영업 관리자와 영업사원의 관계를 강화하는 것이다. 이를 위해서는 다음과 같은 방법을 활용할 수 있다.

- 영업사원의 욕구에 대해서 논의한다.
- 코칭을 받는 영업사원의 니즈를 고려한다.
- 니즈를 강요하기보다 요청한다.
- 영업 관리자는 자신과 영업사원이 가장 잘 협력할 수 있는 방법이 무엇인지 영업사원에게 질문한다.
- 영업 관리자는 영업사원과 함께 서로의 관계를 장기적으로 강화하는 방식에 관해서 논의한다.
- 영업 관리자는 영업사원과 함께 서로 간 최상의 협력 방식에 대해서 논의한다.
- 영업 관리자는 영업사원은 서로의 가치를 높이는 방안을 마련한다.
- 영업 관리자는 영업사원의 성장을 위해서 그가 피드백을 이용하는 법을 파악하도록 돕는다. 예를 들면, "여기에서 자네 혹은 우리는 무엇을 배울 수 있을까?"라는 질문을 한다.
- 영업 관리자와 영업사원 모두에게 이로운 운영 방식을 설정한다.
- 관계를 주제로 하는 회의를 한다.

구체적인 판매 주제에 대한 코칭을 제공하는 것 외에 다음과 같은 질문을 하기 위해서 별도의 회의를 하는 것은 매우 큰 도움이 된다. 이와 같은 내용은 적어도 일 년에 한 번씩 다른 주제가 없을 때 논의해야 한다.

- “우리의 관계를 강화하기 위해서 지금까지의 방식과는 다르게 무엇을 해야 할까?”
- “내가 하는 일 중에서 자네에게 방해가 되는 것은 무엇인가?”
- “자네에게 더 많은 도움을 제공하려면 내가 어떻게 해야 할까?”

Sales Innovation MBA

PART 7

회의를 통해
끝까지 책임지게 하라

'책임'은 '영업 관리 7단계'의 중요한 연결고리이다

영업 관리자는 자신이 목표달성에 필요한 판매 활동을 할 수 없는 경우가 많기 때문에 영업사원들에게 의존할 수밖에 없다. 따라서 영업사원들에게 목표달성에 대한 책임을 지도록 해야 한다. 따라서 유능한 영업 관리자들은 먼저 무엇을 기대하는지를 영업사원들에게 지속적으로 전달하고 전달한 것에 대한 책임을 지게 한다. 명확한 기대와 그 기대에 대한 영업사원들의 책임이 성공하는 영업 팀의 기초가 되는 셈이다.

코칭을 통해 개별적인 책임 분명히 하기

유능한 영업 관리자들은 기대를 명확히 커뮤니케이션하고 관찰하고, 평가하며 코칭을 통해 개별적 책임을 분명히 한다.

- 기대를 명확하게 정의하고 커뮤니케이션하라. 모든 영업사원들이 영업 관리자의 기대에 관하여 명확하게 인식하고 전념한다. 유능한 영업 관리자는 모든 영업사원들이 기대에 전념하게 한다.
- 관찰은 영업 관리자의 기대에 대한 실행 여부가 확인된다는 것을 보여준다. 관찰은 영업 관리자가 기대하고 있는 것을 점검할 수 있게 해 준다.
- 개인, 팀, 조직이 합의한 목표들에 대한 평가는 정기적으로 발생한다. 모든 영업사원들은 자신의 목표가 무엇인지, 왜 그것들이 필요한지 그리고 그것들을 어떻게 달성할 것인가를 알고 있어야 한다. 그래야 목표에 전념할 수 있다.
- 개인과 팀에 대한 코칭은 진행 중인 성장과 개발과정의 실행력을 강화하기 위하여 정기적으로 이루어져야 한다.

'책임'은 7단계 체인에서 중요한 연결고리이다

'영업 관리 7단계' 중 하나를 놓친다면, 그 체인은 부러지고 성공은 먼 이야기가 될지도 모른다. 책임은 7단계 체인의 마지막 조각이다.

유능한 영업 관리자들은 어떻게 책임을 지게 하는가?

- 영업 관리자는 주간 회의, 공동으로 전화하기, 그리고 월간 회의를 통하여 자신이나 각 영업사원들로부터 나온 좋은 결과들뿐만 아니라 중요한 기회들, 도전적인 사항들 그리고 장애물들을 지속적으로 알려 준다.
- 주간회의, 공동으로 전화하기 그리고 월간 회의는 영업사원들이 자신이 하는 일에 주인의식을 가질 기회를 제공해 준다.

- 목표를 달성하지 못했을 때 영업 관리자는 어떠한 변명이나 정당화를 받아들이지 않는다. 놓쳐버린 결과에 대해 상기시키고 영업사원들이 집중할 수 있는 새로운 기회로 이용한다. 유능한 영업 관리자들은 이러한 경우들을 영업사원들이 성장하고 발전하는 기회로 이용한다.

이와 같은 상황은 수시로 발생하지만, 주간 회의와 월간 영업 회의가 영업 관리자와 영업사원의 책임을 명확하게 해주는 기회가 될 수 있다.

Sales Innovation MBA

영업회의 1
주간회의 하기

먼저 주간회의를 살펴보자

주간 회의는 두 개의 부분으로 구성되어 있다. 첫 번째는 전주로부터 또는 목표에 대한 실행 결과에 관한 논의이고 두 번째는 다가오는 주의 목표들과 실행 계획들에 관한 논의이다. 회의는 15분이나 20분 정도가 적당하다. 주간회의에서 영업 관리자와 영업사원은 지난주의 실제 활동들과 결과들, 그리고 다음 주의 활동과 결과들을 논의한다. 전 주 동안에 합의한 목표와 결과들을 논의하고 다가오는 일주일 동안의 새로운 목표와 실행 계획들에 대하여 논의한다. 주간회의의 목적은 다음과 같다.

- 한 주간의 영업 결과를 논의하고 다가오는 주의 목표를 설정한다.
- 좋은 습관들은 발견하고, 코칭하고 강화한다.

- 개인의 성공을 축하한다.
- 코칭 기회들을 노출시킨다.

주간회의는 영업사원들이 목표에 집중하게 하고 자신의 영업 능력을 최고로 발휘할 수 있게 한다. 결과에 대한 책임도 느끼게 해준다.

월간회의는 팀에게 책임을 환기시킬 뿐만 아니라 다음 사항들을 할 수 있도록 기회를 제공한다.

- 팀워크를 만들고 개인의 성공을 축하할 기회
- 목표 대비 성과를 검토할 기회
- 실습 기간에 기술들을 개발할 기회
- 개인적으로 코칭의 필요를 발견할 기회

주간회의는 영업사원들을 훈련시킨다

주간회의 형식은 영업 관리자와 영업사원이 질문을 통해 문답식으로 진행하는 것이 좋다. 이러한 일련의 질문들을 활용함으로써, 영업사원은 해답을 찾고, 성공을 모니터하고, 회의를 짧고 유익하게 하도록 훈련받게 된다. 이것은 장기적으로 개선된 영업 성과로 이어진다.

주간회의에서 영업 관리자의 역할

회의 동안에 영업 관리자의 역할은 다음과 같다.

- 회의를 짧게 하고 영업 결과와 과정에 대한 질문에 집중하고 영업사원들이 주제에서 벗어나지 않게 하는 것이다. 영업사원이 목표대비 실적에 대해 보고하는 동안에, 영업 관리자는 경청하고 무슨 일이 있었는지 영업사원들이 목표를 달성하고 있는지 아닌지를 이해하기 위한 추가적인 질문을 한다. 각각의 사람들을 솔직하도록 격려하기 위해서는 영업 관리자가 보고에 대하여 화를 내거나 부정적인 면을 보여 주어서는 안 된다. 결과가 좋지 않다면 중립적인 자세를 유지하고 결과들이 좋다면 성과에 대하여 긍정적으로 인정해 준다.
- 목표 설정, 목표 달성, 핵심 활동에 집중한다. (아래 질문들 참조)
- 성공을 인정하고 칭찬하라. 주간회의는 인정과 칭찬을 통하여 영업사원에게 보상할 수 있는 좋은 기회이다. 영업 관리자는 이 기간 동안 피드백을 할 수 있다. 영업사원이 고객의 니즈를 파악하기 위하여 사용했던 특정 질문에 관해 설명한다면, 영업 관리자는 다음과 같이 칭찬할 수 있을 것이다. "그 질문 아주 훌륭해. 개방적이고 당신에게 그 예비 고객이 무엇을 생각하고 있는지를 판단할 수 있도록 해 줄 거야. 잘했어."
- 개별 코치가 필요하다는 것을 인식하게 하려면 경청하라. 목표 미달이나, 목표를 달성하기 위하여 고군분투하는 영업사원들은 함께 전화하기와 코칭의 대상자들이 될 수 있다.
- 새로운 목표들을 충족시키기 위해 계획된 활동들을 논의하라. 영업사원은 다음 주의 목표들을 달성하기 위하여 계획된 활동들에 관하여 이야기한다. 이런 것들은 목표달성을 위한 좋은 기회들이 된다.

결과에 대한 책임지기

생산적인 주간회의는 각 영업사원이 지난주 결과에 대한 책임을 지고 이번 주 목표를 달성하기 위한 목표와 활동들에 집중하는 회의이다. 아래의 질문들은 영업 관리자가 주간회의에서 물어볼 수 있는 것들이다.

- 지난주 당신 목표와 그에 대한 결과들은 어떻게 되었나?
- 장애물들은 무엇이었나?
- 이러한 장애물들을 극복하기 위해 당신은 어떤 계획을 가지고 있나?
- 목표에 못 미치는 영역들을 개선하기 위해 어떤 계획을 가지고 있나?
- 다음 주 목표는 무엇인가?
- 목표들을 달성하기 위하여 어떤 활동들을 계획했나?
- 영업 관리자가 무엇을 도와주면 좋겠는가?

주간회의에서 영업사원의 역할

주간 회의에서 영업사원의 역할은 다음과 같다.

- 전 주에 전념했던 목표 대비 결과 보고
- 결과에 긍정적으로 또는 부정적으로 영향을 주는 요인들 논의
- 다가오는 주를 위한 새로운 목표와 활동들에 전념하는 것

주간회의는 영업 관리자가 지속적으로 정보를 얻고 영업사원 중 누가 가장 효율적인 방법으로 판매에 집중하고 있는가를 알 수 있는 중요한 도구이다.

Sales Innovation MBA

영업회의 2 월간회의 하기

주간 영업회의는 각 영업사원과 개별적으로 길어야 15분에서 20분 동안 이루어진다. 반면 월간회의는 전체 영업 팀과 함께하는 것이며 회의시간도 60분에서 90분 정도이다. 좋은 월간 회의는 4가지 부분으로 구성되어 있다.

- 한 달 동안 그룹의 결과 검토
- 그룹의 목표 성과 검토
- 결과, 기술 그리고 수행된 활동들에 대한 성공을 보상하고 인정
- 기술 개발 연습

월간회의에서 영업 관리자의 역할

월간회의 동안에 영업 관리자의 역할은 다음과 같다.

- **전 달의 결과 검토 :** 월간회의는 한 달 동안 그리고 연초 대비 전체 팀의 결과에 대한 간략한 검토이다. 주간회의에서 전주와 금주의 개인적 목표와 결과에 대하여 집중하였다면, 월간회의에서는 전체 팀이 지난달에 무엇을 달성하였고 그것이 연초 대비 목표와 어떻게 관련되는지에 대해 집중하는 것이다. 이러한 검토는 5분에서 10분 정도 소요된다.
- **목표 대비 성과 검토 :** 각 달과 연초에 예상했던 대로 목표들이 항상 달성되지 않기 때문에 현재 있는 위치를 목표와 비교하는 것이 필요하다. 이것이 목표 대비 성과 검토가 하는 일이다. 예를 들어, 어떤 그룹이 1년에 24개의 제품 또는 한 달에 2개의 제품을 팔아야 한다고 가정해 보자. 3월 말이고 당신은 1분기 결과를 검토하고 있다. 그 팀은 이미 15개의 제품을 판매했다. 그것은 앞으로 더 팔아야 할 것이 9개가 남아 있다는 것이고 그래서 당신은 (그해 연초에 목표였던) 한 달에 2개를 팔려고 했던 목표를 그 해의 나머지 기간에는 한 달에 1개씩 판매하는 것으로 변경한다. 목표 대비 성과 검토를 이용하는 것은 영업 관리자가 그 그룹의 원래 목표와 비교하여 그들이 현재 위치를 볼 수 있게 해 주고 필요한 대로 조정을 할 수 있게 해 준다. 이 검토는 10분 또는 15분 정도 소요된다.
- **지속적인 판매 훈련으로 동기를 부여하고 열정 넘치는 분위기 제공하기 :** 이것이 월간회의의 핵심이다. 영업사원들과 마찬가지로 영업 팀들은 판매 기술에서 부족한 부분들이 있다. 그다음 30분 또는 45분 동안, 회의는 반대 의사 극복하기, 질문하기, 관계 구축, 그리고 영업 관리자가 필요하다고 생각하는 특정 판매 기술들에 집중한다.

  — 영업사원들이 하기를 원하는 것과 그들에게 그것이 왜 중요한지를 설

명하라.

— 그것을 어떻게 하는지를 보여주어라.

— 영업사원들에게 시도해 보도록 하라.

— 영업사원들이 시도할 때 관찰하라.

— 성공적인 시도에 대해 칭찬하라. 그들이 그것을 제대로 하지 못하면, 2단계에서 5단계를 까지를 다시 반복하라.

- **영업사원들이 판매 기술을 훈련할 수 있도록 하라 :** 월 단위로 판매 기술에 집중함으로써, 영업 관리자는 영업사원이 가장 효과적인 판매 기술을 익히고, 사용할 수 있도록 한다. 숙달은 이러한 회의를 통해서 나오는 것이 아니지만 이러한 회의들은 모든 필요한 기술들이 공유되고, 그것들을 연습해 볼 기회를 가진다는 것을 분명히 한다. 종종 추가적인 코칭이 필요하다.
- **영업사원들이 스스로 생각하고 해답을 구하고 참여하게 할 수 있는 질문들을 함으로써 회의를 용이하게 한다 :** 월간회의는 영업 관리자가 강연하는 시간이 아니다. 월간회의는 쌍방향으로 진행하여야 한다. 그것은 영업사원들을 적극적으로 참여시킨다는 것을 의미한다. 효과적인 월간회의를 위해 영업사원들을 참여시킬 수 있는 질문들을 계획하는 것이 필요하다. 영업사원들은 자신들을 참여시키고 스스로 중요하다고 느끼게 하는 회의를 좋아한다.
- **회의를 재미있게 만들어라 :** 월간회의는 '참석해야 하는' 회의가 아니고 '참석하고 싶은' 회의이어야 한다. 재미가 있어야 한다는 뜻이다. 영업 관리자의 가장 우선적인 목표는 영업사원들이 긍정적이며, 생산적이고, 활

기차며 배운 기술과 지식을 활용할 수 있는 회의가 되게 하는 것이다. 학습이 재미있을 때, 영업사원들은 더 많이 배우고 배운 것을 더 많이 활용하기 때문에 회의는 재미있어야 한다.

- **시간을 준수하라 :** 정시에 시작하고 정시에 끝내라. 영업 관리자에 의한 이러한 모습은 시간 관리의 중요성에 대한 메시지를 전달하는 것이다.
- **코칭 기회들을 관찰하라 :** 회의를 진행하면서 영업 관리자는 코칭을 위한 기회들을 찾아낼 수 있을 것이다.

월간 영업 회의에서 영업사원들의 역할

월간 영업 회의에서 영업사원의 역할은 다음과 같다.

- 인정받은 영업사원들에게 열광적으로 박수를 쳐 준다.
- 필요하거나 적절할 때 질문을 하고 답변을 함으로써 참여하는 것
- 기술 개발 연습 시간에 참여하기

기술 개발 시간은 영업사원들의 제품 지식을 강화시키거나 판매 기술을 강화시키는 시간이다. 판매 관련 포인트들은 제품이 주는 혜택들, 제품을 사용할 것 같은 예비고객들, 제품이 필요하다는 것을 나타내는 고객의 단서, 발생할 수 있는 장애물들 또는 고민 처리, 경쟁력 있는 제안과 주의 사항 등과 같은 것들을 포함한다.

월간 영업 회의는 책임을 지게 한다

월간회의는 영업사원들의 판매 기술 개발뿐만 아니라 목표에 대한 성과 검토를 통해 책임감을 갖게 한다. 성공적인 월간회의가 되기 위해서는 회의를 통해 무엇을 성취할 것인지를 미리 결정하고 신중하게 계획해야 한다.

회의를 시작할 때 그 회의가 무엇에 관한 것인지 그리고 당신이 무엇을 얻고 싶은지를 간략하게 설명하라. 안건들과 그것들이 목표와 어떻게 관련이 있는지를 간략하게 설명하라.

예를 들면 "이번 달 월간 영업 회의는 3가지에 대해서 집중적으로 논의할 것입니다. 월말 실적, 뛰어난 성과를 내신 분에 대한 수상, 그리고 연습 시간이 있을 것입니다. 이러한 시간들이 고객들의 필요성을 파악하기 위해 기술들을 사용하는 데에 있어 우리에게 좀 더 자신감을 줄 것입니다"와 같이하는 것이 효과적이다.

Sales Innovation MBA

영업회의 ❸ 참여도 높이기

참여도를 높이는 것은 영업 회의의 효과를 향상시킨다. 참여도를 높이기 위해서는 두 가지 방법이 있다. 질문을 하는 것과 실습을 하는 것이다. 최대의 참여도를 얻기 위한 질문의 유형은 다음과 같은 제약을 두지 않는 질문들이다.

- 그것에 대한 당신의 반응은 무엇입니까?
- 그것에 대한 당신의 생각은 무엇입니까?
- 당신이 관리하고 있는 고객과 관계는 어떻습니까?

회의를 마무리하는 방법들은 다음과 같다.

- 회의 내용을 요약하고 다시 한 번 정리해 보도록 요청한다. 사람들은 보통

그들이 마지막에 들은 것을 기억한다. 다음의 예를 참고하라.

"우리는 예비 고객의 니즈를 판단하기 위해 질문을 하는 것의 중요성에 관하여 이야기를 하였습니다. 질문을 해도 되는지 허락을 구하고, 질문에 답변을 해 주는 것이 예비 고객에게 어떤 혜택이 있는지를 말해 줌으로써 고객이 답변하도록 고무시킬 수 있기 때문에 혜택을 말해 주는 것으로 시작해야 한다고 말했습니다. 우리는 또한 개방적인 질문들이 더 많은 정보를 얻는다고 말했습니다. 그리고 효과적으로 개방적 질문들을 하기 위해서는 미리 질문들을 계획할 필요가 있다고 말했습니다."

영업사원이 스스로 요약하도록 요청하는 것은 매우 효과적인 회의의 마무리 방법이다. 특히 영업 관리자가 영업사원들이 무엇을 이해했는지를 알고 싶다면 더욱 그러하다.

영업사원들이 가야 하는 회의가 아니라 가고 싶은 성공적인 월간 회의가 되기 위한 몇 가지 중요한 사항들은 다음과 같다.

- 참가자들을 항상 참여시켜라. 참가자들이 단지 듣고만 있게 하지 말고, 말하게 하고 움직이게 하라. 참가자들이 적극적으로 참여하면 할수록 더 많은 것을 기억할 것이다.
- 참가자들이 소중하다고 느끼도록 하라.
- 유인물과 마감기한이 있는 보고서로 사후 관리를 분명히 하라.

- 회의를 독단적으로 진행하지 마라. 상호 교류로 발전시켜라.
- 영업사원들의 아이디어와 자료를 경청하고, 질문하라. 말다툼하지 마라. 논제에서 벗어나지 마라.
- 영업사원들도 고객들이기 때문에 실제 고객인 것처럼 대하라.
- 회의의 가장 중요한 목표는 영업사원들이 긍정적이고 활기차게, 배운 기술과 지식을 활용하고 싶어 할 수 있도록 회의를 순조롭게 진행하는 것이다.
- 스킬 개발에 집중하라.
- 회의는 재미있어야 한다. 실습이 재미있을 때 영업사원들은 더 많이 배우고 배운 것을 잘 간직한다.
- 영업 회의를 운영하는 방식이 앞으로 매출 결과에 직접적으로 반영될 것이다.

영업 관리자들은 주간 회의와 월간회의를 통해 중요한 정보들을 얻는다. 이러한 회의들이 진행되는 중에 영업 관리자가 확보해야 할 중요한 정보는 다음 질문들에 대한 답변들이다.

- 목표 달성에 가장 많이 기여하는 요인들은 무엇인가?
- 목표를 달성하지 못하게 하는 것들은 무엇인가?
- 부족한 부분을 보충하기 위해 어떠한 조치들을 취하고 있는가?
- 그러한 조치들로부터 어떠한 것을 예상하고 있는가?
- 어떤 활동들이 효과가 있고 어떤 활동들이 효과가 없는가? 이유는?
- 관찰해야 하는 것은 무엇인가? 이런 관찰할 적절한 때는 언제인가?

- 어떠한 코칭이 필요한가? 그리고 누가 필요한가? 시기는?
- 어떠한 경쟁적인 문제들에 직면하고 있는가? 그것들을 처리하기 위해 무엇을 계획하고 있는가?
- 영업사원들이 가지고 있는 장애물들은 무엇인가?
- 어떤 훈련이 필요한가?
- 나의 팀을 도와주기 위해서 나는 무엇을 할 수 있는가?

이러한 질문들의 목적은 영업사원들이 목표들과 관련하여 현재 위치가 어디이며 목표들을 달성하기 위하여 어떠한 활동이 도움이 되는지, 그리고 어떠한 장애물들이 있는지를 이해하기 위한 것이다. 질문들을 통해 얻은 정보는 관찰과 코칭 시간을 결정하기 위한 기초가 된다.

보고를 듣는 시간 갖기

우리가 다룬 회의들과 더불어, 책임을 환기시키기 위해 유능한 영업 관리자들이 실시하는 또 다른 방법이 있다. 보고를 듣는 시간이다. 이 시간의 목적은 영업 기회에 대해 논의하는 것이고, 그 거래를 성사시키기 위한 판매 전략을 명확히 하는 것이다. 보고를 받는 시간에, 영업 관리자는 영업사원에게 다양한 질문을 한다. 다음은 영업 관리자가 할 수 있는 질문들의 예시이다.

- “당신이 작업하고 있는 A 고객에 관해 이야기해 보고 싶습니다. 당신이 그곳에서 발견한 기회에 관하여 말씀해 주시겠습니까?”
- “누가 이번 판매를 성사시키기 위해 필요한 의사 결정자, 영향력 있는 사람과 다른 사람들인지 확인하였나요?”
- “영향력 있는 사람들과 접촉하는 상황이 어떻게 진행되고 있나요?”
- “어떠한 장애물들이 있으며 그것들을 어떻게 처리하고 있나요?”
- “다음 단계는 무엇인가요? 그것에 대해 어떻게 동의를 얻었나요?”

보고 받는 시간은 효과적인 영업 전략에 대한 책임을 확실하게 하기 위한 강력한 방법이다. 그것은 영업 관리자에게 지속적으로 정보를 줄 뿐만 아니라 영업사원들이 중요한 이슈들을 충분히 생각하고 어떤 계획을 세워야 하는지를 고민하게 하는 데 도움을 준다.

Sales Innovation MBA

영업회의 4 파이프라인 회의

파이프라인이란 영업사원들이 다양한 고객 접점을 통해 획득한 모든 영업 기회를 사전에 정의한 영업 단계에 따라 체계적이고 전략적으로 관리하여 매출 성공률을 높이는 것을 말한다. 따라서 파이프라인 관리체계를 도입하는 기업은 고객의 구매 프로세스에 따라 자사의 영업프로세스를 만들고 파이프라인을 기반으로 영업 회의를 진행한다.

파이프라인은 파이프라인을 운영하게 해주는 소프트웨어만 도입해서 되는 것은 아니다. 파이프라인을 도입한다는 것은 고객 구매프로세스 설계에서 시작하여, 이 프로세스를 실제 영업에 적용하고, 파이프라인 정보를 바탕으로 영업사원들을 코칭하며, 파이프라인을 통해 매출을 늘리는 것을 의미한다. 따라서 이러한 과정은 영업 관리 방식에 혁신을 가져오고, 영업 생산성을 높이는 비즈니스 혁신이라

할 수 있다. 파이프라인 관리는 영업회의에 혁신을 가져온다. 끝난 실적과 결과에만 치중하기보다는 미리 고객의 구매 프로세스와 니즈에 맞춘다. 사전에 영업사원들이 고객의 리듬에 따라 움직이게 함으로써 더 많은 영업기회를 확보할 수 있도록 해준다.

파이프라인 회의는 실적이 발생하기 전 영업기회의 진행현황과 성과예측에 중점을 두고 있다. 파이프라인 관리는 정보에 기반을 둔 정기적인 회의를 조직 내부에 뿌리내리지 못하면 반쪽밖에 성공하지 못한다. 파이프라인 데이터의 품질체크, 현재 진행 중인 파이프라인의 건강도 체크 및 영업 기회에 대한 영업사원들의 코칭 등 모든 활동을 파이프라인 회의를 통해서 진행하기 때문이다. 이 회의를 통해서 영업 관리자는 영업사원 개인의 그리고 팀의 목표대비 부족한 부분을 어떻게 채울 것인가 하는 실적을 관리한다. 회의는 영업사원과 영업 관리자가 먼저 시작하고 임원, 경영진까지 반복적으로 진행되기도 한다.

성공적인 파이프라인 회의를 이끄는 좋은 방법은 세 가지가 있다. 첫째, 회의가 규칙적으로 반복되어야 한다. 둘째, 동일한 정보를 공유해서 이 정보를 바탕으로 코칭을 해야 한다. 셋째, 영업현장 있는 영업사원에서 최고 경영자까지 계단식으로 상향 진행한다.

1 규칙적으로 진행한다 : 파이프라인 회의는 주기가 중요하다. 영업 프로세스가 반복되기 때문이다. 즉, 영업 기회를 발굴하고, 제안하고, 수주하는 프

로세스가 계속 일어나고 관리되어야 하기 때문에 이를 효율적으로 관리하기 위해서, 규칙적으로 파이프라인 회의를 진행해야 한다. 이 과정을 통해서 영업사원들도 파이프라인 회의가 일회성 이벤트가 아니라 하나의 영업 문화로 인지하게 된다. 파이프라인 회의는 주간, 월간, 분기별로 진행하는 것이 바람직하다.

❷ 동일한 데이터와 동일한 포맷으로 진행한다 : 파이프라인은 영업사원 누군가에 의해서 항상 정보가 입력된다. 따라서 특정 시점에 추출한 정보를 바탕으로 작성한 동일한 리포트로 회의를 진행해야 코칭이 가능하고 효과적이다. 또한 리포트는 많지 않도록 해야 하고 회의 전에 미리 정해져 있어야 한다.

❸ 조직 전체가 계단식으로 상향 전개한다 : 주간 파이프라인 회의가 금요일이라면 매주 영업 팀장과 영업사원 간에 회의가 진행될 것이다. 월간 회의는 상급자가 동일한 방식으로 진행하고 전체적으로 규칙과 일관성을 유지해야 한다. 영업사원은 매일 파이프라인을 보며 영업활동을 계획하고 정보를 업데이트하는 일이 생활화되어 있어야 한다. 그리고 정해진 주간 파이프라인 회의 시점이 오면, 일주일 동안의 활동을 정리해서 회의에 참가한다. 회의의 진행방식은 앞에서 설명한 주간, 월간회의 진행방식과 크게 다르지 않다. 정기적인 파이프라인 회의를 통해 파이프라인의 정보를 지속적으로 업데이트할 수 있다. 회의를 정기적으로 하지 않으면 데이터의 품질이 저하될 것이며, 영업 관리자들은 데이터를 신뢰하지 못하게 된다. 심지어 저질의 데이터로 인해 파이프라인의 필요성까지 거론하는 상황에 이를 수 있으므로 회의는 반드시 정기적으로 해야 한다. 정기적인 파이프라인

회의는 고객의 니즈와 변화에 민첩하게 대응할 수 있게 해주며, 영업기회와 거래의 진행속도 및 상황, 그리고 계약 성공률에 대해 정기적으로 영업사원들에게 피드백을 제공하며, 이를 통해 강한 책임감을 느끼게 해준다.

영업혁신 MBA

초판 1쇄 발행 2021년 03월 30일

글쓴이 김상범, 조윤호
펴낸이 김왕기
편집부 원선화, 이민형, 김한솔, 조민수
디자인 푸른영토 디자인실

펴낸곳 (주)푸른영토
주소 경기도 고양시 일산동구 장항동 865 코오롱레이크폴리스1차 A동 908호
전화 (대표)031-925-2327 팩스 | 031-925-2328
등록번호 제2005-24호(2005년 4월 15일)
홈페이지 www.blueterritory.com
전자우편 designkwk@me.com

ISBN 979-11-973205-1-4 03810